Heike Fröhling
Weil du da bist

TINTE
&
FEDER

## Das Buch

Erfolgreich im Beruf, glücklich in ihrer Fernbeziehung — bei der 34-jährigen Pia läuft alles nach Plan. Dann wirft sie ein tragisches Erlebnis aus der Bahn. Daraufhin kündigt sie ihren Job und hinterfragt von einem Tag auf den anderen auch ihre Beziehung.

Die sehbehinderte Regina, eine pensionierte Richterin, die mit ihrer Begleithündin Luna gegenüber wohnt, kennt Pia nur flüchtig. Als bei Regina eingebrochen und das Haus verwüstet wird, bietet Pia ihre Unterstützung an und nimmt Regina vorübergehend bei sich auf. Doch schnell stellt sich die Frage: Wer hilft hier wem?

Auf den Spuren der Vergangenheit reisen die beiden Frauen gemeinsam nach Schottland auf die Insel Iona. Schon bald zeigt sich, dass die Reise sie zwar nicht an das geplante Ziel bringt, sie aber ermutigt, neue Wege zu beschreiten.

## Die Autorin

Mit ihrem Wunsch, Schriftstellerin zu werden, schaffte es Heike Fröhling immer wieder, sich das Leben selbst schwer zu machen. Warum nicht einfach nach dem abgeschlossenen Germanistik- und Musikwissenschaftsstudium etwas »Vernünftiges« arbeiten? Doch das Leben ist nicht dafür da, um das zu tun, was alle tun. Man kann die Sterne nicht vom Himmel holen. Aber wenn Heike Fröhling einmal alt ist und über das Meer blickt, möchte sie sich sagen können, dass sie es wenigstens versucht hat.

Doch bei einem Versuch ist es nicht geblieben. Jahrelang war Heike Fröhling als Journalistin für Frauenzeitschriften tätig.

Mit ihrem Mann, drei Kindern, drei Katzen und zwei Hunden lebt Heike Fröhling in Wiesbaden.

Mehr über die Autorin erfahren Sie auf der Webseite www.auf-lose-blaetter.de.

# Heike Fröhling

# Weil du da bist

Roman

TINTE & FEDER

Deutsche Erstveröffentlichung bei
Tinte & Feder, Amazon Media EU S.à r.l.
38, avenue John F. Kennedy, L-1855 Luxembourg
Mai 2019
Copyright © der deutschsprachigen Ausgabe 2019
By Heike Fröhling

Umschlaggestaltung: semper smime, München, www.sempersmile.de
Umschlagmotiv: © Pierre Longnus / Getty; © Yodchai Prominn /
Shutterstock; © Elena Dijour / Shutterstock
Lektorat: Marketa Görgen
Gedruckt durch:
Amazon Distribution GmbH, Amazonstraße 1, 04347 Leipzig /
Canon Deutschland Business Services GmbH, Ferdinand-Jühlke-Str. 7,
99095 Erfurt /
CPI books GmbH, Birkstraße 10, 25917 Leck

ISBN: 978-2-91980-485-6

www.tinte-feder.de

# 1

»Auf Pia!«

Pia erhob mit den Kollegen das Sektglas. Alle Blicke ruhten auf ihr. Ihre Wangen brannten und prickelten. Wie sie es hasste, rot zu werden! Kurz schloss sie die Augen und merkte, wie die Hitze auf ihrer Haut nachließ. Einem nach dem anderen prostete sie zu, blickte in lächelnde, entspannte Gesichter.

»Auf unsere Kleine, die uns ganz groß rauskommen lässt. Mit dem neuen Kunden, den du gewinnen konntest, sind wir endgültig aus den roten Zahlen. Was du in den letzten Wochen geleistet hast …«

Pia wartete, dass Andreas weitersprach. Stattdessen stieß er noch einmal mit ihr an, stellte sich väterlich neben sie, legte seinen Arm über ihre Schulter, nickte ihr zu. Sie verbot sich ein Kopfschütteln. Unsere Kleine! Es war seine Art von Humor, die sie gelernt hatte zu ignorieren. Ja, sie war 1,62 Meter groß, mehr als einen Kopf kleiner als Andreas. Selbst nach all den Jahren wirkte sie mit ihren blonden kurzen Haaren eher wie eine Praktikantin der Werbeagentur.

Allgemeines Gemurmel breitete sich aus. Pia stellte ihr Glas auf den Tisch und schob die Hände in die Hosentaschen. Bei dem Gedanken daran, was sie sich vorgenommen hatte, wurden ihre Fingerkuppen kalt.

»Ist das nicht der perfekte Zeitpunkt, den gelungenen Auftrag auch mit einer dicken Gehaltserhöhung zu krönen?« Sie zwinkerte Andreas zu.

Sofort löste sich sein Arm von ihrer Schulter. Er starrte sie an, trat einen Schritt zurück, dann senkte er den Blick.

»Pia …« Es war ihm anzusehen, dass er mit allem gerechnet hatte, nur nicht damit.

»Endlich schreiben wir wieder schwarze Zahlen! Dank mir!«

»Langsam verstehe ich, wie du Baumann & Wagner zu diesem Vertragsabschluss getrieben hast. Wobei ich von Anfang an wusste, was in dir steckt.« Andreas drehte sich zu Marcel und begann ein Gespräch über die Notwendigkeit, Altbekanntes mit Neuem zu verbinden. Doch die Art, wie er seine Hände knetete und mit den Zehen wippte, zeigte, dass er mit seinen Gedanken woanders war.

»Achthundert mehr im Monat«, sagte Pia. Diesmal würde sie nicht lockerlassen.

Andreas blickte wieder sie an, öffnete den Mund, schloss ihn wieder, öffnete ihn, schloss ihn. Er stieß geräuschvoll die Luft aus, fuhr sich durch die grauen Haare. So hatte sie ihn noch nie erlebt.

»Das meinst du nicht ernst.«

»Ich habe auch überlegt, ob ich mich ganz selbstständig mache. Nach dem bestehenden Vertrag ist es allen Kunden dann überlassen, ob sie weiter mit der Agentur zusammenarbeiten oder mit mir.«

»Okay, okay, lass uns am Montag unter vier Augen darüber reden.« Andreas blickte zu Boden. Eine Haarsträhne hing ihm schräg über die Stirn. Er lockerte seinen Krawattenknoten und öffnete den obersten Knopf seines weißen Hemdes.

»Montag. Um zehn?« Pia wusste, dass sie gewonnen hatte, dass Andreas es nur nicht offen eingestehen konnte. Doch das störte sie nicht.

Das war ihr großer Tag, auf den sie die ganzen Jahre hingearbeitet hatte. Nun wäre sie nicht länger »die Kleine« in der Runde von fünf Männern. Nie mehr würde von ihr erwartet werden, Kaffee für alle zu kochen, vor der Arbeit im Supermarkt Knabbereien für die Kunden zu besorgen und die Teller aufzufüllen. Nun konnte niemand mehr ignorieren, dass sie gut war, sehr gut sogar. Sie zog die Hände wieder aus den Hosentaschen. Es war geschafft und gar nicht so schwer gewesen – das war ihr persönlicher Sprung vom Zehn-Meter-Turm.

Sie ging zum Fenster, zog ihr Handy hervor und schickte eine Nachricht an Fabian.

*Den Zug in zwei Stunden erreiche ich locker. Freu mich auf dich! Hab dir einiges zu erzählen.*

Alles Weitere wollte sie ihm später persönlich sagen, wenn er sie vom Bahnhof abholte. Sie konnte es kaum erwarten. Erst dann würden sich die Dinge real anfühlen. Noch war dieser Sektempfang wie etwas, das sie im Fernsehen betrachtete oder das ihr jemand erzählte, ohne dass sie selbst beteiligt war.

Vier Stockwerke unter ihr, auf der anderen Seite der Mehrfachverglasung, staute sich der Berufsverkehr. Dumpf und leise drang das Hupen der Wagen herauf, sodass sie sich konzentrieren musste, es neben dem Rauschen der Klimaanlage überhaupt wahrzunehmen. Von hier oben wirkten die vorbeieilenden Menschen seltsam fern. Sie zogen die Mützen und Kapuzen tiefer in die Gesichter, manche öffneten ihre Schirme gegen den einsetzenden Schnee. In den Räumen der Werbeagentur war es dagegen so warm, dass Pia ihre Strickjacke bereits vor Stunden ausgezogen hatte. Es war geschafft!

Starr blickte sie weiter nach draußen. Mit der beginnenden Dunkelheit verwandelten sich die Menschen in Schatten, die vorbeiwischten. Sie zwang sich, ihre hochgezogenen Schultern zu entspannen. Es war geschafft, sagte sie sich noch einmal und wartete auf die Freude, wie sie sich in ihr ausbreiten würde, auf die Erleichterung, die Entspannung und die Genugtuung. Doch in ihrem Innern waren nichts als eine seltsame Leere und endlose Erschöpfung. Lag es an den durchgearbeiteten Nächten? An der Müdigkeit? Ob sie den Erfolg genießen könnte, wenn sie neben Fabian ausgeschlafen und mit ihm in Ruhe gefrühstückt hätte?

»Lasst uns feiern!«, rief Andreas. »Heute geht alles auf mich. Im Landhaus Burgeck ist schon ein Tisch für uns reserviert. Es gibt viele, die kämpfen, viele, die etwas wollen. Jetzt gehören wir zu denen, die nicht nur wollen, sondern auch können. Meine Güte, was klingt das pathetisch! Aber so ist es. Lasst uns feiern!«

Mit einem Mal waren Pias Zweifel weg und genauso dieses seltsame Glasglockengefühl. Sie hakte sich bei Andreas ein und ließ sich von ihm mitziehen. Man mochte über ihn sagen, was man wollte – seine Witze waren manchmal dämlich, er konnte überheblich sein, dass es nervte –, doch er riss mit seiner Begeisterung alle mit sich. Seine gute Laune und sein Optimismus waren wie eine warme Decke und ein Glas Glühwein im Anschluss an eine lange Winterwanderung.

Sie warf einen letzten Blick aus dem Konferenzraum nach draußen. Es war schnell vollständig dunkel geworden. Die Menschen waren nicht mehr zu erkennen, trotz der Straßenbeleuchtung, zu dicht war der Nebel. Von den Autos sah sie nur die Scheinwerfer, die zügig vorbeihuschten. Der Stau hatte sich aufgelöst. Und über den Dächern und dem Dunst schimmerte zwischen den Wolken hell ein Stück des Vollmonds hervor. Pia drehte sich um und stellte ihr Glas auf den Tisch.

»Auf, auf«, drängte Andreas, schob sie alle vor sich her, sodass Pia nur im Vorbeigehen ihre Jacke greifen konnte. »Aufräumen können wir am Montag, das Chaos läuft nicht weg.«

# 2

In ihrer Nachricht an Fabian hatte Pia geschrieben, dass sie noch kurz mit ihren Kollegen etwas trinken gehen wolle. Ein kleines Glas Rotwein, nichts essen, einfach nett zusammensitzen, die Arbeitswoche ausklingen lassen und ihren Erfolg feiern. Das ausgelassene Stimmengewirr legte sich wie eine schützende Hülle um sie, löste die Anspannung in den Schultern und die Verkrampfung in ihrem Kiefer.

Der Geruch von Marcels gebratener Forelle neben ihr, der Anblick der gerösteten Mandelstücke darauf und die Butterkartoffeln ließen ihren Magen aufknurren. Das Wasser lief ihr im Mund zusammen. Mit einem Schluck Wein versuchte sie, den Wunsch nach etwas Essbarem zu mildern.

»Bestell dir doch auch was«, sagte Marcel. »Dein Magenknurren ist ja bis hierher zu hören.«

Sie sah auf ihr Handy. In einer halben Stunde ging ihr ICE nach Berlin. Um den zu erreichen, musste sie sich beeilen und hoffen, zügig ein freies Taxi zu bekommen. Der Schnee und der Nebel würden die Fahrt nicht erleichtern.

»Keinen Hunger.« Sie steckte ihr Smartphone in die Jacketttasche zurück und setzte sich auf die Stuhlkante.

»Das sieht aber anders aus, so wie du auf Marcels Essen starrst.« Andreas lachte.

»Darf ich mal probieren?«, fragte sie. »Nur einen Happen?« Marcel schob seinen Teller in ihre Richtung und nickte.

Langsam faltete Pia die Serviette auseinander, legte sie auf ihren Schoß, nahm die Gabel, drückte damit ein Stück Fisch und eine kleine Ecke von der Butterkartoffel ab, pikte dann ein Stück Mandel auf. Sie spürte die Wärme des Essens an ihren Lippen und auf ihrer Zunge. Die Butter auf der Kartoffel! Die Kartoffel an sich! Die Mandel, so angebraten, dass sie kräftig, gleichzeitig nicht bitter war. Und der Fisch! Es schmeckte noch besser, als sie es sich vorgestellt hatte. Sie war nie zuvor in diesem Restaurant gewesen, konnte aber nun gut nachvollziehen, warum alle davon schwärmten.

»Okay, überzeugt«, sagte sie und hob ihre Hand, um die Bedienung heranzurufen. Wann gab es schon einmal einen solchen Erfolg zu feiern? Wie sah es aus, wenn sie, die heutige Hauptperson, die Feier als Erste verließ? Fabian würde es verstehen.

Ihr Hunger war inzwischen ein so schmerzhaftes Nagen in der Magengegend, dass sie ihn kaum ignorieren konnte.

Zu ihrem Menü – Suppe, dann Forelle mit Kartoffeln und Salat, anschließend Crème brûlée – wählte sie einen fruchtigen Weißwein.

*Es wird heute doch nichts mehr. Wir feiern noch den Vertragsabschluss. Rufe dich morgen früh direkt an. Liebe dich!*

Sie zögerte kurz und schickte die Nachricht ab. Am Anfang ihrer Beziehung hatten Fabian und sie abgemacht, das Berufliche vornan zu stellen. Jeder sollte erst einmal im Job Fuß fassen, sich auf sich selbst konzentrieren. Das Thema Zusammenziehen und Familiengründung eilte nicht. Dann hatten sich beide im Laufe der Zeit an die positiven Seiten gewöhnt, die es mit sich brachte, den Alltag unter der Woche allein nach den eigenen Bedürfnissen zu gestalten, ohne auf irgendjemanden Rücksicht nehmen zu müssen. Im Gegenzug war jedes Treffen, jedes gemeinsame Wochenende wie ein Kurzurlaub gewesen. Trotzdem regte sich in ihr ein inneres Grummeln, das sie versuchte beiseitezuschieben.

Die Verhältnisse hatten sich verschoben. Sie war inzwischen diejenige, die mehr arbeitete, Verabredungen häufiger platzen ließ, keine Zeit fand, zurückzurufen, und auf manche Nachricht so spät antwortete, dass er schon weitere Mitteilungen geschickt hatte.

Ihm behagte das nicht, das wusste sie, obwohl er nicht darüber sprach. Sie merkte es daran, wie kurz angebunden er reagierte, sodass sie immer länger brauchten, bis sich bei ihren Treffen nach einer anfänglichen Schweigephase ein ausgelassenes Plaudern ergab.

Früher hatte es nur ein paar Minuten gedauert, bis sie ihre Finger kaum mehr vom andern lassen konnten, bis sie seine Lippen auf ihren schmeckte, weich und warm mit dem Geschmack nach Zitronenbonbons.

Mit dem Handy schob sie auch die Gedanken an Fabian beiseite. Bald waren ihre Grübeleien vollständig verschwunden. Die Stimmung wurde gelöster, Andreas hatte es nicht länger nötig, seine Position als Agenturleiter zu demonstrieren. Er konnte richtig witzig sein! Locker! Kreativ und ein guter Zuhörer! So kannte sie ihn gar nicht! Im Verlauf des Essens breitete sich allmählich eine angenehme Sättigung in ihr aus.

Dass die Zeit so schnell verging, dass es so spät geworden war, bemerkte sie erst, als der Restaurantbesitzer an ihren Tisch trat und erklärte, dass sie eigentlich um 24 Uhr schließen würden und es nun schon kurz nach zwei war.

»Ich zahle«, sagte Andreas. »Würden Sie uns bitte auch noch zwei Taxis bestellen?«

Scherzend gingen sie ein paar Minuten später zu sechst nach draußen. Wie kalt es geworden war! Pia schob die Hände in die Jackentaschen. Der Schnee war zwar geschmolzen, aber auf dem Boden hatte sich eine Eisschicht gebildet, die im Licht der Laternen glitzerte. Durch die dünnen Ledersohlen erreichte die Kälte erst ihre Füße, bald breitete sie sich in ihrem gesamten Körper aus. Da half es auch nicht, dass sie unruhig von einem Bein aufs andere trat. Aus zehn Minuten, die sie warteten, wurden zwanzig und dann eine halbe Stunde.

»Die Wagen kommen nicht. Wir sollten noch mal anrufen«, sagte sie, »und nachfragen.«

»Totaler Quatsch.« Marcel schnaubte laut und wandte sich an Andreas. »Ich fahre. Hätte ich sowieso angeboten, wenn du nicht so schnell gewesen wärst mit der Taxibestellung. Bei meinem Siebensitzer bleibt sogar noch ein Platz frei. Er steht direkt um die Ecke.«

»Jemand anderes sollte fahren.« Andreas nahm sein Handy. »Ich kläre das mit der Taxizentrale. Du hast getrunken.«

»Getrunken?« Marcel lachte auf. »Ein halbes Glas Wein! Vor Stunden schon!«

In Pias Innentasche vibrierte es. Sie zog ihr Smartphone hervor, trat ein paar Schritte beiseite und las die Nachricht. Fabian!

*Ich denke, wir müssen unsere Beziehung generell überdenken und ernsthaft darüber sprechen. Wir sollten aufhören, uns etwas einzureden. Ich schätze dich sehr, das weißt du. Deine Warmherzigkeit, Offenheit, Direktheit, dass du eine Kämpferin bist. Aber ich denke, es ist besser, erst einmal getrennte Wege zu gehen. Jedenfalls vorerst, um dann eine gemeinsame Entscheidung zu treffen, füreinander ohne Einschränkungen oder eben nicht.*

Pia atmete tief ein und stockend wieder aus. Sie musste ihr Handy fest umklammern, damit es ihr nicht zwischen den Fingern hindurchrutschte. Hatte Fabian jetzt völlig den Verstand verloren? War es nicht typisch für ihn, lange Zeit nichts zu sagen und dann so einen Knall zu produzieren?

Und das mitten in der Nacht! Wenn er nicht schlafen konnte, wurde er unausstehlich. Diese »philosophisch melancholischen Momente«, wie sie es nannte, kannte sie bei ihm nur zu gut. Morgen würde es schon wieder anders aussehen. Sie verharrte in Kältestarre, bemerkte, dass Marcels Wagen neben ihnen am Straßenrand stoppte. Dabei hatte sie gar nicht mitbekommen, dass er überhaupt aufgebrochen war, um das Auto zu holen.

Sie tippte eine Antwort.

*Wenn du meinst, dass eine Art Beziehungspause zu einer Erleuchtung führt? Aber wie auch immer: Man sieht sich.*

Pia unterdrückte das Bedürfnis, gegen den Vorderreifen zu treten. Sie wusste nicht, über wen sie sich mehr ärgerte, über Fabian und seine unvermittelten Ausbrüche oder über sich selbst, wie sie darauf jedes Mal mit einem Trotz reagierte, den sie an sich hasste, der sie dastehen ließ wie ein Kindergartenkind an der Supermarktkasse, dem die Eltern verboten, eine der unzähligen bunten Süßigkeitenpackungen zu nehmen.

»Also, was ist jetzt?«, fragte Marcel.

Pia blickte sich um. Die fünf Männer waren bereits eingestiegen. Sie stand allein in der Kälte und der Dunkelheit. Ihr Verstand sagte ihr, dass es stimmte, was Andreas gesagt hatte: Marcel hatte getrunken. Gleichzeitig wollte sie einfach nur weg von diesem abgelegenen Gasthaus, weg von ihren Problemen, von den Gedanken an Marcel, weg von allem.

»Ach, verdammt, fahren wir.« Pia umfasste den Türgriff. Sie wollte nicht länger in der Kälte herumstehen und auf ein Taxi warten, das schlussendlich doch nicht käme. Und sie ertrug das Alleinsein nicht. Sie brauchte nicht zu reden, es reichte zu wissen, dass dort noch andere auf der Welt waren, die ihr gerade jetzt keine Vorwürfe machten. Dennoch zögerte sie kurz, ließ den Türgriff wieder los. »Und du hast wirklich nur ein halbes Glas Wein getrunken?« Wenn sie sich recht erinnerte, waren es zwei oder drei Gläser gewesen.

»Glaub mir, ich weiß, wann ich fahren kann und wann nicht.« Marcel kam um den Wagen herum, stellte sich auf ein Bein und hob beide Arme hoch. »Sollen wir mal sehen, wer von uns länger so stehen kann? Das ist Yoga. Gelernt im letzten Geburtsvorbereitungskurs. Na, wenn ich damit nicht durch jede Polizeikontrolle komme.«

Pia lachte. »Quatschkopf.«

Er öffnete ihr mit großer Geste die Beifahrertür. Sie stieg ein und ließ sich gegen die Rückenlehne sinken, die angenehm warm war. »Wow, eine Sitzheizung«, sagte sie und merkte, wie belegt ihre Stimme klang, jedes Wort zentnerschwer mit Melancholie angefüllt.

Die Lichter der Straßenlaternen und Häuser nahm sie durch ihren Tränenschleier nur verschwommen wahr. Sie war froh, dass in der Dunkelheit niemand erkennen konnte, wie es ihr wirklich ging.

Ein Spiegeln auf der Fahrbahn irritierte sie. Erst dachte sie, es sei wegen der Tränen, und rieb sich die Augen. Doch das Glitzern tauchte immer wieder mitten auf der Landstraße auf. Nicht nur der Weg vor dem Gasthaus war vereist, sondern auch die Straße, auf der anscheinend nicht gestreut worden war.

»Fahr langsamer«, sagte sie. »Die Straße ist voller Eis. Verdammt, guck dir das an.«

Marcel reagierte nicht, plauderte weiter. Dann stöhnte er auf. »Ein Laster. Und wie der kriecht! Dass das jetzt noch sein muss! Warum nimmt der nicht die Autobahn und quält sich über die Käffer?« Er setzte zum Überholen an.

Das helle, weiße Licht tauchte so schnell vor ihnen auf, dass Pia es erst bemerkte, als es knallte. Es zischte, splitterte und quietschte. Ein Motorrad flog vor ihnen hoch, während sie sich drehten, und krachte donnernd vor ihnen auf die Erde. Alle Luft wurde ihr aus der Lunge gepresst.

# 3

Wie betäubt schob sich Pia im Bett von einer Seite auf die andere. Sie entwirrte das Deckenknäuel an ihren Füßen. Draußen war es hell geworden. Es war Sonntag. Seit ihr eine Krankenschwester in der Nacht zum Samstag einen Pappbecher mit Wasser angeboten hatte, hatte sie nichts mehr getrunken oder gegessen. Ihre Lippen fühlten sich rau und rissig an, die Zunge hinterließ einen klebrigen Film, wenn sie darüberfuhr. Trotzdem konnte sie sich nicht überwinden aufzustehen, ins Bad zu gehen und ein paar Schluck Wasser aus dem Hahn zu trinken.

Ihr sei nichts passiert, hatten die Ärzte im Krankenhaus gesagt und sie nach Hause geschickt. Auch ihre Kollegen waren allesamt unverletzt geblieben, doch es war, als hätte ihr jemand alle Glieder abgetrennt. Und nun lagen Hände, Arme, Füße, Beine wie sinnlose Einzelteile neben ihr und ihr fehlte die Kraft, sie zu einem einheitlichen Ganzen zusammenzusetzen. Der Anblick des Motorradfahrers wurde wieder lebendig, sobald sie die Augen schloss. Dann sah sie ihn vor sich in seiner schwarzen Montur mit dem schwarzen Helm, angestrahlt vom rechten unbeschädigten Scheinwerfer von Marcels Wagen. Das linke Vorderlicht war kaputtgegangen. Der eine Strahl erschien ihr wie ein Bühnenscheinwerfer, auf das gerichtet, was wie eine irreale

Inszenierung schien, unwirklich wie ein Schockmoment im Film. Unter dem Helm am Hals sickerte Blut heraus, ließ den weißen Eisüberzug der Straße schmelzen. Sie wusste nicht, wer geschrien hatte. Der Motorradfahrer hatte dagelegen wie tot, aber er hatte gelebt, weil er mit dem Bein gezuckt hatte beim Hochheben auf die Bahre. Der Schrei hatte sich in ihren Kopf eingebrannt und einen Kopfschmerz hinterlassen, der noch anhielt.

Ihr war nichts passiert. Nichts passiert, versuchte sie sich immer wieder zu sagen, doch es beruhigte sie nicht, im Gegenteil. Das Geschehene war kein Film, den man zurückspulen konnte und anschließend die Spule wechseln. Es gab auch keine Taste, um vorzuspringen und zu wissen, wie die Angelegenheit ausgehen, ob der Motorradfahrer es schaffen würde. Eine endlose Gedankenschleife hielt sie in ihrer Starre. Was wäre, wenn …

Wenn sie direkt zu Fabian aufgebrochen wäre.

Wenn sie nicht in den Wagen eingestiegen wäre und Marcel wegen der sich anschließenden Diskussion ein paar Minuten später gestartet wäre.

Wenn sie auf einem Taxi bestanden hätte.

Wenn sie gesagt hätte, ihr sei nicht nach Feiern zumute.

All die Wenns verbanden sich zu einem Nebel, der sie in eine Zwischenwelt katapultierte, in der die Hypothesen sie wie ein Spinnennetz umgarnten, sie gefangen nahmen, sie aber gleichzeitig vor dem beschützten, was außerhalb dieses Netzes auf sie wartete.

Ihr Handy klingelte mit der Melodie von »Für Elise«, die sie für Kollegenanrufe reserviert hatte, doch Pia nahm nicht ab, wie die siebzehn Male davor auch nicht. Es gab nichts mehr zu sagen. Alles, was gesagt werden konnte, war bereits gesagt. Worte spielten sowieso keine Rolle, weil dadurch das Geschehene nicht rückgängig gemacht werden konnte.

Kurz war Stille, dann erklang zum neunzehnten Mal »Für Elise« und nur Sekunden nach dem Abbrechen des Klingeltons war aus dem Handy Jazzgitarrenmusik zu hören. Fabian. Doch auch ihn wollte sie nicht sprechen. Ihr fehlte die Kraft für Entschuldigungen, Erklärungen und Versöhnungen und Grundsatzdebatten, obwohl sie ihm dankbar war, dass er sich nach ihrem frustrierenden Nachrichtenaustausch als Erster meldete. Wenn er explodierte, dann heftig, aber er war meist derjenige, der anschließend wieder auf sie zuging, ihr die Hand anbot, es ihr leicht machte, einen Streit hinter sich zu lassen.

Nun blieb das Handy ruhig, was auch dadurch bedingt sein konnte, dass es auf dem Esstisch lag, ohne an den Strom angeschlossen zu sein. Es war sowieso ein Wunder, wie lang der Akku bereits gehalten hatte. Inzwischen war sie so müde, dass sogar das Bild des Motorradfahrers verblasste, wenn ihr die Augen zufielen. Sie kannte das Phänomen aus ihrer Kindheit: Wenn ein wirkliches Desaster passiert war, halfen sich ihr Körper und ihre Seele, indem sie in eine endlose Müdigkeit verfiel. Der Schlaf war dann zwar oberflächlich und häufig unterbrochen, aber die Müdigkeit wurde nicht weniger. Die Erinnerung wich einem schwarz-rot-weißen Aufblitzen auf ihrer Netzhaut, schwarz wie die Nacht, rot wie Blut, weiß wie das Eis auf der Fahrbahn …

Als sie das nächste Mal aufwachte, war es dunkel im Zimmer. Das Licht der Straßenlaterne warf einen matten Schein an die Decke. Über ihr war bei den Nachbarn Kindergetrappel zu hören und Stühlerücken, ein leises Geplauder, von dem sie manchmal die Satzmelodie wahrnahm, aber keine Worte verstehen konnte. Es war die übliche morgendliche Geschäftigkeit der Familie über ihr, bevor das eine Mädchen in den Kindergarten und das andere in die Schule gebracht werden würde. Die Hellhörigkeit des Hauses machte einen Wecker überflüssig. Oft hatte sich Pia darüber aufgeregt, nun beruhigte es sie. Die Welt drehte sich weiter. Menschen standen auf und gingen ihrer Arbeit nach. Sie aßen und redeten.

Benommen richtete sich Pia auf. Der Durst war nun so stark, dass er schmerzhaft war. Sie taumelte ins Bad und hielt ihren Kopf unter den Wasserhahn. Dabei lief das Wasser seitlich über ihr Gesicht, sodass sie zugleich trinken konnte. Die Nässe und die Kälte des Wassers klärten ihre Gedanken. Etwas Fürchterliches war passiert. Trotzdem zwang ihr Körper sie zum Handeln. Es waren die einfachsten Tätigkeiten, an denen sie sich nun festhielt und die sie ins Leben zurückkatapultierten.

Trinken.

Essen nicht, sie hatte keinen Hunger. Und beim Gedanken an Kaffee wurde ihr übel.

Dann einen Tee aufbrühen. Kamille.

Das Handy ans Ladekabel stecken.

Sich ausziehen. Ihre Strumpfhose war vom Blut des Motorradfahrers an ihr Knie geklebt.

Die Kleidung von der Nacht auf Samstag nicht in die Wäsche, sondern in den Müll werfen.

Duschen. Sie war verschwitzt und es reichte nicht, den Kopf unter den Wasserhahn zu halten.

Frische Kleidungsstücke aus dem Schrank anziehen.

Zur Arbeit gehen.

*

Beim Blick das Bürogebäude hinauf fiel ihr der 10-Uhr-Termin mit Andreas ein. Jahrelang hatte sie auf diese Chance hingearbeitet, nun ließ sie die Aussicht auf eine dicke Gehaltserhöhung so gleichgültig, dass sie sich fragte, warum sie nicht einfach umdrehte, wieder nach Hause ging und dann …

Das »Und dann …« wuchs sich in ihren Gedanken zu einer Gewitterwolke aus, die sich über ihr zu entladen drohte. Zurückzukehren in die Stille und Einsamkeit schien ihr noch bedrohlicher, als einen Fuß vor den anderen zu setzen, die

Glastür zu öffnen, weiter voranzugehen, den Aufzugknopf zu drücken, einzusteigen und sich im Bürogebäude nach oben fahren zu lassen. Die Tätigkeiten, die sie an so vielen Vormittagen ausgeführt hatte, vermittelten ihr Sicherheit.

»Guten Morgen«, rief sie zur Begrüßung, wie sie es immer getan hatte.

Ein mehrstimmiges »Guten Morgen« kam zurück. Die Tür zu Andreas' Büro stand offen. Kurz blickte er von seinem Computer auf, als sie vorbeiging. Auch die anderen vier waren bereits da, betrachteten im Besprechungsraum ausgedruckte Werbeplakate für ein Start-up-Unternehmen, das sich vorgenommen hatte, den Stadtverkehr mit elektrischen Verleihrollern zu revolutionieren.

Pia setzte sich an ihren Schreibtisch. Durch die geöffnete Tür hörte sie die angeregte Unterhaltung aus dem Besprechungszimmer, weiter im Hintergrund telefonierte Andreas. Telefone klingelten. Kunden kamen und gingen. Es wurde zehn Uhr. Elf Uhr. Zwölf Uhr. Der geplante Termin mit Andreas verstrich, ohne dass sie oder Andreas aufeinander zugingen. Jeder blieb in seinem Büro. Pia vertrieb sich die Zeit mit dem Abarbeiten von Abrechnungen, die offen waren – eine Routinetätigkeit, für die sie sich nicht anstrengen musste.

»Kommst du mit zum Mittagessen?«, rief es aus dem Flur und in dem Moment fiel Pia auf, dass ihr Computer abgestürzt war und sie es nicht einmal bemerkt hatte.

»Keinen Hunger«, sagte sie und lauschte den Schritten, die sich entfernten. Die Eingangstür zum Agenturbüro schlug zu mit einem metallischen Klang, den nur Sicherheitstüren hatten. Kurz darauf hörte Pia, wie ein Schlüssel herumgedreht wurde, Schritte erklangen und die Tür wieder ins Schloss donnerte.

Sie setzte sich aufrecht hin, zog die Tastatur heran, starrte demonstrativ auf den Bildschirm und tat so, als würde sie tippen.

»Pia?« Marcel lugte herein. Seine Augen waren gerötet. Er blinzelte.

»Ja?«

»Hast du es schon gehört?«

»Was?«

»Darf ich?« Langsam näherte sich Marcel. Anstatt sich wie üblich auf ihren Schreibtisch zu setzen oder auf dem Stuhl davor Platz zu nehmen, blieb er in der Mitte des Raumes stehen. Mit einem Mal wirkte Pias Büro viel größer und Marcel kleiner – wie ein Kind, das sich verlaufen hatte.

»Bist du nicht mit den anderen zum Essen?«, fragte Pia, um der sich ausbreitenden Stille nicht noch mehr Macht zu geben. Sie stand auf und kippte das Fenster. Das Rauschen der vorbeifahrenden Wagen zeugte von einer Normalität, an die sie so gern geglaubt hätte.

»Er wird sterben. Daran ist nichts zu ändern«, flüsterte Marcel.

Sie wusste sofort, wen er meinte. Den Motorradfahrer. Wieder tauchte das Bild von der schwarzen Gestalt auf dem mit Weiß überzogenen Asphalt in ihrer Erinnerung auf, so lebendig, dass sie das Gefühl hatte, danach greifen zu können. Sie blickte hinunter auf die Straße, um das Bild loszuwerden, indem sie dem Geschehenen die aktuelle Realität gegenüberstellte. Dass das wirklich funktionierte, daran glaubte sie nicht.

»Woher weißt du das?« Sie mied den Blickkontakt und wünschte sich, er würde gehen. Doch er blieb regungslos stehen, weiterhin mitten im Raum.

»Die Polizei war da. Sie wollten noch mal alles durchgehen.«

Pia wartete darauf, dass Marcel weitersprach, doch er schwieg.

»Und?«, fragte sie.

»Ich habe das mit den anderen abgeklärt, wie wir uns am besten verhalten, wenn es zu einem Verfahren kommt. Und es wird ein Verfahren geben, so viel ist sicher. Die machen daraus eine ganz große Nummer. Die Glätte, die schlechte Sicht, der blöde Zufall, das zählt für sie alles nicht. Die wollen Schuldige. Auf Deubel komm raus. Und dann ist ja klar, wie das laufen wird, wenn wir nicht gegensteuern. Andreas hat für mich schon einen alten Schulkameraden angerufen, seinen ehemals besten Freund, der in Frankfurt eine der angesehensten Kanzleien führt. Teuer, aber effizient. Mit allen Wassern gewaschen. Er hat einige Promis aus der Scheiße rausgehauen, ist bekannt dafür, dass er nie aufgibt. Jetzt habe ich den Namen vergessen. Das ist die Müdigkeit. Du siehst übrigens auch übel aus. Nicht geschlafen, oder? Wir dürfen uns das nicht so zu Herzen nehmen. Was passiert ist, ist passiert. So ist es nun mal. Da helfen kein Jammern und kein Bedauern mehr. Aber das tut ja auch keiner von uns. Wenigstens etwas. Zusammenhalten war ja schon immer unsere Stärke. Wir haben unser Leben. Ich dazu die Kinder. Für die habe ich die Karre ja erst gekauft. Der Motorradfahrer war überhaupt nicht zu sehen. Du hast deinen – wie heißt er noch mal? Fridolin? Lorenz? Mensch, das ist, als hätte ich einen Hirnstau. Alle Namen sind weg. Wobei – deiner ist da. Wenigstens etwas.« Er lachte betont unbeschwert, doch es klang verzweifelt. »Was ich sagen wollte, ja, also, wir sollten unsere Aussagen absprechen. Wie ich mitgekriegt habe, hast du ja noch gar nichts richtig zu Protokoll gegeben, oder? Du warst fix und alle im Krankenhaus. Hast gar nichts gesagt, soweit ich mich erinnere. Also sie fragen dich noch mal. Oder waren sie etwa schon da, bei dir zu Hause?«

Pia schüttelte den Kopf.

»Verfahren«, wiederholte sie und fragte sich, ob sie auch bestraft würde. Sie sagte sich, dass sie sich davor fürchten sollte, stattdessen breitete sich eine Ruhe in ihr aus, die sie seit dem Unfall nicht mehr gespürt hatte. Es würde versucht werden, Gerechtigkeit zu schaffen. Sie fürchtete sich nicht vor einer Strafe. Es erschien ihr im Gegenteil als die einzige Möglichkeit, jemals wieder innere Ruhe zu finden, wenn ein Richter bestimmte, was sie tun müsste, um von der Schuld erlöst zu werden.

»Also, was ist? Waren sie schon bei dir?«, fragte Marcel. »Hast du schon geredet?«

»Nein. Sag ich doch.«

»Hast du nicht gesagt. Aber ist ja auch egal. Wichtig ist halt, dass wir die Aussagen aufeinander abstimmen. Die Version geht so: In meinem Wagen war noch eine leere Flasche Rotwein, die ich zum Altglascontainer bringen wollte, zusammen mit einer Tüte voller Weckgläser. Ich hab denen gesagt, dass ich nach dem Unfall die Flasche – also die Rotweinflasche aus dem Auto – leer getrunken habe, um mich abzuregen, und dass ich vorher nur …«

Pia rannte zur Toilette und übergab sich. Sie putzte sich das Gesicht mit Toilettenpapier, spülte den Mund mit Leitungswasser nach. Als sie die Agenturräume verlassen wollte, prallte sie so fest mit Andreas zusammen, dass sie stolperte. Der blickte zu Pia und dann zu Marcel, der inzwischen hinter ihr im Flur stand.

»Und? Habt ihr die Angelegenheit geklärt?«, fragte Andreas. »Was ist denn mit dir? Sag jetzt bloß nicht, du bist schwanger.«

»Ich nehme eine Auszeit.« Pia schloss die Augen. Kurz überschlug sie, wie lang sie mit ihrem Ersparten die laufenden Kosten decken könnte. Lange würde das nicht gehen, aber das spielte auch keine Rolle. Sie würde Zeitungen austragen, in einer Bäckerei aushelfen, irgendetwas, solange sie nur nicht an diesen Ort zu diesen Kollegen zurückkehren musste. Sie konnte nicht begreifen, wie Marcel überhaupt etwas Derartiges denken konnte, geschweige denn dabei auf ihre Hilfe setzen.

»Das kannst du nicht tun. Willst du kneifen? Der Unfall, das ist unser aller Problem.« Andreas versuchte, sie zu berühren.

Pia wich einen Schritt zurück. »So? Ein Problem nennst du das? Und für Marcel geht es hier um verschiedene ›Versionen‹.

Seid ihr alle vollkommen bescheuert? Jemand ist schwer verletzt, wird wahrscheinlich sterben. Wegen uns.«

»Du bist noch jung. Da ist man pathetisch. Mensch, Pia. Aber das hilft uns nicht weiter. Wir müssen das einfach hinter uns bringen, und zwar mit klarem Verstand.«

»Es ist mir egal. Ich will eine Auszeit. Danach reden wir weiter.«

»Niemals.«

»Dann kündige ich.« Sie drehte sich um, holte ihre Handtasche aus ihrem Büro, warf sich ihren Mantel über die Schulter. »Und jetzt geh mir aus dem Weg. Wenn du die Kündigung schriftlich haben willst, schreibe ich sie. Heute noch. Und schicke sie per Einschreiben.«

»Pia, bitte!« Andreas wich einen Schritt zurück, versperrte dadurch die Tür zum Hausflur.

Eine Ewigkeit standen sie sich gegenüber, dann trat Andreas beiseite.

»Okay«, sagte er. »Aber du weißt, dass du jederzeit eher zurückkommen kannst. Morgen schon. Wir stellen niemanden ein, deine Stelle bleibt frei. Einen Ersatz für dich gibt es sowieso nicht. Mensch, Pia, du bist mein bester Mann. Und falls es um Geld geht, können wir auch über zwölfhundert mehr reden. So einen Gehaltssprung kriegst du nirgends und außerdem …«

»Wie könnt ihr nur! Diese Gleichgültigkeit.« Pia ging durch die Tür in den Flur. Den Aufzug wollte sie nicht nehmen, weil ihr das zu lange dauerte. So öffnete sie die Tür zum Treppenhaus, das üblicherweise gar nicht genutzt wurde, und rannte ins Freie. Sie musste weg. Einfach nur weg. Erst draußen fragte sie sich, was gerade geschehen war, was sie getan hatte, was das konkret für sie bedeutete.

# 4

Unzählige Male war Pia diese Allee schon entlanggegangen, mit den Bäumen beidseitig des Kopfsteinpflasters, hinter einem hüfthohen Metallzaun der Park mit dem Ententeich auf der rechten Seite. Die Boutiquen auf der anderen Straßenseite waren überteuert. Aber immer wieder hatte sie einen Teil ihres Gehalts dagelassen, weil es zu verlockend gewesen war, sich nach einem anstrengenden und oft auch frustrierenden Arbeitstag mit einem neuen Kleidungsstück zu belohnen. Nun fragte sie sich, ob wirklich sie es gewesen war, die dort eingekauft hatte, die die Allee entlanggegangen war, so abstrus kam ihr alles vor – als hätte ihr jemand ihren Körper gelassen und gleichzeitig die Seele und das Leben geraubt. Niemand nahm Notiz von ihr. Menschen eilten vorbei, ohne sie anzusehen, als wäre sie bereits zu einem Geist geworden. Mütter schoben Kinderwagen, telefonierten dabei am Handy. Dass es zu keinem Zusammenstoß kam, lag nur daran, dass Pia auswich. Sie wechselte die Straßenseite, um im Vorbeigehen ihr Spiegelbild zu betrachten. Das war sie: die roten Doc-Martens-Stiefel, die weite schwarze Chinohose, die blonden, fast weißen kurzen Strähnen, die unter ihrer Wollmütze hervorlugten. Dann die großen silbernen Kreolen am Ohr, die sie seit Freitag trug und vergessen hatte abzulegen. Das war sie und gleichzeitig auch wieder nicht. Ihr Gesicht war leer. Das lag nur daran, dass sie sich bewegte, dass ein Schaufenster kein Spiegel war und nur ein grobes Abbild zeigte, versuchte sie sich zu beruhigen. Doch es änderte nichts daran, dass sie sich selbst nicht mehr kannte, dass sie die Stadt nicht mehr kannte, in der sie aufgewachsen und in die sie nach dem Studium zurückgekehrt war.

Vom Strom der Passanten ließ sie sich in die Fußgängerzone treiben, weiter in Richtung Hauptbahnhof, wieder die Allee entlang bis zum Ententeich. Dann wandte sie sich nach rechts und suchte sich eine Parkbank, um auszuruhen. Ihr Magen knurrte laut, aber sie konnte sich nicht überwinden, in ein Geschäft zu gehen und etwas zum Essen zu kaufen. Die Vorstellung, an der Kasse so eng auf andere Menschen zu treffen und möglicherweise Small Talk führen zu müssen, ließ sie husten.

Es war nicht weit bis nach Hause, eine halbe Stunde zu Fuß, zehn Minuten mit dem Bus, doch dorthin zurückzukehren, war im Moment undenkbar, weil sie den Gedanken nicht ertrug, allein in ihrer Wohnung zu sein mit sich und ihren Gedanken und Erinnerungen. Sie nahm die Mütze ab. Von der ungewohnt langen Strecke war ihr warm geworden. Als die Sonne herauskam, legte sie die Mütze neben sich auf die Bank. Ein Windstoß kam und fegte die Mütze auf den Boden. Pia bückte sich nicht, um sie aufzuheben und wieder aufzusetzen, auch wenn die Sonne hinter den Wolken verschwunden war und langsam ihre Kraft verlor. Es wurde dunkel. Es wurde kalt. Ein Jogger hielt vor ihr an, betrachtete sie mitleidig und kramte in seiner Jackentasche. Bevor Pia begriff, was er tat, war er weitergelaufen. Sie nahm die Mütze und klaubte ein Zwei-Euro-Stück aus einer Stofffalte heraus. Mühsam richtete sie sich auf, steckte das Geldstück ein, weil sie nicht wusste, was sie sonst damit tun sollte, setzte die Mütze auf und bewegte sich Richtung Bushaltestelle, obwohl sie sich noch nicht entschließen konnte, wirklich in einen der Busse einzusteigen.

»Hey!«

Eine bekannte Stimme ließ sie innehalten. Sie drehte sich um. Er war es, ohne Zweifel, auch wenn sie nicht wusste, wie und warum er plötzlich hergekommen war, wie er sie gefunden hatte. Mit seinem modischen Kurzhaarschnitt, dem eleganten Mantel, aus dem hinter dem Schal ein weißes Hemd hervorlugte, wirkte Fabian wie ein Banker oder ein Manager, der gerade Feierabend hatte. An diesem Eindruck änderte auch der Umstand nichts, dass er eine Jeans trug anstelle einer Anzughose. So geordnet, dachte Pia, so adrett, wie sein Leben weiterhin war und ihres nicht. Sie fragte sich, ob er schon immer so gewesen war, so geschäftsmäßig, selbstsicher.

»Hey.« Ihre Stimme klang dünn.

»Du zerrupftes Huhn.« Er küsste sie.

Pia bemühte sich nicht, die Tränen zurückzuhalten. »Du hier?«

»Dein Agenturchef hat mich angerufen.«

»Ist er nicht mehr. Ich bin erst mal raus aus dem Job.«

»Er hat mir erzählt, was vorgefallen ist, von dem toten Motorradfahrer und von dem Verfahren, das sie euch anhängen wollen.«

»So hat sich Andreas also ausgedrückt?« Pia presste die Fäuste in die Augenhöhlen, so fest, bis helle Sterne hinter dem Schwarz auftauchten, dann lockerte sie die Hände wieder. »Wie hast du mich gefunden?«

»Keine Hexerei. Über die Freunde-App. Darüber kannst du auch meinen Standort sehen. Wie ich deinen. Das weißt du nicht mehr? Haben wir doch damals so eingerichtet. Komm, ich stehe im Parkhaus. Ich bringe dich nach Hause.« Er legte seinen Arm um ihre Hüfte.

Pia schob ihn beiseite, löste sich damit aus seiner Umarmung.

»Was denn?«, fragte er.

»Ich kann das nicht.«

»Was kannst du nicht?«

Pia schüttelte sich. Alles, dachte sie und schwieg. In seinen Wagen steigen. Mit ihm kommen. Leben. Reden. Sie wusste nicht, was sie überhaupt noch konnte außer atmen und gehen.

»Ich habe mir Montag und Mittwoch freinehmen können, Dienstag ist ja sowieso mein freier Tag. Der Schulleiter hat zugestimmt, zwar mit einigem Zähneknirschen, aber schlussendlich hat er es bewilligt. Erst Mittwochabend muss ich zurück, damit ich am Donnerstag pünktlich wieder unterrichten kann. Da ist auch die Mathe-Probeklausur für die Abiprüfungen angesetzt. Die kann ich nicht ausfallen lassen. Und am Freitag ist die Physikexkursion ...«

»Fabian ...« Pia legte einen Finger auf seine Lippen. »Du bist gekommen. Das ist total nett von dir. Aber warum hast du nicht vorher angerufen?«

»Habe ich doch. Wenn du nicht abnimmst ...«

»Ach ja, der Akku. Der ist leer.«

»Erzähl mir nichts. Der ist voll, du hast das Handy dabei, sonst hätte ich dich ja nicht orten können.«

»Dass der noch hält. Hätte ich nicht gedacht.« Sie zog das Gerät aus der Hosentasche, in die sie es am Vormittag gedankenverloren gesteckt hatte. Es stimmte, der Akku hatte eine Ladung von zwölf Prozent, das Handy war nur auf lautlos geschaltet.

»Was ist denn los mit dir?«, fragte Fabian. »So kenne ich dich gar nicht. Du stehst ja total neben dir.«

»Was mit mir los ist?« Pia wickelte ihren Mantel enger um ihren Körper. »Jemand liegt im Sterben. Wegen mir.«

»Du bist nicht gefahren. Was redest du! Das ist doch Quatsch.«

»Ich bin eingestiegen. Und ich habe gewusst, wie viel Marcel intus hatte.«

»Selbst wenn. Das kann dir keiner nachweisen, ich meine, dass du weißt, wie viel er getrunken hatte. Du kannst schlichtweg sagen …«

»Glaubst du, darum geht es mir? Um den polizeilichen Beweis?«

»Um was geht es denn sonst?«

Pia schwieg. Wie sollte sie erklären, was sie selbst nicht genau verstand? »Es tut mir leid, dass du extra den weiten Weg gefahren bist. Aber ich kann das jetzt nicht. Mit dir zusammen sein. Reden und so. Ich muss mich erst mal sortieren. Allein.« All die Nähe, die sie einmal für ihn empfunden hatte, war verschwunden. Sie hatte ihn dafür geschätzt, dass er logisch-mathematisch dachte, dass er in ihrem Gedankenwirrwarr immer eine klare Richtung entdeckte, dass er für scheinbar Unlösbares einen Ausweg fand. Nun kam er ihr naiv vor. Die Weltformel, nach der die Wissenschaft suchte und an die Fabian glaubte, existierte nicht.

»Meinst du, ich lass dich hier einfach so stehen?«, fragte er. »In dem Zustand?«

Sie blickte die Straße hinab. Im stockenden Verkehr näherte sich ein Bus, Linie 16, die fast direkt vor ihrer Haustür stoppte.

»Ich steige in den Bus, okay? Und fahre nach Hause. Beruhigt dich das?«

»Und das willst du wirklich?«

Der Bus wurde langsamer, dann bremste er vollständig ab. Mit einem Zischen öffneten sich die Türen. Menschen strömten aus dem Gefährt und drängelten sich hinein. Warme, abgestandene Luft wehte vom Bus nach draußen über ihr Gesicht. Es war das übliche Feierabend-Geschubse, das nur vom Gedrängel zu Zeiten des Schulschlusses übertroffen wurde.

Als die Türen sich gerade schlossen, sprang Pia hinein. »Es tut mir leid«, rief sie Fabian zu und hielt sich fest, um vom Ruck des Anfahrens nicht umgeworfen zu werden.

# 5

Sie hatte es sich auf der Busfahrt unzählige Male vorgestellt: wie sie ihre Haustür aufschließen würde, in die Küche gehen, sich einen Tee kochen, eine Tüte Chips aus dem Schrank holen und vor den Fernseher setzen. Sie würde auf dem Sofa bei laufendem Gerät einschlafen, eingewickelt in ihre Daunendecke, dicke Wollsocken an den Füßen, Pulswärmer an den Armen, den Film nur als beruhigende Hintergrundmusik wahrnehmen. Doch nun schaffte sie es nicht einmal, die Einfahrt zu betreten. Sie blickte die Fassade des Mehrfamilienhauses hinauf. Unter ihrer Wohnung brannte kein Licht. Dafür waren in der Wohnung über ihr alle Zimmer hell erleuchtet. Keiner der Rollläden war heruntergelassen, sodass sie sehen konnte, wie die Familie mit den zwei Kindern sich zum Essen zusammenfand, wie der Vater immer wieder aufstand, um etwas zum Tisch zu bringen. Wie sie lachten. Wie sie sich umarmten. Wie die Mutter hinterher an der Anrichte stand. Auch wenn Pia nicht wusste, was ihre Nachbarin konkret tat, weil es außerhalb ihres Blickfeldes stattfand, stellte sie sich vor, dass sie Kekse backte. So war das Leben, das Fabian sich mit ihr gewünscht hatte. Längst hatten sie aufgehört, darüber zu diskutieren und zu streiten, aber sie wusste, dass sein und ihr Schweigen nicht hieß, dass er sich von seinem

Lebensentwurf verabschiedet hatte. Vielmehr hoffte er, dass sie irgendwann zur Vernunft käme. Sie schob den Gedanken beiseite, wollte nicht an Fabian denken, nicht daran, wo er die Nacht verbrachte, ob er ein günstiges Hotelzimmer fände, später doch noch einmal vorbeikäme oder sich längst wieder auf dem Rückweg befand. Sie setzte sich auf die Mauer, die den Vorgarten von der Straße trennte, und starrte weiter die Fassade empor. Theoretisch war es so einfach, sich aufzurichten und in die eigene Wohnung zu gehen, doch ihre Beine fühlten sich an wie gelähmt.

»Alles in Ordnung mit Ihnen?« Die Frauenstimme klang weich und tief. Pia wandte sich um und entdeckte ihre Nachbarin von gegenüber, die sie so oft gesehen, aber noch nie gesprochen hatte, all die Jahre nicht ein einziges Mal. Nicht einmal den Namen kannte Pia. Der Blick der Nachbarin schien durch Pia hindurchzugehen, zu einem Punkt zu wandern, der sich ungefähr einen Meter hinter ihr befand. Meistens trug die alte Frau eine dunkle Brille, die ihre Augen verbarg, doch nicht an diesem Abend. Der Golden Retriever, den sie immer bei sich hatte, saß ruhig wie ein Stofftier neben ihr und schaute Pia so intensiv an, als würde er in ihre Seele blicken. Pia spürte, wie Tränen warm über ihre eisig kalten Wangen liefen. Sie wischte die Nässe nicht aus dem Gesicht, weil es keine Rolle spielte, denn die Nachbarin konnte nicht sehen, dass sie weinte. Solange Pia die Luft nicht geräuschvoll durch die Nase hochzog, würde sie es auch nicht merken.

»Alles in Ordnung. Kein Problem«, sagte Pia. Ihre Stimme klang heiser und belegt, als hätte sie eine starke Erkältung. Oder als würde sie weinen.

»Wirklich?«

»Ja.«

Pia wartete darauf, dass die Nachbarin, die wahrscheinlich ihre Abendrunde mit dem Hund gedreht hatte, sich abwandte und in ihr Haus ging, doch sie blieb stehen, genauso wie der Hund sich nicht bewegte.

»Ich bin übrigens Regina«, sagte die Nachbarin. »Regina Schumacher.«

»Pia.«

Mit ihrem Stock tastete Regina sich bis zur Mauer vor, wo sie sich eine Armlänge von Pia entfernt hinsetzte. Der Hund legte sich zwischen sie auf den Asphalt, ließ den Kopf auf die Pfoten sinken und schloss die Augen, als richtete er sich auf einen längeren Aufenthalt ein. Obwohl der Boden kalt war, schien es ihm nichts auszumachen.

Bisher hatte Pia die Nachbarin immer nur mit einem Zopf gesehen, der meistens unter der Jacke verborgen war. Nun war das silbergraue Haar offen und schimmerte im Licht der Straßenlaterne. Die dunklen Augenbrauen bildeten einen starken Kontrast dazu, sodass ihr Gesicht trotz der Augen, die ins Leere blickten, wunderschön aussah, fand Pia. Es war ein Gesicht, das man kaum vergessen konnte, wenn man es einmal gesehen hatte.

»Bis vor zwei Jahren habe ich als Richterin gearbeitet. Die Gesetzestexte sind das eine, darin kannte ich mich aus. In der Zeit im Gericht habe ich aber vor allem gelernt, auf den Klang der Worte zu hören. Der sagt mehr aus, als man möchte. Ich will Ihnen nicht zu nahe treten. Sie müssen auch nicht mit mir reden. Aber ich mache mir Sorgen.«

»Ich wohne hier. Alles ist okay.«

Regina nickte.

»Richterin waren Sie?« Pia fragte sich, wie das funktionieren konnte, einen solchen Beruf ohne Sehvermögen auszuüben.

»Wollen wir uns nicht duzen? Das Sie klingt so förmlich.«

Pia zögerte. »Darf ich dich etwas fragen? In juristischer Hinsicht, meine ich?«

»Sicher.«

Seit der Nacht auf Samstag war so viel geschehen, dass Pia nicht wusste, wo sie anfangen sollte mit ihrer Erklärung. »Es geht um einen Unfall, bei dem ich dabei gewesen bin. Auf dem Beifahrersitz ...« Sie suchte ein Zeichen von Ungeduld bei Regina, entdeckte aber nur Offenheit und Interesse. Stockend begann sie zu schildern, was sich zugetragen hatte, ohne etwas auszulassen oder zu beschönigen. Sie hatte gewusst, dass Marcel getrunken hatte. Das war der Punkt, der sie nach der schweren Verletzung des Motorradfahrers am meisten belastete.

»Und jetzt möchtest du eine juristische Einschätzung?«, fragte Regina.

»Bitte.« Pia wusste nicht, ob sie wirklich hören wollte, was auf sie zukommen könnte.

»Juristisch gibt es da nichts zu befürchten. Ein Unterlassungsdelikt liegt nur bei einer Garantenstellung vor.«

»Was?«

»Das ist nur der Fall, wenn zum Beispiel ein Kind einen Schaden anrichtet und die Eltern durch ihre Aufsichtspflicht mit haftbar sind. Fremde – beziehungsweise Kollegen – haben keine Garantenstellung. Kurz gesagt existiert juristisch betrachtet deinerseits keine Straftat. Das Einsteigen in den Wagen kann nicht einmal als Ordnungswidrigkeit verfolgt werden.«

Pia vergegenwärtigte sich Reginas Worte und die Bedeutung dessen und wartete darauf, dass sich Erleichterung einstellte. Sie würde in einem möglichen Prozess höchstens als Zeugin vernommen werden, selbst aber nicht angeklagt. Es gäbe kein Gefängnis für sie, nicht einmal eine Geldstrafe, so viel hatte sie verstanden. Besser konnte es für sie nicht laufen.

»Ah«, sagte Pia und blickte beiseite, weil sie Reginas Nähe nur noch schwer ertrug. Juristische Schuld war das eine, doch es blieb die Tatsache, dass ein Mensch im Sterben lag und dass sie das möglicherweise hätte verhindern können.

»Du bist kein schlechter Mensch.« Regina richtete sich auf. »Falls du dir das vorwirfst.«

»Wie kannst du wissen, was für ein Mensch ich bin?«

»Ich weiß es. Möchtest du mit zu mir kommen? Ich lade dich ein. Auf einen Tee.«

»Nein danke.« Nun stand Pia auch auf. »Ich fahre noch einmal mit dem Bus in die Stadt und gucke, was im Kino in der Spätvorstellung läuft. Man sieht sich. Und danke. Danke für die juristische Einschätzung und die genaue Erklärung.« Sie reichte Regina die Hand, die sekundenlang in der Luft zwischen ihnen hing, dann schob Pia ihre Hand in die Manteltasche und ärgerte sich über sich selbst, dass sie die Sinnlosigkeit dieser Geste nicht im Vorhinein bedacht hatte. Regina konnte die entgegengestreckte Hand ja nicht sehen.

»Falls du es dir nach der Vorstellung anders überlegst: Mein Angebot steht. Ich brauche in meinem Alter nicht mehr viel Schlaf und gehe sowieso erst weit nach Mitternacht ins Bett.«

»Danke. Aber Vorsicht, im Zweifelsfall nehme ich die Einladung wirklich an.« Pia lachte und wandte sich in Richtung Bushaltestelle. Nach ein paar Metern blickte sie sich noch einmal um. Regina und der Hund liefen auf den Eingang der alten Villa zu, in der die beiden ganz allein wohnten, auch wenn mindestens drei Familien darin Platz gefunden hätten.

# 6

Pia wunderte sich, wie gut besucht die Spätvorstellung war. An der Kasse hatte sich eine Schlange gebildet. Sie kaufte sich eine Karte, obwohl sie nicht wusste, welcher Film gespielt wurde, dann stellte sie sich am Popcornstand an, obwohl sie keinen Hunger hatte, weil sie nicht zwischen all den Pärchen verloren herumstehen wollte. Irgendetwas in der Hand zu haben, gab ihr Sicherheit.

Sie war zu müde, um sich auf die Handlung zu konzentrieren. Alle paar Minuten fielen ihr die Augen zu, dann wachte sie wieder von dem Ruck auf, mit dem ihr der Kopf wegsackte. Sie wusste, dass sie nach Hause gehen sollte, sich hinlegen und ausschlafen. Doch im Bett würde das Gedankenkreisen erneut einsetzen, ahnte sie. Das Rascheln der Popcorntüten dagegen, das Lachen, der Geruch nach Parfum und Schweiß, die Enge und Dunkelheit und die Süße, die aus der Tüte in ihren Händen aufstieg, schoben alle trüben Gedanken beiseite. Früher mit Fabian hatte sie diese Form der Normalität gehasst, Kinobesuche, Fernsehabende, Strandurlaube und Bestellungen beim Pizzaservice immer abgelehnt. Sie hatte gedacht, das Leben müsste doch mehr bereithalten als diese Biederkeiten. Es müsste irgendetwas Besonderes geschehen, das den Schleier des Alltags wegreißen und ihr zeigen würde, dass es anderes gab als schlafen, essen, arbeiten und Zerstreuung suchen. Nun fand sie diese Normalität wunderbar, ließ sich hineinsinken und wünschte, der Film, von dem sie kaum etwas mitbekam, würde nie enden.

Die plötzliche Helligkeit des Deckenlichts schreckte sie auf.

»Darf ich?« Ein Mann stieß mit seinen Knien Pias Beine beiseite, als sie nicht schnell genug reagierte.

Benommen erhob sich Pia, ließ sich mit den anderen nach draußen treiben in die Kälte. Sie konnte sich nicht einmal an die Namen der Hauptfiguren erinnern und nicht daran, ob es eine Komödie oder ein Thriller oder was auch immer gewesen war, aber die Zeit mit den anderen Menschen in dem Saal hatte dazu geführt, dass sie aufgehört hatte zu denken. Um nicht auf den Bus warten zu müssen, ging Pia zum Taxistand.

Nicht einmal zehn Minuten später stoppte der Wagen, sie bezahlte die Fahrt und stieg aus. Das flackernde Blaulicht bemerkte sie erst auf den zweiten Blick, es verbarg sich hinter der Hausecke von Reginas Villa, überzog die Fassade mit einem unruhigen Zucken. Hinter allen Fenstern brannte Licht, immer wieder tauchten die Konturen von dunkel gekleideten Personen auf, die sich hin und her bewegten. Pia blieb stehen. Dann fielen ihr noch zwei weitere Polizeiwagen auf. Sie entdeckte Regina, die mit ihrem Hund neben einem der Polizeiwagen stand und mit einem Beamten redete.

Als hätte Pia den Einsatz gegeben, kamen nun mehrere Personen aus der Haustür, stiegen in die Einsatzwagen und fuhren ab. Das blaue Zucken verschwand. Regina verharrte mit ihrem Hund allein am Straßenrand. Pia wartete, dass Regina nach innen ins Warme ging, doch sie blieb reglos stehen, als wäre sie in der Kälte der Nacht zu Eis erstarrt. Auf das Stupsen ihrer Hündin am Bein reagierte Regina nicht.

»Regina?« Pia rief über die Straße, so laut sie konnte.

Regina schien auch Pia nicht zu bemerken, starrte weiter in die Dunkelheit. So gebeugt stand sie dort, als wäre aus der aktiven Frau innerhalb weniger Stunden eine Greisin geworden. Pia wechselte die Straßenseite, näherte sich ihrer Nachbarin.

»Was ist passiert?«, fragte Pia.

Ein Ruck ging durch Reginas Körper. »Ein Einbruch.« Orientierungslos schaute sie sich um.

»Sollen wir zusammen reingehen? Ich kann mitkommen.«

Regina wandte sich in Richtung ihres Hauses und wieder zu Pia. Der Hund begann zu winseln.

»Scht. Luna«, sagte Regina und es war ruhig.

»Es ist eine Hündin? Luna heißt sie?« Pia lobte die Hündin, wie gut erzogen das Tier doch sei, fragte, ob es schwer war, so einen Assistenzhund zu erziehen. Sie plapperte, ohne über ihre Worte nachzudenken, um die Stille zu vertreiben, die die Gedanken an den Unfall wieder auftauchen ließ.

»Ich kann das nicht«, flüsterte Regina gedankenverloren.

»Was meinst du?«

»Reingehen. Es ist nicht mehr meins. Und dabei ist es mein Elternhaus. All die Jahre meine Sicherheit gewesen. Sie sind eingebrochen, während ich kurz mit Luna spazieren war. Es ist alles zerwühlt. Schubladen rausgezogen. So viele Leute waren darin. Es riecht fremd. Nach Schweiß. Nach Parfum und allem Möglichen. Wie soll ich mich zurechtfinden? Was, wenn sie wiederkommen? Die Einbrecher? Jetzt kann ja jeder hinten reinkommen.«

»Hast du jemanden, den ich für dich anrufen kann?« Pia zog ihr Handy hervor und dachte, wie verrückt es war, dass sie an diesem Tag zum ersten Mal mit der Nachbarin gesprochen hatte und schon das Gefühl hatte, dass sie engste Vertraute waren. Regina brauchte nicht viel zu erklären, Pia ahnte, was in ihr vorgehen musste.

Regina tastete nach der Halterung am Geschirr ihrer Hündin, umklammerte den Griff so fest, dass ihre Knöchel in der Kälte weiß hervortraten.

»Wen kann ich anrufen?«, fragte Pia noch einmal.

»Da gibt es niemanden.«

»Das kann doch nicht sein. Das gibt es doch nicht.« Pia wartete darauf, dass Regina sagte, dass das ein Irrtum sei, dass sie die Nummer eines Freundes oder Verwandten oder Kollegen nannte, aber Regina schwieg und kraulte ihre Hündin, die den Kopf nach oben reckte, damit Regina den Hals besser erreichen konnte. Luna schloss die Augen und brummte genüsslich.

»Es muss jemanden geben. Es gibt immer jemanden, man muss sich nur einen Ruck geben und sich melden, auch wenn man es länger nicht getan hat. Meistens sind diejenigen sogar froh darüber.« Pia blickte zur Villa, deren Beleuchtung den Bürgersteig erhellte. »Verwandte?«

»Das war das Haus meiner Eltern. Sie sind längst tot.«

»Geschwister?«

Regina schwieg.

»Freunde? Kollegen?«

»Die Pensionierung hat viel geändert. Die Themen in der Justizkantine, die Gespräche auf den Fluren, das ist nicht mehr meine Welt. Und die Nachbarn hier in der Straße …«

Pia wusste, was Regina meinte. Sie spürte den kalten Wind, wie klamm sich ihre Hände anfühlten. Auch sie hatte noch vor wenigen Stunden zu denjenigen gehört, die freundlich grüßten und dann schnell weitergingen, weil es schwer schien, sich in Reginas Gegenwart angemessen zu verhalten – das Richtige zu tun, das Richtige zu sagen, um sie nicht zu verletzen, um ihr nicht das Gefühl zu geben, man betrachtete sie als Behinderte. Regina war so voller Widersprüche, dass Pia jedes Mal die Verunsicherung gespürt hatte, wenn sie vorbeigegangen war. Regina war eine ältere Frau mit einer Präsenz und Ausstrahlung, die jedes Model auf den Zeitschriftencovern blass aussehen ließ. Sie war sehbehindert, auf Hilfe angewiesen. Und doch lebte sie allein, strahlte eine Sicherheit aus, dass keiner je auf den Gedanken gekommen war, ihr Hilfe anzubieten. Sie wirkte unnahbar und verletzlich, versehrt und stark. Sie war der wandelnde Widerspruch, fiel aus dem Rahmen. Für das menschliche Zusammenleben und den alltäglich ungezwungenen Umgang miteinander gab es etwas wie eine ungeschriebene Betriebsanleitung, die auf Regina nicht anwendbar war.

»Es tut mir leid«, sagte Pia und es stimmte. Sie kam sich schäbig vor.

»Was denn? Du hast doch nichts getan.«

»Soll ich …«

»Nein. Lass mal. Aber danke. Gehen wir nach Hause und legen uns schlafen. Einbrüche passieren, das weiß ich nur zu gut, nun hat es einmal mich erwischt. Ist es etwas anderes als reine Statistik?«

Pia wandte sich mit einem mulmigen Gefühl ab. Auch wenn Regina sich aufrichtete, mit Luna auf die Villa zuging, war es Pia, als würde sie in genau diesem Moment einen Verrat begehen. Sie ignorierte ihr Magengrummeln, winkte noch einmal und registrierte erst dann, dass es sinnlos war zu winken, weil Regina es ja nicht sehen konnte.

»Gute Nacht«, rief Pia.

»Gute Nacht.«

Beim Öffnen der Haustür achtete Pia darauf, dass der automatische Schließmechanismus die Tür nicht zu laut in den Rahmen fallen ließ, um niemand von den anderen beiden Parteien im Haus aufzuwecken. Sie schaltete das Licht an und stieg leise treppauf. Warme, muffige Heizungsluft schlug ihr aus ihrer Wohnung entgegen. Pia ging von einem Raum zum anderen, um die Fenster zu kippen. Ihr Blick blieb auf einer dunklen Gestalt auf der anderen Straßenseite hängen und es dauerte etwas, bis sie erkannte, dass es Regina war, die an einem Baum lehnte und den Kopf dem Himmel entgegenstreckte. Pia zögerte, dann zog sie ihren Schlafanzug an, wusch sich im Bad am Waschbecken schnell über Hände und Gesicht und kroch ins Bett. Von draußen klang durch das gekippte Fenster ein Bellen herein, kurz darauf ein Jaulen. Ein Wagen fuhr vorbei. Obwohl sie unter einer dicken Daunendecke lag, wurden Pias Füße und Hände nicht warm. Ein weiteres Mal erklang ein Bellen, das sich dieses Mal verzweifelt anhörte, wie Pia fand, heiser, müde und erschöpft. Das Bellen ließ ihre Gedanken nicht zur Ruhe kommen. So stand sie nach wenigen Minuten noch einmal auf, ging zum Fenster und blickte hinaus. Es hatte wieder zu schneien begonnen. Reginas Mantel war bereits mit dem Weiß bedeckt. Wie ein geisterhafter Schneemann verharrte sie, reglos und unwirklich zugleich. Pia rieb sich die Augen, versuchte die durch ihre müden Augen verschwommen scheinenden Konturen deutlicher werden zu lassen, doch stattdessen schrumpfte die Umgebung scheinbar zu einer Puppenhausgröße zusammen, in der sie selbst wie ein Riese erschien. So fest sie die Handflächen auch gegen die Augen presste, der verquere Seheindruck änderte sich nicht. Pia wusste, dass sie sowieso nicht würde einschlafen können – nicht, solange Regina weiter in der Kälte stehen blieb. Also zog sie an der Garderobe Mütze und Jacke über, schlüpfte in ihre Stiefel und öffnete die Wohnungstür, die sie mit der Fußmatte arretierte, weil sie auf die Schnelle den Schlüssel nicht fand. Auf eine Schlüssel-Suchaktion mitten in der Nacht konnte sie verzichten, am nächsten Tag würde der Schlüssel schon wieder auftauchen. Die Haustür hatte einen kleinen versteckten Hebel am Schloss. Wenn sie den herunterdrückte, ließ sich die Tür von außen ohne Schlüssel öffnen.

Zitternd trat Pia ins Freie. Es war noch kälter geworden, diesmal würde der Schnee bestimmt länger liegen bleiben. Luna richtete sich auf und kam auf Pia zu, um sie wie eine alte Bekannte zu begrüßen. Vorsichtig streichelte Pia über den nassen Kopf, über die weichen Ohren. Dann überquerten sie gemeinsam die Straße. Schnee knirschte unter ihren Sohlen.

»Du kannst doch nicht die ganze Nacht hier stehen bleiben«, sagte Pia.

Regina zuckte zusammen. Sie blickte von einer Seite zur anderen, als wäre sie gerade aus einem Tiefschlaf erwacht.

»Es ist schon in Ordnung.« Regina schüttelte den Schnee aus den Haaren und von ihrem Mantel.

»Ist es nicht. Komm, ich begleite dich ins Warme.«

Regina streichelte Luna, ihre Finger gruben sich in das Fell, woraufhin Luna genüssliche Grunzlaute hören ließ. »Es geht nicht. Das ist nicht mehr mein Haus. Ich kann nicht einmal von einem Raum zum anderen gehen, ohne zu stolpern. Und der Geruch. Ich kann riechen, wie sie da gewesen sind. Es waren mehrere. Sie waren sogar auf dem Speicher, den die Beamten gar nicht kontrolliert haben. Was suchen Einbrecher auf dem Speicher? Was wollten sie da oben? Sie müssen die Trittleiter ausgefahren haben und wieder eingeklappt. Ist das nicht verrückt? Reicht es nicht, das Wohnzimmer zu durchsuchen? Wenn sie schon die Kleidung herausreißen, warum werfen sie dann noch die Kleiderschränke um? Ich muss alles waschen. So kann ich nichts mehr anziehen, wenn ich nicht weiß, was sie davon angefasst haben. Das ist, als würden sie mich anfassen. Verstehst du, was ich meine? In meinem Beruf habe ich jahrzehntelang mit viel schwerwiegenderen Straftaten zu tun gehabt. Es ist verrückt. Und jetzt drehe ich durch, obwohl es nur ein einfacher Einbruch ist, nicht einmal ein Raub.«

Behutsam legte Pia ihre Hand auf Reginas Schulter.

»Ich verbringe die Nacht lieber draußen«, sagte Regina. »Mit dem Mantel ist es auch nicht kalt. Ich friere nicht. Mach dir keine Sorgen, geh schlafen.«

»Dann komm mit zu mir.« Pias Blick fiel auf Luna. In ihrem Mietvertrag stand, dass Tierhaltung grundsätzlich untersagt sei. Die Familie über ihr hielt zwar Kaninchen und sie meinten, die Klausel im Vertrag, die das Tierverbot betraf, sei generell nicht gültig, trotzdem wollte Pia keinen Ärger provozieren. Luna war alles andere als ein Kleintier, der Hund war nass, die Pfoten schlammig. Doch sie schob die Bedenken beiseite. Sollte sich ruhig jemand beschweren, es war ja nur für diese Nacht.

»Das kann ich nicht annehmen. Ich will dir nicht zur Last fallen.«

Pia hakte sich bei ihr ein. »Komm. Es geht schon klar.«

Nebeneinander überquerten sie die Straße, Luna folgte ihnen. Der Türmechanismus funktionierte, sodass sich die Eingangstür problemlos aufdrücken ließ. Pia hörte auf das Klacken der Hundepfoten auf den Steinstufen. Mit einer Fußbewegung schob sie die Matte beiseite und öffnete die Wohnungstür.

»Wo ist denn dein Stock?«, fragte Pia, als sie Reginas Orientierungslosigkeit bemerkte.

»Irgendwo bei mir im Flur. Ich bin damit an etwas hängen geblieben, das auf dem Boden lag, habe ihn fallen gelassen und nicht direkt wiedergefunden.«

»Wir finden ihn morgen. Erst einmal zeige ich dir die Räume.« Sie fragte sich, was Regina über die Wohnung dachte, die so eng war im Gegensatz zu der Villa gegenüber. Wenigstens sah Regina das Durcheinander in den Regalen nicht, die Stapel von alten Zeitschriften unter dem Wohnzimmertisch. Der Boden war halbwegs leer. Als hätte sie sich auf Reginas Besuch vorbereitet, befand sich das Chaos zumindest nur dort, wo es nicht zur Stolperfalle werden konnte.

Regina hielt die Hände tastend vor sich. Pia führte Regina rechts durchs Bad, das so klein war, dass sie nicht gemeinsam hineinpassten, dann durchs Wohnzimmer, durch die Küche und durch das Schlafzimmer. Als hätte sie immer an diesem Ort gelebt, rollte sich Luna unter dem Tisch in der Küche zusammen. Bald erklang von dort ein leises Brummen und Schnarchen.

»Du kannst einen Schlafanzug von mir haben. Und hier ist auch noch eine Ersatzzahnbürste.« Pia holte eine Zahnbürste aus dem Badezimmerschrank und reichte sie weiter. »Während du im Bad bist, beziehe ich für dich das Bett neu und mache es mir auf der Couch bequem.«

»Das kommt gar nicht infrage. Ich nehme die Couch. Es ist sowieso schon viel zu viel, was ich von dir annehme. Und mit Tagen, an denen von einer Sekunde auf die nächste all das zusammenbricht, was man für unumstößlich gehalten hat, damit kenne ich mich aus.« Regina schwieg. Mit einem Mal schien sie so tief in Gedanken versunken zu sein, als wäre sie nur noch körperlich anwesend.

»Wie meinst du das?«

Regina schwieg. Um die Stimmung aufzulockern, konzentrierte sich Pia auf das, was sie nun tun konnte.

»Geh erst mal ins Bad.« Pia holte einen Schlafanzug aus dem Kleiderschrank und reichte ihn Regina. »Findest du dich zurecht?«

Regina nickte. Kurz darauf hörte Pia Wasserrauschen. Sie richtete für sich selbst die Couch her, doch den wahren Grund für ihr Entgegenkommen verschwieg sie. Im Schlafzimmer musste sie an Fabian denken, an die Nächte, die sie dort verbracht hatten, an das gemeinsame Aufwachen, die ausführlichen Frühstücke im Bett, bis das Piksen der Krümel sie dazu gebracht hatte, aufzustehen. Das Sofa war wahrscheinlich der bessere Ort, um den Rest der Nacht Ruhe zu finden.

Regina protestierte nicht mehr, als Pia sie zum Bett brachte und sich selbst auf dem Sofa zusammenrollte. Noch immer war das leise Schnarchen, Schnorcheln und Brummen von Luna aus der Küche zu hören, was Pia ein Gefühl der Sicherheit vermittelte. Für Luna gab es keine Vergangenheit und keine Zukunft. Sie genoss einfach die Wärme und die Ruhe und gab sich ihrer Müdigkeit hin.

»Es gibt Umbrüche«, begann Regina, »aber ich will dich nicht mit alten Geschichten langweilen.«

»Nein, du langweilst mich nicht. Im Gegenteil.« Pia befürchtete, sowieso nicht einschlafen zu können. Reginas Stimme beruhigte sie und zeigte ihr, dass sie nicht allein war.

»Es war ein Tag im September. 1971. Meine Güte, wie lange das her ist …«

# 7

»Ihr könnt mich nicht einsperren! Alle in meiner Klasse dürfen zu dem Weinfest. Ich bin doch schon fast erwachsen! Dreieinhalb Jahre noch, dann bin ich 21.«

»Du bleibst hier und damit basta! Und jetzt Schluss mit der Diskussion. Du gehst in dein Zimmer und lernst. Du bist unsere Tochter und solange du die Füße unter unseren Tisch streckst …«

»Nein. Nein und nochmals nein.« Mit Widerworten erreiche ich nichts, probiere es aber immer wieder.

Wenn Erwachsensein heißt, die Pflichten über die Lebensfreude zu stellen, die Sorge um das Morgen und das Grübeln über das Gestern über das Heute, und das auch noch hinter dem Ausdruck »Vernunft« zu verbergen, will ich nicht älter werden. Sollte mein Leben enden, will ich wenigstens bis dahin gelebt und mich nicht nur zwischen all den Pflichten aufgerieben haben. Ist es nicht mathematisch-philosophisch betrachtet sowieso bedeutungslos, wie lange ein Leben währt? Die Zeit sei endlos, sagt man. Vor uns liegt damit eine Endlosigkeit an Zeit. Hinter uns nach dem Tod ist es ebenso.

Wenn man rechnerisch etwas von der Zahl unendlich abzieht, bleibt es noch immer unendlich. Es ist nicht die Lebensdauer, die von Bedeutung ist, sondern wie wir sie füllen, wie wir uns entscheiden, wie wir leben.

»Sei still und geh in dein Zimmer. Du solltest lernen, anstatt mir nach einem langen Arbeitstag das Leben schwer zu machen.« Dass so was in der Art kommt, habe ich schon geahnt.

Dann fällt mein Blick auf Clemens, der im Türrahmen steht, mit gefalteten Händen, als wäre er gar nicht von dieser Welt. Ich ärgere mich über diese Angewohnheit, dieses Händefalten. Wie er so vieles hinnimmt, wie er sofort springt, wenn er als Lektor eingeteilt wird, um die Lesung und die Fürbitten vorzutragen. Ich sehe ihn hilfesuchend an. Bei alledem ist und bleiben wir doch Zwillinge.

»Ich komme mit und passe auf sie auf«, sagt Clemens. Ich ärgere mich über seine großbrüderliche Stimmlage und noch mehr darüber, dass Mutter ihm zunickt, als wäre ich gar nicht mehr vorhanden, obwohl ich mich freue, dass er es mir ermöglicht, auszugehen. Aber dass ich wieder wie das kleine hilflose Mädchen dastehe, versetzt mir einen Stich. Immerhin sind Clemens und ich gleich alt!

»Mit Andrea, Rudolf und Eberhard werdet ihr unterwegs sein?«, fragt Mutter.

»Ja.«

»In Ordnung. Dann fahrt.«

Dass ich die Erlaubnis noch bekommen habe, das Weinfest zu besuchen, verdanke ich Clemens. Weil er gesagt hat, dass er mitkommen würde, darf auch ich fahren. Es ist ein Geschenk von ihm an mich, weiß ich doch, wie wenig Wert er darauf legt, abends auszugehen. Neben meinen drei Freunden und mir ist er das fünfte Rad am Wagen. Womit ich das verdient habe nach unserem Streit am Vormittag über Religion und Kirche auf dem Schulweg? Ich weiß es nicht. Manchmal ist er so.

Ich warte, bis Clemens und ich unter uns sind.

»Danke«, sage ich. »Also, wenn du dir was wünschst, das ich mal für dich tun soll, dann mache ich das. Egal, was es ist. Ich stelle mich sogar in den Gottesdienst und lese aus der Bibel.«

»Mir fällt nichts ein. Lass mal.«

»Doch, wünsch dir was. Ich tue es.«

»Ich geh dann mal in die Garage, pumpe die Reifen auf und kontrolliere Bremsen und Lichter.«

Zu zweit brechen wir auf. Mutter steht am Küchenfenster hinter der Gardine, ohne sich zu zeigen, doch ihr Schatten und die Bewegung der Gardine verraten sie. Ich winke ihr zu, trete in die Pedale, bevor sie es sich anders überlegt, das Fenster öffnet und uns zurückruft.

Wir treffen uns am Brunnen. Die anderen warten schon, winken uns zu und fahren los, bevor wir sie erreichen. Es ist wie eine Auszeit, eine kleine Flucht aus dem Schulalltag, wie wir ihn uns sonst nur während der Ferienzeit gönnen. Noch scheint die Sonne kräftig auf unsere Rücken, lässt uns schwitzen, wenn es bergauf geht. Wir alle treten in die Pedale, wie es unsere Kraft nur zulässt. Halb fünf. Dann werden wir halb sechs ankommen, dreieinhalb Stunden bleiben können, bis wir spätestens um neun wieder aufbrechen müssen, um wie verabredet vor zehn zurück zu sein. Die Zeit, die uns auf dem Weinfest bleibt, wollen wir auskosten. Wir alle haben es vor Augen, das Tanzen und Feiern, das Lachen und Plaudern.

Meine Lunge brennt vor Anstrengung, aber ich trete noch kräftiger, um meine Position an der Spitze unseres Radkorsos nicht zu verlieren.

»Wer zuerst oben ist«, schreie ich, mehr um mich selbst anzufeuern als die anderen. Die vier anderen haben eine Gangschaltung, ich nicht, aber das ist nur eine besondere Herausforderung. Ich werde es ihnen allen zeigen.

Anhand der Schatten sehe ich, wie dicht sie mir auf den Fersen sind, setze mehr Kraft ein, um den Vorsprung nicht zu verlieren. Dann ist es geschafft. Ich bin Erste, lasse weiterhin nicht nach, sondern trete auch beim Bergabfahren in die Pedale, um Schwung aufzunehmen und damit den nächsten Berganstieg wie von selbst zu meistern. Ich fahre mittiger, um in der Kurve durch die Schlaglöcher am Straßenrand nicht aus dem Gleichgewicht zu geraten, sehe noch die Mauer an der linken Seite, dann den Transporter direkt vor mir. Er taucht wie aus dem Nichts auf. Alles in meiner Wahrnehmung verlangsamt sich, als würde die Zeit anhalten, jemand das Licht ausmachen und mir mit einem einzigen, schnellen Anknipsen des Lichtes die Realität vor Augen halten: den weißen Transporter vor mir auf meiner Spur, im Überholvorgang begriffen. Das Quietschen seiner Bremsen. Der Traktor links vom Transporter, der versucht auszuweichen, es wegen der Mauer aber nicht kann. So fest wie möglich packe ich die Bremsen, drücke und will mich in den Graben werfen. Ich weiß, was passieren wird. Es ist unausweichlich. Der Transporter wird mich erwischen. Da ist keine Panik, keine Angst, gar nichts. Ich tauche in dieses Nichts ein, bevor es passiert.

Dann ist nur Stille und Schwärze um mich herum. Nichts schmerzt. Ich schwebe in einem Nirgendwo, nehme Menschen um mich wahr, tauche wieder weg, bevor ich darüber nachdenken kann.

Irgendwann, ohne dass ich weiß, wie viel Zeit vergangen ist, ob ich überhaupt lebe oder tot bin, ob ich wache oder träume, ist die Dunkelheit noch immer da, aber sie hat sich verändert. Sie ist laut. Ich denke an eine Fabrik, einen Maschinenpark, möchte mir die Ohren zuhalten. Meine Hände widersetzen sich dem Befehl. Ich sinke wieder in das Nichts zurück.

Das nächste Mal, als ich den Lärm wahrnehme, bin ich mir sicher, dass es real ist, was ich höre, dass ich wach bin, obwohl die Dunkelheit noch immer da ist, so undurchdringlich, dass es etwas anderes ist als Nacht. Man spricht von der Schwärze der Nacht, aber das stimmt nicht. In der Nacht gibt es Helligkeit: Reste von Mondlicht, die bei bewölktem Himmel durch die Rollladenritzen scheinen. Selbst der Himmel wird nie ganz schwarz, auch bei Neumond nicht. Diese Schwärze nun ist anders als alles, was ich je kennengelernt habe. Um meine Panik zu bekämpfen, zwinge ich mich, meine anderen Sinne zu benutzen. Ich kann die Beine bewegen, die Arme. Spüre etwas um meinen Kopf und taste. Der Kopf ist eingewickelt. Ich denke an eine Mumie, an einen Sarg, kann aber keine Begrenzung wahrnehmen. Ich schreie und das Schreien löst die Angst und die Anspannung, sodass ich noch lauter schreie. Ich versuche, aus der Dunkelheit zu entkommen, sie wegzuschlagen, höre irgendwo Stimmen, die wie aus unzähligen Lautsprechern um mich herum kommen, keine Richtung und kein Ziel haben. Meine Arme sind von einer Sekunde auf die nächste bewegungslos, auch die Beine. Ich schleudere den Kopf hin und her, begreife langsam, dass es keine Lautsprecher sind, sondern Menschen, dass sie mich festhalten. Hände, die sich in mein Fleisch krallen, als wäre ich ein wildes Tier, das es zu bändigen gilt. Noch immer lassen sich die Stimmen in meinem Kopf nicht sortieren. Ich spüre einen Stich im Arm, werde ruhiger und unendlich müde. Nun machen mir die Schwärze und die Stimmen keine Angst mehr, sie dringen wie durch Watte zu mir. Ich schwebe auf einer Wolke, gleite in einen Schlaf und wehre mich nicht dagegen.

# 8

Pia schlief ohne Unterbrechung bis morgens um kurz vor sieben. Inzwischen wachte sie um diese Zeit auf, ohne dass sie den Wecker stellen musste, so sehr hatte sich der Ablauf der Arbeitstage in ihrem Körper festgesetzt. Es war Dienstag, der Tag, an dem die ausführliche Teamsitzung stattfand. Sie goss Wasser in den Wasserkocher und suchte eine Packung schwarzen Tee heraus, als sie erstarrte. Draußen donnerte und knirschte es, rappelte, dröhnte und krachte. Durch das gekippte Fenster drangen die Geräusche so laut herein, dass sich auf Pias Unterarmen eine Gänsehaut aufstellte. Ihr Herz schlug schnell und stolpernd. Sie rang nach Luft. Sofort waren die Bilder wieder vor ihrem inneren Auge lebendig: das Splittern des Glases der Frontscheibe, das Knirschen und Knacken, Scheppern und Dröhnen. Das Drehen um die eigene Achse, das Verschwimmen von oben und unten, von rechts und links, als würde sie aus der Küche direkt in eine Achterbahn katapultiert. Um nicht umzukippen, stützte sie sich an der Küchenanrichte ab und beugte ihren Oberkörper nach vorn. Doch es half nicht. Die Panik wurde nicht weniger, im Gegenteil. Sie rang nach Luft und zitterte. Mit Mühe schaffte sie es, zum Fenster zu gelangen und hinauszusehen, um zu erkennen, was real vor sich ging.

Männer in orangefarbenen Anzügen wuchteten den Sperrmüll, der vor den Einfahrten gestapelt war, in den Müllwagen. Die Geräusche des Aufprallens, wie die Tische und Stühle von der Presse zermalmt wurden, waren so intensiv, dass es nicht half, dass Pia sich die harmlose Ursache des Lärms vergegenwärtigte. Um sie herum war es wieder Nacht, sie befand sich mitten im Unfallgeschehen und fragte sich, ob sie die nächsten Sekunden überleben würde. Es gelang ihr, sich kontrolliert mit dem Rücken am Kühlschrank entlang zu Boden gleiten zu lassen. Sie hustete, bis sie würgen musste.

Ein feuchtwarmes Stupsen an ihrem Arm riss sie aus ihrer Starre. Das Husten ebbte ab, die Atemzüge wurden länger und tiefer. Sie lauschte. Neben sich hörte sie das Atmen von Luna, die ihren Kopf auf Pias Schulter legte und sanft an ihrem Ohr knabberte. Die Berührung war weich und warm, fast zärtlich. Mit ihren großen Knopfaugen blickte Luna sie an, so intensiv, dass sich Pias Atem weiter beruhigte, schließlich auch das Zittern und Frieren abebbte. Inzwischen war von draußen nichts mehr zu hören, doch wenn Pia die Augen nur kurz schloss, länger blinzelte als gewöhnlich, waren die Geräusche und die Bilder des Unfalls wieder da. Pia grub ihre Hände in Lunas Fell. An der Nase war es samtig und glatt, wie ein Kissen. Am Rücken war es fester und roch würzig.

»Geht es dir nicht gut?«

Pia hob den Blick und fragte sich, wie lange Regina schon im Türrahmen gestanden hatte.

»Du kannst mich sehen?« Pia schämte sich. Nun ließ sich kaum mehr verbergen, dass sie längst die Kontrolle über ihr Leben verloren hatte.

»Nein. Ich sehe dich nicht. Ich höre Lunas Hecheln. Und dein Atmen. Der Kühlschrank ist weiß, dein Schlafanzug dunkel, so kann ich eine Kontur erkennen und weiß, dass du es bist.«

Beim Aufrichten war Pia noch immer schwindelig. »Es tut mir leid. Es war eine blöde Frage von mir.«

»Frag ruhig. Ich bin nicht ganz blind, kann Kontraste wahrnehmen. Aber nicht so deutlich, dass ich dich von einem Wäschehaufen unterscheiden könnte. Es stört mich auch nicht, wenn Kinder im Supermarkt rufen: ›Mama, was hat die Frau mit dem Stock und der Brille?‹, oder wenn sie mich direkt ansprechen. Das peinliche Ignorieren ist schlimmer, diese Sprachlosigkeit. Wenn Leute die Straßenseite wechseln, wenn ich komme. Und ja, ich merke, wenn sie es tun. Als wäre ich irgendein Schandfleck, den man besser übersieht. Oder als ob meine Sehschwäche ansteckend wäre. Weißt du, was mir einmal passiert ist? Ich habe auf das Taxi gewartet nahe einer Ampel. Eine Frau hat sich ungefragt an meinem Arm eingehängt und mich wie ein Kind über die Straße gezogen, die ich gar nicht überqueren wollte. Erst als wir auf der anderen Seite waren und die Ampel schon wieder umgesprungen war, hat sie begriffen, dass ich gar nicht rüberwollte. Aber lassen wir das. Ich könnte Tausende solcher Anekdoten erzählen. Ich will dich nicht langweilen.«

»Es langweilt mich nicht. Im Gegenteil. Nur eine Frage habe ich noch. Was du gestern gesagt hast, von den Tagen, an denen von einem Moment zum nächsten alles zusammenbricht. Weißt du noch? Was hast du damit gemeint?«

»Es war nichts. Einfach nur so dahergesagt. Manchmal werde ich philosophisch, wenn ich müde bin. Vergiss es einfach.«

Pia nahm den Wasserkocher und füllte noch mehr Wasser hinein, sodass es für zwei Personen reichte. »Trinkst du Tee oder Kaffee?«

»Kaffee. Schwarz. Und kräftig.«

Regina half beim Decken des Tisches, Pia schob Aufbackbrötchen in den Ofen. Es war, als würden sie schon jahrzehntelang gemeinsam in diesen Räumen wohnen, so gut fügten sich ihre Handgriffe zusammen.

Wenn Fabian da gewesen war, hatte Pia immer darauf geachtet, vor ihm aufzustehen, um Rouge auf die Wangen aufzutragen, die Wimpern zu tuschen – die ohne Farbe nicht zu sehen waren –, die Augenbrauen nachzuziehen, damit ihr Gesicht an Kontur gewann. Pia schämte sich für den Gedanken, aber es tat gut, dass Regina sie nicht sah, nicht das verknitterte, bleiche Morgengesicht, nicht die Trauer und das Entsetzen, wenn sie an den Autounfall am Wochenende dachte. »Krebsgesicht«, hatten Mitschüler in der siebten Klasse auf dem Pausenhof zu ihr gesagt, seitdem hatte sie ohne geschminkte Augenbrauen und Wimpern nie mehr das Haus verlassen, sich keinem anderen Menschen gezeigt. Regina war die Erste seit – Pia rechnete – 21 Jahren, der sie ungeschminkt gegenübertrat. Und all die Jahre hatte sie nicht einmal darüber nachgedacht, was sie tat. Es war, als hätte der Unfall ihr gesamtes Leben durchgerüttelt, als würde alles, was sie für selbstverständlich genommen hatte, infrage gestellt.

»Der Unfall«, begann Pia und überlegte, wie sie erklären konnte, was in ihr vorging. Es war für sie selbst so verwirrend und widersprüchlich: dass sie traurig war, dass sie sich jetzt weniger einsam fühlte als mit Fabian, dass die Erinnerung an den Unfall sie fertigmachte, dass sie sich nie vorstellen konnte, dass sich jemals wieder ein Alltag einspielte. »Ich komme mir vor wie ein Astronaut, den man aus der Rakete geschubst hat. Einfach mitten im All mit nur einer Sauerstoffflasche, die bald leer sein wird. Und ich weiß nicht, wie ich zurückkomme, weil es bei mir kein Sicherungsseil gibt. Und da ist niemand mehr von der Familie, den Freunden, den Kollegen. Natürlich sind sie da, aber wir erreichen uns nicht. Das ist absolut lächerlich und übertrieben, das sage ich mir ja selbst. Logisch betrachtet. Ich müsste es nur schaffen, die Erinnerung beiseitezuschieben, ans Telefon gehen und eine alte Freundin anrufen, mich zurechtmachen und in die Agentur aufbrechen und arbeiten. Aber mit meiner Logik komme ich nicht weiter. Es ist wie verhext.«

»Die Gegenwart hilft.«

»Was?« Pia fragte sich, ob Regina sie auf den Arm nehmen wollte. Sie erklärte lang und breit, dass es ihr nicht gut ging, und Regina kam mit solch einem banalen Spruch, der möglicherweise aus einem schlechten Selbsthilferatgeber stammte? Pia goss einen Teil des kochenden Wassers in ihre Teetasse, mit dem Rest brühte sie Kaffee auf. Sie stellte beide Tassen auf den Tisch.

»Manchmal ist es zu schmerzhaft, zurückzublicken«, sagte Regina. »Wir zerbrechen, wenn wir nur darauf sehen, was schiefgelaufen ist, was wir verloren haben, nie mehr wiederbekommen werden, was wir versäumt haben und anders machen würden. Das Leben wird dann zu einer reinen Hypothese. Und es bringt auch nichts, in so einer Situation in die Zukunft zu schauen, weil es die Zukunft noch nicht gibt. Zukunft ist eine Fiktion, sie taugt nicht, um sich daran festzuhalten. Aber die Gegenwart, das ist nicht nur der Scherbenhaufen aus der Vergangenheit. Das ist jetzt konkret die Sonne. Sie scheint warm durch das Fenster mitten auf meinen Rücken. Das ist Luna, die unter dem Tisch liegt und schläft, als gäbe es auf der Welt nichts Böses und kein Unglück. Das ist der Kaffee, der übrigens fantastisch ist. Wie hast du ihn gemacht?«

»Aufgebrüht. Mit einem einfachen, alten Porzellanfilter.« Pia schwieg und beobachtete Regina, die genüsslich die Tasse zum Mund führte. Am liebsten wäre sie aufgestanden, rausgerannt und hätte laut geschrien, um die Anspannung, die sich in ihr aufbaute, loszuwerden. Sie ärgerte sich, überhaupt von dem Unfall erzählt zu haben. Regina, eine Nachbarin, die sie kaum kannte, an die sie sich klammerte, als besäße Regina das Rettungsseil, das Pia aus dem All in die Rakete zurückziehen könnte. Aber da war kein Seil, da war gar nichts außer ihrer verdammten Hilflosigkeit.

»Pia?«, fragte Regina. Wieder entdeckte Pia Mitgefühl und Verständnis in Reginas Blick, doch diesmal wollte sie nicht wieder den Fehler begehen, etwas hineinzuinterpretieren, wo nichts war.

Pia war froh über das Türklingeln, das das peinliche Schweigen zwischen ihnen beendete.

»Ich gehe«, sagte Pia. »Und mache auf.«

Kurz schloss sie die Augen, sammelte sich, dann öffnete sie die Tür.

»Andreas!«

Wie er vor der Tür wartete mit einem Bund bunter Blumen in der Hand, wie er sie ansah, erinnerte er sie an Christoph Waltz in einem Film, den sie vor ein paar Wochen gesehen hatte, an dessen Namen sie sich aber nicht mehr erinnern konnte. Die Situation hatte etwas Unwirkliches. Und sie stand daneben wie eine Laienschauspielerin, der der Text entfallen war.

Er ging einen Schritt auf sie zu, reichte ihr die Blumen, die sie annahm, ohne darüber nachzudenken.

»Blumen?«, fragte sie.

»Ich habe stundenlang nachgedacht, wie ich dich überzeugen könnte, zurückzukommen. Der Laden läuft nicht ohne dich, Pia. Wir brauchen dich. Du hast das wichtigste Projekt dieses Jahres auf den Weg gebracht und du solltest es auch fertigstellen. Mit dem Vertragsabschluss ist es ja nicht getan, es muss weitergehen. Du kannst Folgeaufträge an Land ziehen. Lass uns nicht hängen. Ich will dich nicht drängen …«

»Aber das tust du gerade.« Sie ließ die Hand mit den Blumen sinken. Der Strauß kam ihr so schwer vor, als wären die Blüten aus Blei gegossen. Sie packte fester zu, damit die Blumen nicht auf den Boden fielen.

»Ach Mensch, meine Kleine. Betrachte es doch mal von außen aus der Distanz. Du hast ein gutes Leben. Was willst du denn noch mehr? Wir alle schätzen dich, nicht nur fachlich.

Die Gehaltserhöhung soll auch kein Thema zwischen uns sein. Was passiert ist, dürfen wir uns nicht so sehr zu Herzen nehmen. Es war eine Verkettung unglücklicher Umstände. So was kommt vor. Abgesehen davon habe ich Informationen von meinem Anwalt eingeholt und weiß, dass wir – außer Marcel natürlich – nicht juristisch belangt werden können. Deswegen …«

»Bitte. Hör auf.« Pia lehnte sich an die Wand. Ihr wurde wieder schwindelig, ihr Atem ging schneller. Sie nahm den Duft des Straußes überdeutlich wahr und konzentrierte sich darauf. Die Blumen dufteten süß und schwer, zu schwer für ihren Geschmack, aber das kurze Riechen bewirkte, was sie nie für möglich gehalten hatte: Die Panik ebbte ab. Sie seufzte. »Es tut mir leid. Ich kann nicht zurück in die Agentur und so tun, als wäre nichts passiert. Ich brauche eine Pause.«

»Und was willst du in der Zeit machen? Hier sitzen und Trübsal blasen? Dich von Schuldgefühlen zerfressen lassen? Das ist es nicht wert.«

»Bitte. Geh.« Sie war unendlich müde und wollte sich nicht rechtfertigen.

Andreas streckte die Hand nach ihr aus, was sie zurückweichen ließ. Er verzog den Mund zu einem schmalen Strich, sah sie mitleidig an.

»Gut. Wie du willst. Aber was du tust, ist egoistisch. Mehr entgegenkommen kann ich dir nicht. Weißt du überhaupt, was dein Ausscheiden aus der Agentur für uns alle für Konsequenzen nach sich ziehen kann?«, fragte er, straffte die Schultern, drehte sich um und ging.

Pia lauschte den Schrittgeräuschen im Treppenhaus, die immer leiser wurden. Mit einem Krachen fiel die Eingangstür ins Schloss. Obwohl sie darauf vorbereitet gewesen war, zuckte sie zusammen. Draußen heulte ein Motor auf, als wollte Andreas den Ärger, den er ihretwegen hatte, am Auto auslassen.

# 9

Ein leises »Wuff« riss Pia aus ihren Grübeleien. Regina stand im Türrahmen zwischen Küche und Flur, Luna lag zu ihren Füßen.

»Danke, dass ich die Nacht bei dir verbringen durfte. Du warst meine Rettung. Nur hilft es nichts, wenn ich es länger vor mir herschiebe. Ich sollte rübergehen und versuchen, etwas Ordnung in das Chaos zu bringen.« Ein Schaudern ging durch Reginas Körper. »Es muss sein.«

»Brauchst du Hilfe?«

»Lass nur.«

Pia nahm ihre Wollmütze von der Garderobe, die Jacke und einen Schal. Sie schlüpfte in ihre Stiefel und reichte Regina deren Mantel.

»Ich komme mit. Dann habe ich wenigstens etwas zu tun«, sagte Pia.

Reginas Gesicht hellte sich auf. »Aber versprich mir, dass du es nicht aus einem Verpflichtungsgefühl heraus tust. Ich bin mein Leben lang gut allein zurechtgekommen.«

»Fällt es dir immer so schwer, Hilfe anzunehmen?« Pia lachte.

»Gehen wir.« Regina stimmte in das Lachen ein.

Wenig später schloss Regina ihre Eingangstür auf. Unzählige matschige Trittspuren wiesen den Weg durch den Flur ins Innere des Hauses. Von irgendwoher kam Zugluft herein. Es roch trotzdem nach abgestandenem Schweiß, kaltem Zigarettenrauch und feuchter Wolle. Pia betrachtete den roten, schmalen Läufer. Er sah teuer aus. Sie kannte sich mit Teppichen nicht gut aus, nahm aber an, dass so ein Schmuckstück mehrere Tausend Euro kostete. Sie bezweifelte, dass sich die nassen Dreckspuren vollständig entfernen ließen.

»Ich kann später ein Teppichreinigungsgerät aus der Drogerie holen«, sagte Pia. Sie wollte Regina umarmen, doch die stand so steif und abwesend vor der Türschwelle, dass Pia stattdessen ihre Hand nahm. Nebeneinander, Hand in Hand, gingen sie langsam und vorsichtig weiter ins Dunkle. Das Haus wirkte wie ein riesiges Lebewesen, das den Mund aufriss und gähnte. Pia drückte den Lichtschalter, um besser sehen zu können. Draußen war es so bewölkt, dass das Innere des Hauses trotz der angeschalteten Deckenlampen im Halbdunkel lag.

»Ach ja, das Licht. Die Glühbirnen hier und im Wohnzimmer sind kaputt. Es kommt selten Besuch. Und für mich ist es bedeutungslos, ob sie durchbrennen oder nicht.« Entschuldigend zuckte Regina mit den Schultern.

Pia drückte den Schalter einer Stehlampe im Wohnzimmer. Die Decke wurde mit Helligkeit geflutet. Nun konnte Pia nicht nur den Bereich vor der Terrassentür erkennen, sondern überblickte das gesamte Ausmaß der Verwüstung. Bücher lagen auf dem Boden, viele von ihnen waren nass. Die Menschen, die raus und rein gegangen waren, hatten so viel Schneematsch mit hereingebracht, als hätten sie eine Schneeballschlacht veranstalten wollen. Wer lief mit Matschschuhen über Bücher? Was waren das für Einbrecher, denen es nicht reichte, die Bücher aus dem Regal zu werfen, die gleich die Regale mit umstoßen mussten? Blumentöpfe waren zerbrochen, Blumenerde war auf dem Teppich verteilt. Das Kabel vom Telefon war herausgerissen. Selbst in der Küche lagen Geschirrscherben auf dem Boden. Aufgrund von Reginas Erzählung hatte sie sich auf Unordnung eingestellt, aber eine solche Verwüstung nur um der Zerstörung willen machte sie sprachlos. Pia ging zu einer Grünlilie, die unbeschädigt unter dem Wohnzimmertisch lag, hob einen Unterteller vom Küchenboden auf, hielt die Pflanze unter den Wasserhahn, um herausgefallene Erdreste abzuspülen und die Blume gleichzeitig zu gießen. Vorsichtig strich sie über die Blätter, richtete sie dabei auf und stellte die Lilie auf den Esstisch. Dies war der einzige Ort, der sauber, ordentlich und anscheinend unberührt war. Die Pflanze mitten auf dem Tisch, ein Ort der Ordnung von zwei Quadratmetern, erschien ihr wie ein Leuchtturm bei stürmischer See.

»Wir brauchen einen Container«, sagte Pia. »Ich suche die Nummer eines Containerdienstes raus, ist das okay? Vieles ist kaputt, da kann auch niemand mehr etwas richten.«

Regina nickte stumm.

Am liebsten wäre Pia umgekehrt, hätte diese Räume direkt wieder verlassen, die überall von Wut und Zerstörung kündeten. Doch das konnte sie Regina nicht antun.

»Wobei …«, überlegte Pia laut, »es dauert, bis ein Container geliefert werden kann. In meiner Küchenschublade sind noch große schwarze Müllsäcke, die einiges an Lasten aushalten. Ich hole auch Putzzeug von drüben. Einen Augenblick. Bin gleich wieder da.« Sie brauchte frische Luft, wenigstens kurz für die Dauer des Weges über die Straße bis zu ihrer Wohnung und zurück. Dass Regina mehr wahrnahm als mancher Sehende, das war Pia längst aufgefallen, deshalb wollte sie nicht, dass Regina ihr Erschrecken bemerkte.

Als sie mit einem Putzeimer, in dem sich ein Universalreiniger und zwei Packungen Schwerlastsäcke befanden, in Reginas Haus zurückkehrte, war der Schock beim Blick auf das Chaos schon geringer. Innerlich sortierte sie die Tätigkeiten, die ihnen bevorstanden. Am besten war es, zuerst die umgestoßenen Regale aufzustellen, die herausgerissenen Schubladen einzustecken und anschließend zu sortieren: Unversehrtes, das direkt eingeräumt werden konnte, Müll und das, was gesäubert oder instandgesetzt werden musste. Ihre erste Einschätzung war, dass der Großteil von Reginas Wohnungseinrichtung in die zweite Kategorie fallen würde. Das meiste würden sie wegwerfen müssen. Doch zuerst wollte Pia alle durchgebrannten Glühbirnen erneuern. Das war eine Aufgabe, die überschaubar und schnell zu bewältigen war.

Eine Stunde später klebte Pias Pullover nass an ihrem Rücken. Schon jetzt war klar, dass sie recht gehabt hatte: Der größte Teil der Einrichtungsgegenstände war nicht mehr zu verwenden.

Auch in der Küche war der Schaden groß. Die Arbeit wurde durch Regina erschwert, die darauf bestand, die verbliebenen Geschirr- und Besteckteile nicht nur einzuräumen, sondern vorher alles zu spülen und abzutrocknen. Das nahm mehr Zeit in Anspruch als das Sortieren, Füllen und Heraustragen der Müllsäcke. Pia überlegte kurz, zumindest die Töpfe einfach in die Schränke zurückzustellen, was Regina kaum bemerken würde, anstatt sie auf der Spüle zur Reinigung zu stapeln. Doch sie tat es nicht, weil die Zeitersparnis nicht das Wesentliche war. Wichtiger war, dass es Regina irgendwann gelang, sich in diesen Räumen wieder heimisch zu fühlen. Und dazu gehörte, dass an den Gegenständen keine Spuren von den Eindringlingen mehr zu finden waren.

Drei Stunden benötigten sie, um die Küche herzurichten. Dann verschaffte sich Pia einen Überblick über das Wohnzimmer.

»Von den Büchern darf kein einziges wegkommen.« Regina hob ein Buch mit Ledereinband auf und strich sanft darüber.

»Was nass ist, muss getrocknet werden. Küchenkrepp zwischen den Seiten wird helfen. Wenn etwas geknickt ist, kann man die Bücher stapeln, das Gewicht wird die Knicke ausbügeln.«

Pia nahm eins der Bücher in die Hand. Das Papier fühlte sich durch die Erhebungen der Brailleschrift noch dicker an, als es sowieso schon war. Sie schlug es auf und entdeckte ein Relief, das einen Elefanten darstellte. Sie fuhr mit den Fingern darüber.

»Wo gibt es denn solche Bücher zu kaufen?«, fragte Pia.

»Sie sind mein größter Schatz. Keins davon könnte ich einfach ersetzen. Beiläufig in eine Buchhandlung gehen und so viele mitnehmen, wie man nur möchte, das funktioniert für Menschen wie mich nicht. Einige sind sogar Anfertigungen nur für mich, von mir in Auftrag gegeben. Sie sind unersetzlich. Anfangs habe ich nur Bücher ausgeliehen, man kann sie sich kostenlos mit der Post zuschicken lassen. Dann wollte ich die Bände, die ich gelesen hatte, nicht mehr zurückgeben und bin dazu übergegangen, die Bibliothekslisten zu studieren, um Ausgaben zu entdecken, die ich aufkaufen kann und nicht wieder abgeben muss. Das hört sich jetzt leicht an. Dabei ist es schwer, überhaupt an Bücher zu kommen, gleichzeitig noch diejenigen zu finden, die für einen selbst von Bedeutung sind.«

Am Ende des Tages war auf den ersten Blick zumindest im Wohnzimmer nichts mehr von dem Einbruch zu sehen. Nur die Reihe von aufgeschlagenen Büchern, die mit dem Buchrücken nach oben an der Heizung aufgereiht waren, blieb ungewöhnlich. Die Leerstellen im Regal hatte Pia geschickt verteilt und dort Teile aus Reginas Steinsammlung platziert, sodass die Lücken durch die fehlenden Gegenstände kaum ins Auge fielen, eher wie gewollt wirkten. Pia spürte schmerzhaft ihren unteren Rücken. Reginas Gesicht war rot gefleckt vor Anstrengung. Ihr Atem ging schnell. Beide Frauen hatten sich während des Tages keine einzige Pause gegönnt, nur im Vorbeigehen ein paar Schlucke aus einer Wasserflasche getrunken und Luna hin und wieder die Tür geöffnet, damit die Hündin sich erleichtern konnte.

»Ich weiß nicht, wie ich dir danken soll …«, sagte Regina. Dabei wurde ihre Stimme immer leiser.

»Aber?«

»Bald kommt die Nacht. Ich könnte von oben das Bettzeug holen und es mir auf dem Sofa gemütlich machen. Dort liegt man bequem, und so müde, wie ich nach der Anstrengung bin, müsste ich auch sofort einschlafen.« Unruhig sah sich Regina um, als erwartete sie, dass jeden Moment jemand durch die Haustür oder über den Garten hereinkäme.

»Hast du keinen Hunger?«, fragte Pia. »Ich kann etwas für uns kochen oder den Lieferservice bestellen.«

»Nein.« Reginas Magen knurrte.

Pia lachte. »Ich koche gern. Wenn du nicht willst, dass ich deine Küche benutze, dann bei mir. Das haben wir uns verdient. Einen gemütlichen Tagesausklang mit einem leckeren Essen. Na, was ist?«

Noch immer sah Regina zwischen der Haustür und dem Garten hin und her, obwohl selbst für Pia nichts zu erkennen war. Draußen war es inzwischen dunkel geworden. Die hohen Bäume im Garten ließen nicht einmal das Licht der Straßenlaternen durchscheinen. Auch von den Nachbarhäusern war nichts zu erahnen, kein helles Fenster, kein flackernder Fernseher. Der dichte alte Bewuchs schirmte die Außenwelt ab, was für die Einbrecher möglicherweise eins der Hauptargumente gewesen war, sich dieses Haus vorzunehmen. Das Gemäuer war wie aus Zeit und Raum gefallen, als hätte jemand die Verbindung zu all den anderen Einwohnern der Stadt gekappt. Pia lauschte in die Stille. Irgendwo knackte es. Die Heizungsrohre gluckerten. Eine Uhr tickte. Der Wind pfiff durch die undichten Fenster. Ein Flugzeug brachte bei seinem Start den Boden unter ihren Füßen zum Vibrieren.

»Wenn du oben bist, hörst du dann überhaupt, was unten vor sich geht?«, fragte Pia und wünschte sich sofort, die Frage zurücknehmen zu können, so wie man beim Schreiben mit dem Computer die Löschtaste drückte. Die Antwort war besonders nach dem, was geschehen war, mehr als beängstigend. »Entschuldigung. Das war dumm von mir.« Selbst wenn man gut hörte und sah, war es unmöglich, von einem Ort der Villa aus das gesamte Gebäude zu kontrollieren.

»Früher war in diesem Haus viel Leben, damals, als meine Eltern hier gewohnt haben mit meinen Großeltern. Wir vier hatten den ersten Stock für uns, mein Bruder, meine Eltern und ich. Im Erdgeschoss lebten meine Großeltern mit ihrem Papagei Lara.«

Pia stockte. Sie versuchte, sich an Reginas Worte vom Vortag zu erinnern. Hatte sie möglicherweise etwas missverstanden?

»Hast du nicht gesagt, es gebe keine Verwandten?«, fragte Pia.

»Einen Bruder.«

»Und du willst ihn nicht anrufen?« Pia war Einzelkind. Immer hatte sie sich eine Schwester gewünscht, eine Vertraute, mit der sie alle Geheimnisse teilen konnte, jemanden zum Plaudern, für Unternehmungen und um sich gemeinsam auf Klassenarbeiten vorzubereiten. Sie war verwirrt.

»Nein.« Reginas Antwort kam so heftig, dass Pia schwieg und nicht weiter nachhakte.

»Darf ich dich etwas fragen?« Reginas Kinn zitterte. »Ich verstehe, wenn es dir zu viel wird. Und bitte sag, wenn es dir nicht recht ist, aber dürfte ich noch diese eine Nacht bei dir verbringen?«

# 10

Es wurde Mittwoch. Es wurde Donnerstag. Von früh bis spät arbeiteten Pia und Regina in der alten Villa, erst weiter im Erdgeschoss, dann im Obergeschoss im Schlaf- und Arbeitszimmer. Am Freitagvormittag waren sie so weit gekommen, dass nur noch die Reinigung der Hartböden und Teppiche anstand. Die schwarzen Müllsäcke hatte sie bereits zur Deponie gefahren.

»Die Reinigung des Teppichbodens kann auch eine Firma übernehmen«, schlug Regina vor. »Wir beide können einen freien Tag gut gebrauchen.«

Pia hatte inzwischen von der ungewohnten körperlichen Arbeit einen solchen Muskelkater, dass sie ihn sogar im Liegen spürte, beim Einschlafen, wenn sie sich nachts von einer Seite auf die andere drehte, und vor allem, wenn sie sich morgens aufrichtete. Die ersten Minuten des Tages waren die schlimmsten, dann schienen ihre Glieder wie eingerostet. Aber wenn sie mit dem Aufräumen fortfuhr, ebbte auch der Schmerz ab.

»Ich weiß nicht.« Pia zögerte. Die Verlockung auf einen Tag, den sie mit Nichtstun verbringen konnte, war groß – wenn sie die Gedanken beiseiteschob, was es für sie real bedeutete. Das Aufräumen war anstrengend, das stimmte, trotzdem strukturierte es die Tage, gab ihrem Dasein einen Sinn. Die Realität, die Pia nun wieder erwartete, war ernüchternd: Sie hatte keinen Job. Solange sie nicht in die Agentur zurückkehrte und der Unfall so frisch in ihrer aller Erinnerung war, fielen auch gemeinsame Unternehmungen mit den Kollegen aus. Jede Begegnung mit den Agenturkollegen wäre nur ein krampfhafter Versuch, über das Geschehene hinwegzugehen, das doch wie eine blinkende Säule zwischen ihnen stand. Und Fabian? Wenn sein Bild vor ihrem inneren Auge auftauchte, wurde ihr Hals eng und es fühlte sich an, als wären ihre Arme und Beine kraftlos und wie betäubt. Dann drückte der Abschluss ihres Pullovers, das Halstuch erschien unendlich eng. Selbst wenn sie das Halstuch abnahm und den Pullover gegen eine Bluse tauschte, bei der sich die oberen Knöpfe öffnen ließen, änderte sich nichts an dieser Missempfindung. Sie bekam zu wenig Luft. Pia wollte nicht an Fabian denken, doch sie wusste, dass das zwangsläufig geschehen würde, wenn sie in ein Nichtstun verfiel und körperlich nicht vollständig erschöpft war.

»Suchst du für mich auf deinem Handy die Nummer einer Reinigungsfirma raus?« Regina hob ihr Mobilteil von der Ladestation. »Die Auskunft ist so überteuert.«

»Lass mal. Ich mach das schon. Ich kümmere mich um die Böden.«

»Das musst du nicht.«

»Doch.« Pia nahm Regina das Telefon aus der Hand. »Ich tue es gern.« Gleichzeitig wurde ihr klar, dass das keine wirkliche Lösung war. Mehr als diesen einen Tag würde sie damit nicht überbrücken können. Trotzdem war ein hinter sich gebrachter Tag viel, wenn es ihr vor jeder einzelnen Stunde, vor jeder einzelnen Minute graute, in der sie allein in ihrer Wohnung saß und in Gedanken immer wieder den Unfall erlebte und die Situation erinnerte, wie sie vor Marcels Wagen gestanden hatte und nicht wirklich ernsthaft versucht hatte, ihn vom Fahren abzuhalten.

Der Signalton einer eingehenden Nachricht riss sie aus ihren Überlegungen. Pia zog ihr Handy hervor.

*Hier ist gerade die erste große Pause. Nach der Schule kann ich direkt in den Zug steigen und zu dir kommen.*

Pia sah Fabian vor sich, wie er im Lehrerzimmer saß, eine Tasse Kaffee in der Hand hielt und in der anderen Hand das Handy. Ob er noch immer das Hintergrundbild auf dem Gerät hatte von ihrem letzten gemeinsamen Mittelmeerurlaub? Sie sah ihn so deutlich vor sich, als stünde er nur einen Meter neben ihr, bekleidet mit einem seiner weißen taillierten Hemden, von denen er so viele besaß, dass man sie kaum mehr zählen konnte, die Ärmel hochgekrempelt, das obere Knopfloch geöffnet, dazu eine Jeans und seine eleganten Lederschuhe. Sie spürte ein Kribbeln in ihren Fingerspitzen, wenn sie an seinen Drei-Tage-Bart dachte, den sie so oft gestreichelt hatte. Wie sie es gemocht hatte, seine kurzen braunen Nackenhaare zu berühren, die genauso kurz waren wie der Bart. Seine Haare waren immer perfekt gestylt und geföhnt gewesen, bis sie gekommen war und mit ihren Fingern die Frisur durcheinandergebracht hatte. Sie schob das Handy in ihre Hosentasche zurück.

»Dann fahre ich zuerst in die Drogerie und hole das Teppichreinigungsgerät«, sagte Pia und fragte sich, ob ihre Beziehung von Anfang an zum Scheitern verurteilt gewesen war und sie es nur nicht hatte sehen wollen. Er als Lehrer, für den Ordnung und Regeln eine große Rolle spielten, mit seinen weißen Hemden und der ordentlichen Frisur, der sich eine Familie wünschte. Sie mit ihren derben Schnürstiefeln, die sie auch im Sommer trug, weil sie das Gefühl hatte, in anderen Schuhen keinen Halt zu haben. Die morgens häufiger verschlief, aber nie zu spät kam, weil sie ihre schlafverzottelten Haare unter einer Mütze verstecken konnte und sich Wimpern und Augenbrauen inzwischen blind schminkte, während sie auf der Toilette saß. Falls sie je Kinder haben wollte, wäre er der perfekte Vater dafür, der bestimmt zu allen Elterntreffen im Kindergarten und zu Elternabenden gehen würde, sich darum kümmerte, dass die Schulranzen gepackt waren, der mit den Kindern für die Klassenarbeiten lernte. Das Handy vibrierte an ihrem Oberschenkel, dazu surrte es laut.

*Habe dir eine Mail geschrieben,* ploppte auf dem Display auf.

»Ist es etwas Wichtiges?«, fragte Regina.

»Nein.« Pia zögerte. »Ich fahre gleich los.«

»Lass uns zusammen aufbrechen, dann kann ich zusätzlich Waschmittel und Reis kaufen.«

»Einen Moment noch.« Sie öffnete die Mail-App und wandte sich von Regina ab, auch wenn sie wusste, dass Regina sowieso nicht sah, was sie tat.

»Komm, Luna, es gibt Futter.« Regina verschwand mit der Hündin in der Küche.

*Hallo Pia,*

*schon über die Anrede habe ich so lange nachgedacht, bis es zum ersten Mal wieder zum Unterricht geläutet hat. Mehr als zehn Minuten für zwei Wörter. Geliebte. Liebste Pia. Das verkneife ich mir, auch weiter darüber nachzudenken, was in deinem Kopf vorgeht. Warum du dich nicht meldest, warum du nicht ans Telefon gehst. Wo bist du denn, wenn nicht zu Hause? Du hast doch gekündigt.*

»Meinst du, ich habe nichts anderes zu tun, als zu Hause rumzusitzen? Ich warte den lieben langen Tag am Telefon auf deinen Anruf?« Pia ließ das Handy auf den Tisch knallen. »Denkst du, die Welt dreht sich nur um dich?«

»Pia?«, rief es aus der Küche.

»Alles okay. Entschuldigung. Fahren wir.«

Als Regina nicht kam, nahm sie das Handy wieder hoch und las weiter, auch wenn sie überlegte, ob es nicht besser wäre, die Mail einfach ungelesen zu löschen. Sie war nicht in der Verfassung, einen Konflikt logisch anzugehen und konstruktiv zu überlegen. Die ersten paar Sätze von Fabian zeigten ihr, dass ihr Inneres ein Pulverfass war, ihre Seele wie rohes freiliegendes Fleisch.

*Ich liebe dich. Und ich denke, das weißt du auch. Ich will ehrlich zu dir sein.*

Pia schnaubte. Wenn jemand das sagte, war es längst zu spät. Ich will ehrlich zu dir sein. Genau diese Phrase hatte sie schon zu oft gehört, und zwar immer dann, wenn es besser gewesen wäre zu schweigen und getrennter Wege zu gehen. Danach folgte fast zwangsläufig ein Schlag. Diesen Ablauf hatte sie bereits zu oft erlebt: erst die Ankündigung der Ehrlichkeit, anschließend der Knall, eine Mischung aus Grenzüberschreitung und Unverschämtheit.

*Deine Absage am Montag hat mich getroffen, mehr als das. Weil es zeigt, dass bei uns generell einiges in eine Schieflage gekommen ist. Bedeutet Freundschaft, eine Beziehung nicht, dass man immer füreinander da ist? Dass man gerade dann zusammenhält, wenn es schwer wird? Dass man auch mal über den eigenen Schatten springt, sich öffnet, obwohl man sich verschließen möchte?*

Pia stellte sich vor, einen Rotstift zu nehmen und all das »man« anzustreichen, das Fabian in der Unterhaltung so gern verwendete. Wenn er so für Offenheit war, warum sprach er sie nicht direkt an? Warum sagte er nicht, sie, ja, sie persönlich, Pia, solle über ihren Schatten springen und mit ihm reden? Es war nur eine Kleinigkeit von vielen, aber etwas, das sie nicht einfach beiseiteschieben konnte.

*Pia, du bedeutest mir alles. Wir haben so viele Jahre miteinander verbracht. Die Urlaube mit dir waren wunderschön. Der Sex mit dir ist gigantisch. Wir haben gestritten und uns versöhnt.*

*Ja, manchmal hätte ich dich packen und gegen die Wand klatschen
können, genauso wie du mich. Aber wir haben uns jedes Mal versöhnt. Und weißt du, was? Auch im größten Streit habe ich mir nie,
nicht eine Sekunde, eine andere Frau an meiner Seite gewünscht.
Wenn ich ausgehe oder durch die Fußgängerzone gehe, sind alle
Frauen blass und farblos gegen dich. Du bist fantasievoll, kreativ, spontan, emotional. Du bist wie eine Bombe in mein Leben
eingeschlagen.*

*Du bist wütend. Verletzt. Aber auch wenn man verletzt ist,
kann man aufeinander zugehen. Pia, ich liebe dich und könnte es
noch endlos oft wiederholen, damit du es begreifst. Ich liebe dich.
Ich liebe dich. Ich will mit dir zusammen alt werden. Ich will mit
dir eine Familie gründen. Ich weiß, dass wir zusammengehören.
Gib uns eine Chance. Ich komme direkt nach der sechsten Stunde
mit dem Zug zu dir, okay?*

*Fabian*

Pia klickte auf den Antwortbutton.

*Nein. Komm nicht. Es tut mir leid.*

Sie schaltete das Handy vollständig aus und schob es in die
Hosentasche. Pias Atem stockte. Sie vergrub ihr Gesicht hinter
den Händen. Es gab so vieles, was sie ihm sagen wollte, aber
sie wusste, dass es keinen Zweck hatte. Sicher hatte er es gut
gemeint, glaubte er, sie zu lieben. Nur was bedeutete das konkret? Ich liebe dich. So schnell war es gesagt, so einfach geschrieben, dabei kamen Erinnerungen an unzählige Filmszenen hoch,
an Küsse, Versprechungen, Szenen in der Kirche, sie in weißem
Kleid, er in schwarzem Anzug. Fabian hatte mit Andreas geredet,
er wusste von dem Unfall, ihrer Auszeit, doch davon schrieb er
kein einziges Wort, als befände sich die Liebe in einer Konserve,
in die man sie über die Woche packt, wo sie unbeeinflusst von
allem die Zeit überdauert, damit man sie am Wochenende unbe-
schadet wieder herausholen kann. So funktionierte es nicht.
Liebe, das hieß für sie, den eigenen Schutzpanzer verlassen zu

können, keine Angst mehr zu haben vor dem, was kommen würde, weil der andere da war. Stattdessen hatte sie das Gefühl, eine immer dickere Schutzschicht um sich aufbauen zu müssen, um die kommenden Stunden zu überstehen und nicht zu verzweifeln. Wo war das Wir geblieben, an dem sie sich in Gedanken so lange festgeklammert hatte?

»Ich wär dann so weit«, sagte Regina.

Pia nahm ihre Handtasche und ihren Mantel und blickte sich zu Luna um, die keinen Zentimeter von Reginas Bein wich.

»Und wie machen wir das mit dem Hund im Auto?«

»Ich hole eine Unterlegdecke. So fahren wir auch immer Taxi. Neben der Tür hängt ein Extragurt, damit können wir sie am Geschirr anschnallen.«

Pia half, Luna auf den Rücksitz zu bugsieren und dort zu sichern. Schon bald merkte sie beim Blick in den Rückspiegel, dass ihre Sorge unbegründet gewesen war. Die Hündin saß ruhig und friedlich auf ihrer Decke, als hätte sie nie etwas anderes getan.

»Ich würde dir gern eine Frage stellen«, sagte Pia. Sie versuchte, Reginas Stimmung in deren Gesicht zu lesen, was aber nicht gelang. Durch die fast schwarzen Augenbrauen im Kontrast zu den silbergrauen langen Haaren wirkte Regina immer streng, unabhängig von der Situation. Das machte es Pia nicht leichter zu fragen, was ihr auf der Seele brannte.

Regina schwieg. Manchmal war sie undurchschaubar.

»Wenn die Sicherheitsfirma heute Abend wie geplant da war, die Einbruchsschäden repariert und zusätzliche Schlösser angebracht hat …«

»Dann übernachte ich bei mir. Das war es doch, was du meintest, oder?«

»Ich will dich nicht rauswerfen …« Aber trotzdem spürte sie wie nie zuvor das Bedürfnis nach Einsamkeit, um wieder zu sich zu finden und das Geschehene zu sortieren.

»Du hast sowieso schon viel zu viel für mich getan. Ich weiß gar nicht, wie ich mich für all die Unterstützung revanchieren kann.«

Pia parkte in einer der Buchten vor der Drogerie. Sie zögerte beim Aussteigen, blickte abwechselnd zu Luna und Regina. Die erwartete Erleichterung darüber, dass sie ihre Wohnung wieder für sich allein haben würde, blieb aus. Es waren nur ein paar Tage gewesen, die sie zu dritt verbracht hatten, aber die Zeit war so intensiv gewesen, dass Pia auch Wehmut und Unsicherheit verspürte. Alleinsein und die damit verbundene Ruhe waren schön, wenn man es sich mitten im Trubel vorstellte. Doch wie würde es sich für sie real anfühlen?

# 11

Pia schüttete Wasser aus dem Wasserkocher in einen Topf, drehte die Herdplatte auf eine niedrige Stufe und war gerade dabei, das Fenster in der Küche zu öffnen, um den Wasserdampf hinauszulassen, als sie innehielt. Draußen war es so still und der Wind wehte die Worte des Mitarbeiters der Sicherheitsfirma bei Regina genau in ihre Richtung, sodass sie kaum anders konnte, als zuzuhören.

»Auch im ersten Stock empfehle ich dringend, Fenstersicherungen zu installieren. Es ist ein Leichtes, mithilfe einer Leiter dort einzusteigen. Es reicht nicht, sich auf das Erdgeschoss zu konzentrieren, wenn Sie wirkliche Sicherheit wollen. Warten Sie mal, ich überschlage das kurz. Acht Fenster sind im ersten Stock, wenn ich mich recht erinnere.«

»Das stimmt.«

»Acht mal 189 Euro pro Fenster, das ergibt zusätzlich …«

Pia hielt die Luft an. Im Vorbeigehen drehte sie die Herdplatte ab, schlüpfte in ihre Stiefel und rannte ins Freie. Das durfte doch nicht wahr sein! Sicher wusste sie es nicht, aber ihrer Einschätzung nach würde der Austausch der Fenstergriffe höchstens ein Viertel davon kosten, wenn man das Material für den Umbau selbst im Baumarkt besorgte.

Der Mann reichte Regina einen Ausdruck. Pia stellte sich neben Regina und schaute ihr über die Schulter. Sie hatte sich nicht verhört, für den Einbau einer einzigen Sicherung wären über zweihundert Euro fällig.

»Wer sind Sie denn?«, fragte der Mann.

»Eine gute Freundin.« Pia nahm Regina das Blatt ab und schnaubte.

*Einbau der Fenstergriffe pauschal 500 Euro*
*17 Fenstergriffe zu je 189 Euro*
*Austausch des Türschlosses Materialkosten 350 Euro*
*Einbaukosten 200 Euro*

Pia knüllte das Papier zusammen. Sie brauchte gar nicht bis zum Schluss weiterzulesen. Die Kostenaufstellung war so abstrus, dass sie nicht vorhatte, mit Regina darüber zu diskutieren.

»Danke für den Kostenvoranschlag«, sagte Pia. »Wir werden uns melden, wenn wir weitere Angebote von anderen Betrieben eingeholt haben.«

»Ich dachte, Sie wollten unbedingt heute noch …« Der Mann kam einen Schritt auf Pia zu, sodass sie seinen Atem an ihrer Stirn spüren konnte. Er roch nach Zigarette und Pfefferminzbonbon.

»Das muss ein Irrtum gewesen sein, oder, Regina?«

»Aber …« Regina wandte sich orientierungslos in Pias Richtung.

»Tut mir leid für das Missverständnis. Es ist überhaupt nicht dringend. Wir haben viel Zeit«, sagte Pia. »Ob heute oder in einem Monat, das spielt für uns gar keine Rolle.«

»Das geht jetzt nicht so einfach, den Auftrag zu stornieren. So war es nicht verabredet. Mein Kollege hat schon mit dem Einbau der Fenstersicherungen begonnen.«

»Dann baut er sie eben wieder aus. Oder gibt es irgendeinen unterschriebenen Auftrag?« Pia wartete auf eine Antwort, die aber ausblieb. »Nein? Ich will, dass Sie innerhalb der nächsten zehn Minuten von hier verschwunden sind, oder ich rufe die Polizei. Und du, Regina …« – Pia hakte sich bei Regina ein, der die Verwunderung ins Gesicht geschrieben stand – »… komm. Ich habe das Essen gleich fertig. Hier sind die Schlüssel zu meiner Wohnung, geh schon mal mit Luna rüber, ich regele das hier.«

Pia erwartete, dass Regina protestierte, aber sie schien so überrascht über das Geschehen, dass sie tat, um was Pia sie gebeten hatte. Sie ging über die Straße, geführt von Luna.

»So läuft das hier nicht, Fräulein.« Der Mann kam noch näher auf sie zu, als wollte er sie mit seinem Körper beiseiteschieben.

Pia zwang sich, nicht einen Millimeter zurückzuweichen. »Genauso läuft das hier. Und jetzt erkläre ich Ihnen mal, warum ich es nur gut mit Ihnen meine. Wissen Sie, dass die Hausbesitzerin von Beruf Richterin ist? Dass Sie von Glück reden können, dass sie blind ist, den Zettel mit dem Kostenvoranschlag nicht lesen konnte? Sie sind gerade dabei, sich einen Haufen Ärger einzuhandeln. Wollen Sie, dass jemand einmal die Rückseite mit den Vertragsklauseln auseinandernimmt? Die Preise hinterfragt? Einen Tipp an den Verbraucherschutz, die Polizei oder das Finanzamt gibt?« Es waren nur Vermutungen, doch Pia ließ sich keine Unsicherheit anmerken.

Der Mann wich zurück, ging auf den Hauseingang zu. »Ist ja schon gut. Emil! Emil! Hörst du mich nicht! Emil, komm jetzt, lass alles so, wie es ist, wir machen uns vom Acker.« Es dauerte eine Weile, bis der Kollege aus dem Haus kam. Auch er begann eine Diskussion um Geld, das zu zahlen sei, doch schließlich stiegen die beiden Männer in den Lieferwagen und fuhren ab, ohne die Fenstersicherungen, die bereits eingebaut waren, wieder auszubauen.

Pia wusste, dass sie die Angelegenheit nicht auf sich beruhen lassen konnte. Wie viele Menschen waren von den beiden schon abgezockt worden? Wer war überhaupt für die Kontrolle solcher Geschäftspraktiken zuständig? Sie beschloss, am nächsten Tag auf dem Polizeirevier nachzufragen. Regina war eindeutig zu gutmütig.

Als Pia ihre Küche betrat, waren die Teller auf dem Tisch bereits mit Essen gefüllt, eine Kerze war angezündet.

»Wie hast du das geschafft? Du wusstest doch gar nicht, was ich kochen wollte.« Pia blieb verwundert stehen. Dann nahm sie eine Nudel vom Teller und kostete sie. Sie war nicht zu weich und nicht zu hart, genau richtig. Vorsichtig tunkte sie die Löffelspitze in die Soße. Auch die Tomatensoße war perfekt abgeschmeckt. Das Stück Hartkäse aus dem Kühlschrank stand in einer Schüssel gerieben auf dem Tisch.

»Meine Nase und mein Tastsinn funktionieren noch.«

Pia genoss es, sich zu setzen und die Spannung der letzten Minuten abzuschütteln. Sie zögerte, dann sprach sie es doch an: »Wegen dieser Sicherheitsfirma«, begann sie. »Das sind absolute Abzocker! Ein Türgriff für 189 Euro plus Einbaukosten. Ich schätze, im Baumarkt gibt es so einen Griff für unter dreißig Euro, einen hochwertigen vielleicht für fünfzig Euro, und der ist innerhalb von zwei Minuten eingebaut. Die ganze Rechnung ist ein Witz, und zwar ein wirklich schlechter. Die wollten dich ausnehmen wie eine Weihnachtsgans. Bitte, bevor du noch mal jemandem einen Auftrag geben willst, frag mich. Lass mich drübersehen und Preise vergleichen. So etwas im Internet zu recherchieren, kostet mich nur ein paar Minuten.«

Regina setzte sich. Ihre Hände zitterten, als sie eine Nudel mit der Gabel nahm.

Vorsichtig berührte Pia Reginas Hand.

»Ich war zu heftig«, sagte Pia. »Tut mir leid.«

»Nein, mir sollte es leidtun. Ich habe von solchen Dingen einfach keine Ahnung. Und ohne dich …«

»Lass. Ist schon okay.«

Reginas Zittern ließ nach. »Ich hasse solche Situationen. Dieser gesamte Alltagskram ist so mühsam und frustrierend. Im Gericht, da bin ich mir meiner Sache sicher, da kann ich auf das bauen, was ich gelernt habe. Aber Hausreparaturen? Vor allem war es die einzige Firma, die bereit war, sofort zu kommen. Solange jederzeit jemand einsteigen kann, wie soll ich mich da in meinem Haus sicher fühlen? Mir geht es nicht ums Geld. Sollen sie berechnen, was sie wollen. Was spielt das für eine Rolle? Ich möchte mein Zuhause auch als solches zurückbekommen.«

»So was darfst du nicht unterstützen. Schon aus Prinzip nicht.« Pia überlegte, bevor sie weitersprach. »Es muss eine Lösung geben, ohne dass du dich solchen Wucherern auslieferst. Solche Leute darfst du einfach nicht beauftragen.«

»Aber jetzt kommt das Wochenende. Das verzögert die Reparaturarbeiten noch zusätzlich«, sagte Regina.

»Mich stört es nicht, falls du noch länger bei mir bleiben willst.« Pia schaute zu Luna. Die Hündin lag ausgestreckt unter dem Tisch zwischen ihnen, berührte mit den Vorderpfoten Reginas Füße, lehnte sich mit dem Rücken an Pias Unterschenkel. Luna strahlte eine solche Ruhe aus, als wollte sie ausdrücken: Gleichgültig, was auch passiert, ich bin bei euch.

»Wirklich?« Regina runzelte die Stirn. »Wir sollten uns ein Versprechen geben: immer ehrlich zueinander sein, uns nichts vormachen. Das ist mir wichtig.«

»Das ist doch eine Selbstverständlichkeit. Versprochen. Und noch mal: Mich stört es wirklich nicht, wenn du bleibst. Das ist mir vorhin klar geworden. Im Gegenteil, ich würde dich vermissen.« Pia beugte sich vor, um mit der Hand über Lunas Fell zu streicheln. »Und Luna.« Luna grunzte genüsslich.

»Einsamkeit tut mir gerade nicht gut. Sofort sind die Gedanken an den Unfall wieder da.«

»Würdest du mir nach dem Essen erklären, wie die Ordnung in deiner Küche genau aufgebaut ist? Wenn ich schon bei dir bleiben darf, möchte ich mich erkenntlich zeigen.«

»Das ist doch überflüssig. Wirklich.«

Die beiden Frauen aßen und plauderten. Sie lachten und diskutierten. Zum ersten Mal, seit sie in diese Wohnung eingezogen war – und sie lebte bereits mehr als fünf Jahre an diesem Ort –, fühlte sich Pia heimisch. Eigentlich war sie jemand, der gern unterwegs war. Oft war sie schon wieder umgezogen, bevor sie alle Kisten ausgepackt hatte. Für einen Urlaub brauchte sie nur ihr Fahrrad und ein Zelt, das sie nach Einbruch der Dunkelheit irgendwo aufstellte und vor der Morgendämmerung wieder abbaute, sodass niemand mitbekam, dass dort überhaupt jemand übernachtet hatte. Ihre Wohnung war ihr immer nur wie ein Übergang vorgekommen, ein Ort, wo sie ihre Besitztümer zwischenlagerte. An diesem Gefühl hatten auch all die Jahre nichts geändert, die sie in diesen Räumen verbracht hatte. Sie wusste nicht, ob es an Regina oder an Luna lag – aber nun war die Wohnung eine warme Hülle, die sie umgab, wie wenn jemand beim Einschlafen eine zusätzliche Decke gegen die Kälte über sie breitete oder ihr im Schlaf sanft über die Stirn strich. Zum ersten Mal in ihrem Leben hatte Pia das Gefühl, angekommen zu sein, woran auch die Tatsache nichts änderte, dass sie sich gerade von ihrem Freund getrennt hatte und eine Auszeit von ihrer Arbeit nahm.

# 12

Auch wenn Pia betonte, dass sie von Regina keinen Dank erwartete, dass es nichts gab, wofür sie sich erkenntlich zeigen müsste, bestand Regina am späten Samstagvormittag darauf, dass Pia ihr erklärte, wo sich in der Küche Lebensmittel, Töpfe, Pfannen, Backformen, Geschirr und Besteck befanden, damit sie abwechselnd kochen konnten. Bei der Gelegenheit sortierte Regina die Gewürze alphabetisch, ordnete Nudeln neben Nudeln, Reis neben Grieß, stellte das Mehl vor die Salzpackungen, und den Zucker rückte sie an die Hinterwand des Regals.

»Und warum den Zucker nach hinten?« Pia musste schmunzeln, wenn sie die akkurat ausgerichteten Lebensmittel betrachtete, als hätte sie jemand mit dem Lineal angeordnet.

»So kannst du in den Schrank greifen, ohne hinzusehen, und du verwechselst nicht Zucker mit Mehl. Es ist auch alphabetisch geordnet. M – Mehl. S – Salz. Z – Zucker. Die harten Kartons vom Salz trennen die weichen Packungen von Mehl und Zucker.«

In der Besteckschublade ordnete Pia währenddessen zum ersten Mal in ihrem Leben die Kuchengabeln und die Kaffeelöffel, separierte im Kühlschrank die Wurst- von den Käsepackungen.

»Jetzt traue ich mich ja kaum noch, hier zu kochen. Nicht, dass ich alles wieder durcheinanderbringe.« Pia lachte. Die neue Ordnung war ihr unheimlich. Dagegen war jeder Supermarkt das reine Chaos. Doch sie wusste, dass es für Regina wichtig war, um sich zurechtzufinden.

»Lass mich das Mittagessen zubereiten«, sagte Regina. »Dabei präge ich mir den Inhalt der Schränke ein.« Sie fuhr mit den Fingern die Gewürzreihe entlang und nannte die Aufschriften der Dosen ohne einen einzigen Irrtum. Dann nahm sie eine Packung Reis heraus, stellte einige der Gewürze davor.

Pia sah auf die Uhr. »Aber es ist doch noch so früh. Gerade mal elf.«

»Ich brauche für alle Hausarbeiten etwas länger. Auch fürs Kochen.«

»Dann kümmere ich mich in der Zeit darum, einen Schlosser oder eine Sicherheitsfirma zu finden.« Pia verließ die Küche und ging ins Wohnzimmer ans Telefon. Im Hintergrund hörte sie das Klappern von Töpfen, das Ratschen, mit dem Plastikverpackungen geöffnet wurden. Pia öffnete ihren Laptop und googelte nach Handwerksbetrieben. Schnell wurde sie fündig.

Unter der ersten Nummer meldete sich niemand. Bei der zweiten war der Anschluss nicht vergeben. Beim dritten Versuch nahm endlich jemand ab.

»Wir können übernächste Woche am Mittwoch vorbeikommen, um einen Kostenvoranschlag zu erstellen.«

Pia probierte es weiter.

»In diesem Monat können wir keinen Termin mehr dazwischenschieben.«

»Mein Mann ist gerade unterwegs. Wenn Sie Ihre Nummer dalassen, ruft er zurück.«

Eine Stunde später hatte Pia alle Betriebe abtelefoniert, bis auf die AAA Sicherheitsprofis mit dem Sofortservice, die bereits da gewesen waren. Aus der Küche drang der würzige Geruch von Hühnchencurry. Pia legte das Telefon beiseite und ging zu Regina. Eine Schüssel mit gekochtem Reis stand auf der Spüle. Ein Topf dampfte auf dem Herd. Pia öffnete den Deckel, nahm einen Löffel aus der Schublade und probierte von dem Curry. Es schmeckte fantastisch.

»Du bist ja schon fertig«, sagte Pia. »Ich bin leider nicht weitergekommen. Aber das heißt nichts, es gibt ja noch andere Adressen außerhalb dieser Stadt.« Sie versuchte, sich ihre Ernüchterung nicht anmerken zu lassen und in ihre Stimme einen optimistischen Klang zu legen. Es war wie verhext. Wo lag denn das Problem, wenn sie einfach nur einen Schlosser auftreiben wollte, der kurz vorbeikam und dafür keine Unsummen verlangte?

»Nicht so ungeduldig.« Regina nahm Möhren, Frühlingszwiebeln, Radieschen und Champignons aus dem Kühlschrank. »Erst mit dem Gemüse wird es richtig gut und das kommt am Schluss dazu, damit es den Biss behält.«

»Kann ich helfen?« Wenn es nach ihr ginge, könnte sie sofort anfangen zu essen. Pia fand die Mahlzeit perfekt, und zwar so, wie sie schon war.

»Lass mal. Du kannst dich einfach hinsetzen.«

Um nicht tatenlos zu bleiben, begann Pia, die herumstehenden Gewürze wieder einzuordnen. Sie erinnerte sich an die Butterdose, die sie irgendwann einmal gekauft und nie verwendet hatte. Sie entdeckte sie hinter der Käsereibe und packte die Butter erst in die Dose, schließlich in den Kühlschrank.

Dann fragte sie sich, warum sie überhaupt so darauf fixiert war, einen Schlosser zu finden. Es gab doch noch andere Wege! Sie kannte das Phänomen aus der Agentur: Die besten Lösungen fanden sich, wenn sie sich nicht auf das Problem fokussierte, sondern sich mit beiläufigen Tätigkeiten ablenkte wie Aufräumen oder Kaffeekochen.

Sie begriff nicht, warum sie nicht eher auf die Idee gekommen war. »Es ist alles Quatsch mit der Suche nach einem Schlosser. Fensterriegel, sogar ein ganzes Ersatzfenster für das, das eingeschlagen ist, Schlösser und Zusatzriegel für Türen, das gibt es doch in jedem Baumarkt, daran dachte ich von Anfang an. Wir brauchen gar keinen Handwerker. Fahren wir selbst los, packen es an und kaufen, was wir an Zubehör auftreiben können. Im Internet sind unzählige Videos zu finden, wie so etwas eingebaut wird. Eine Idee, wer mir dabei helfen könnte, habe ich auch schon. Und falls das ein paar Tage länger dauern sollte, spielt es auch keine Rolle. Ich freue mich, wenn du mir hier Gesellschaft leistest, wenn Luna und du da seid. Und ich hoffe, dass du weißt, dass du all das hier nicht tun musst, so ein aufwendiges Essen kochen. Das ist keinerlei Verpflichtung.«

Regina blickte skeptisch. Sie tastete über die Anrichte und hielt inne.

»Seltsam.« Noch einmal fuhr Regina mit der flachen Hand über die Granitfläche. »Ich verstehe das nicht.« Sie war so irritiert und wirkte mit einem Mal so orientierungslos, dass sogar Luna aufstand und mit ihrer Schnauze gegen Reginas Bein stupste.

»Was denn?« Pia schaute sich um, konnte aber nichts Ungewöhnliches erkennen.

»Hier, genau hier stand doch der Koriander.«

»Der was?« Pia blickte sich um.

»Die Gewürze. Sie sind weg. Auch Paprika und Kurkuma.« Sie öffnete den Schrank und fuhr mit der linken Hand die Gewürzreihe entlang. »Hm. Hier sind sie nicht. Ich verstehe das nicht.«

»Ach so. Habe ich weggeräumt. Hier.« Pia schob die Plastikbecher beiseite, um besser an die Gewürzdosen heranzukommen. »Tut mir leid. Hier ist die lila Dose. Ich meine das Kardamom.« Sie reichte Regina das Gewürz. »Was genau hattest du noch gebraucht?«

»Ingwer, Zwiebeln, Koriander gemahlen, Kurkuma und Paprika edelsüß.«

»Warte, nicht so schnell. Das kann ich mir nicht alles merken. Eins nach dem anderen.«

Es dauerte eine Weile, bis Pia die Gewürze wiederfand. Sie hatte sie gedankenverloren irgendwo in den Schrank gestopft, wo gerade Platz war.

»Ach, Mensch!« Regina zog so heftig die Soße vom Herd, dass sie überschwappte. »Jetzt sind durch das lange Suchen die Möhrenstücke verkocht. Ich habe ganz vergessen, die Flamme herunterzudrehen.« Sie würzte nach, probierte und presste die Lippen aufeinander.

Pia nahm auch einen Löffel und kostete von der Soße. »Die ist doch supertoll. Ich weiß gar nicht, was du hast.«

»Und genau das ist das Problem. Wir sortieren gemeinsam, ich präge mir alles ein und dann ist die Hälfte der Gewürze verschwunden. Ach, was soll's, lass uns essen, bevor die Möhren noch weicher werden.«

Pia unterdrückte eine wütende Entgegnung. Wessen Küche war es? Woher sollte sie wissen, dass Regina die seltsamen Gewürze noch benötigte und nichts weggeräumt werden durfte?

Anstatt das Essen zu genießen, runzelte Regina abwechselnd die Stirn, presste die Lippen aufeinander oder verzog auf andere Weise das Gesicht. Sie kritisierte die fehlende Würze, die durch die verkochten Möhren komme, dass mit Ingwer nachgewürzt werden müsse und eigentlich noch Frühlingszwiebeln fehlten.

»Hey, jetzt mach dich mal locker.« Pia legte die Gabel ab. »Wir haben so ein tolles Essen. Lass es uns doch einfach genießen. Ich verstehe das nicht. Was ist nur los mit dir?«

»Ich soll mich ›locker machen‹?« Regina stieß geräuschvoll die Luft aus. »Ich koche sehr gern für uns. Auch in Zukunft. Aber das geht nicht, wenn …«

»Was soll ich denn mehr tun, als mich zu entschuldigen? Und das habe ich schon. Was erwartest du? Ich sage es noch mal: Es tut mir leid, dass ich die Gewürze eingeräumt habe und dass die Möhren jetzt verkocht sind.«

»So war das nicht gemeint. Ich hatte mich nur so gefreut. Es ist selten, dass jemand all diese Gewürze im Haus hat. Es hätte richtig perfekt werden können.«

Pia legte Regina eine Hand auf die Schulter. »Hey. Das ist es. Es ist gut so, wie es ist. Und das ist noch eine Untertreibung. Es ist fantastisch. Damit könntest du ein Restaurant aufmachen. Du würdest reich werden.«

»Danke.« Regina klang versöhnlich.

Pia begann wieder zu essen, doch richtig genießen konnte sie das Curry seit dem Streit nicht mehr. Sie fragte sich, ob es eine gute Entscheidung gewesen war, die Reparaturarbeiten in Reginas Haus selbst erledigen zu wollen und ihr anzubieten zu bleiben. Bei der Auseinandersetzung war es zwar nicht um existenzielle Fragen gegangen wie zwischen Fabian und ihr, es ging nicht um eigene Kinder, um dauerhaft gemeinsame und getrennte Wohnungen. Trotzdem wurde Pia durch die Diskussion klar, dass es bei Regina keine Flexibilität gab, aufgrund ihrer Sehschwäche und auch, weil Regina anscheinend eine Perfektionistin war, ernst, pingelig und übergenau. Kleinste Änderungen von Abläufen und Absprachen nahm sie übel. Gleichzeitig waren das wohl die Eigenschaften, ohne die sie nie eine solche Laufbahn als Juristin erreicht hätte und sich in ihrem Haus nicht allein zurechtfinden könnte. Der Gedanke stimmte Pia versöhnlicher.

»Wir sollten uns etwas zusammen gönnen«, sagte Pia. »Etwas unternehmen, das entspannt und uns weg von den

Problemen bringt. Einmal kein Putzen, kein Aufräumen, kein Ärgern und Hadern mit dem, was passiert ist. Heute für den Resttag und auch morgen nehmen wir uns eine Auszeit. Raus aus dem ganzen To-do. Was denkst du?«

Luna richtete sich auf und sah Pia aufmerksam an, als verstünde sie, was gesprochen wurde. Regina streichelte über Lunas Kopf.

»Kennst du den Waldsee?«, fragte Regina. »Dort kann man wunderbar wandern. Und Luna kennt inzwischen fast alle Hunde, die dort am Wochenende unterwegs sind. Es ist nicht nur für uns Menschen idyllisch, sondern Luna kann mit ihren Hundefreunden einfach mal eine Zeit lang nur Hund sein, ohne Pflichten.«

Auch wenn Wandern nicht zu Pias Hobbys gehörte, gefiel ihr die Vorstellung, eine ruhige Zeit am Waldsee zu verbringen.

»Da bin ich noch nie gewesen, habe aber schon viel davon gehört«, sagte Pia. Andreas hatte oft von dem See geschwärmt, auf dem er regelmäßig mit seinen Enkeln Schlittschuhlaufen ging. Die Ruhe des Waldes, eine verschneite Landschaft, raus aus der Stadt und weg von allen Erinnerungen – Pia richtete sich auf. »Eine gute Idee! Ich räume den Tisch ab, dann können wir in ein paar Minuten los.«

# 13

Am nächsten Tag gingen sie mit Luna wieder im Wald spazieren. Die regelmäßige Bewegung, zu der die Hündin sie zwang und der Pia sich anschloss, tat ihr gut. Sie merkte, wie sie nachts besser schlief, wie es ihr immer besser gelang, abzuschalten. Anschließend kochten sie noch einmal gemeinsam, verbrachten den Sonntagabend mit Wein und gefüllten Teigtaschen vor dem Fernseher. Und obwohl es zu keiner weiteren Auseinandersetzung kam, nicht einmal zu einer offen ausgesprochenen Meinungsverschiedenheit, war doch eine kaum merkliche Anspannung im Raum, wenn sie zusammen waren. Pia wurden die Verkrampfung in ihrem Unterkiefer und ihre hochgezogenen Schultern jedes Mal bewusst, wenn sie ins Bad ging und dort für sich war, weil sich dann die Muskeln entspannten. Auch wenn sie allein auf der Terrasse stand und über die Häuser blickte, beruhigte sich ihr Atem. In ihrer Wohnung hatte sie ununterbrochen die Befürchtung, etwas falsch zu machen, etwas in der üblichen Unachtsamkeit an einem anderen Ort abzustellen, sodass Regina sich nicht mehr zurechtfand. Pias Gehör hatte sich in den letzten Tagen geschärft. Sie nahm das Rauschen des Windes durch das gekippte Fenster wahr, das leise Klingeln der Plaketten an Lunas

Halsband, wenn sich der Hund von Raum zu Raum bewegte. Manchmal wachte sie nachts sogar auf und wusste anhand des Klackens der Hundepfoten auf dem Hartboden, ob Luna in der Küche auf dem gefliesten Boden umherging oder im Flur auf dem Parkett. Abends war Pia von all den Eindrücken so müde, dass sie innerhalb von Sekunden einschlief, ohne an den Unfall zu denken, obwohl sie längst nicht so viel bemerkte wie Regina. Regina hörte anhand von Pias Schrittgeräuschen, ob Schuhe im Flur herumlagen, um die Pia herumging, wusste anhand von Pias Bewegungsgeräuschen, ob die Stühle vom Tisch abgerückt waren oder nicht. Pia stellte sich vor, Regina als Mutter gehabt zu haben, dann hätte Regina das Chaos im Jugendzimmer unter dem Dach hören können, es bemerken, ohne den Raum zu betreten, weil jeder herumliegende Gegenstand veränderte, wie sich jemand im Zimmer bewegte.

Um das notwendige Gespräch über ihre Zukunft etwas herauszuschieben, beschloss Pia am Montagmorgen, in die Agentur zu fahren, um die Dinge zu holen, die sie im Besprechungsraum vergessen hatte. Dort befanden sich noch ein teurer, neuer silberner Rucksack mit bequemen Ersatzschuhen darin, zwei Jacketts und irgendwo musste auch ihre Digitalkamera sein. Bisher hatte sie den Fotoapparat nur beruflich genutzt, doch im Schlafzimmer lagerte sie zwei unausgepackte Ersatzobjektive. Nun hatte sie Zeit, sich mit all den Kameraeinstellungen zu beschäftigen. Sie wollte die Bücher über Porträt- und Landschaftsfotografie heraussuchen und schauen, was sie davon umsetzen konnte.

»Ich fahre kurz in die Agentur, bin aber in einer, spätestens zwei Stunden zurück«, sagte Pia nach dem Frühstück.

Regina öffnete den Mund, ohne etwas zu sagen. Luna stand auf, schlich unruhig um Reginas Beine. Pia war es, als könnte sie die Anspannung zwischen ihnen wie ein Vibrieren in der

Luft wahrnehmen, wie ein Knistern von Stromleitungen, wenn es draußen eiskalt wurde.

»Lass uns später reden.« Pia umarmte Regina zum Abschied und fühlte die angespannten Muskeln an Reginas Rücken. Sie wusste, dass auch Regina mit dem momentanen Zustand unzufrieden war, dass es nicht nur ihr selbst schwerer fiel als gedacht, wie in einer Studenten-WG zusammenzuleben. Sie waren beide Einzelgängerinnen. Doch der Gedanke, wieder ganz allein zu sein, ohne Regina und vor allem ohne Luna – der Gedanke ließ Pia frieren, sosehr sie sich auch danach sehnte. Und sie wusste, dass auch Regina zögerte, in ihr Haus zurückzukehren. Pia wusste es, obwohl sie nie darüber gesprochen hatten und es Regina wahrscheinlich nicht offen zugeben würde. Pia bemerkte Reginas Unsicherheit daran, wie sich ihre Schritte verlangsamten, sobald sie sich der alten Villa auf der anderen Straßenseite näherten, wie sie zögerte, den Schlüssel im Schloss herumzudrehen, wie sie im Flur immer erst einmal innehielt, Luna ermahnte, ruhig zu sein, um dann in die Stille zu lauschen. Das alles zeigte deutlicher, was in Regina vorging, als sie es je hätte erklären können.

»Wir finden eine Lösung. Für uns beide«, sagte Pia, obwohl sie nicht ansatzweise wusste, wie diese Art von Lösung aussehen konnte. Sie wollte allein sein, hatte aber auch Angst davor. Genauso erging es Regina.

»Finden wir das?«, fragte Regina. Unter ihren Augen waren dunkle Ringe. Die Kaffeetasse zitterte leicht, als Regina sie abstellte, was nicht am Koffein liegen konnte, das sie mit dem starken schwarzen Kaffee zu sich nahm, daran war Regina längst gewöhnt. Im Gegenteil, bevor sie nicht ihren Kaffee getrunken hatte, wirkte sie erschöpft und um einiges älter. »Wir wollten immer ehrlich zueinander sein, uns nichts vormachen. Das hatten wir einander versprochen.«

Pia trank den Rest ihres Tees aus, weil sie nicht wusste, wohin mit ihren Händen.

»Tun wir doch. Ich mache mich dann mal auf«, sagte Pia.
Sie streichelte Luna zum Abschied und verließ eilig das Haus.

Nie zuvor hatte es an der Hauptstraße vor der Agentur einen freien Parkplatz gegeben, nun war dort eine Lücke, als wäre sie extra für Pia freigehalten worden. Sie parkte ein und eilte die Stufen im Treppenhaus hoch, um niemandem im Aufzug zu begegnen, dem sie erklären müsste, warum sie in der letzten Woche nicht da gewesen war und in nächster Zeit nicht mehr wiederkommen würde. Auch wenn es nur oberflächliche, höfliche Gespräche gewesen waren, die sie mit den Mitarbeitern aus der Zahnarztpraxis und der Anwaltskanzlei im selben Gebäude geführt hatte, wollte Pia niemandem begegnen.

Weil sie ihre Schlüssel schon abgegeben hatte, klingelte Pia. Eine Frau, die sie noch nie gesehen hatte, öffnete.

»Ja?«, fragte die Frau, die für Pias Geschmack einen zu roten Lippenstift und Schuhe mit zu hohen Absätzen trug.

»Ich will meinen restlichen Kram abholen.« Pia wollte sich nicht mit Höflichkeiten aufhalten, auf ein Gespräch mit einer solchen Tussi konnte sie verzichten. War das etwa der Ersatz für sie selbst? Andreas hatte versprochen, die Stelle frei zu halten. Änderte er so schnell seine Meinung? War sie so einfach zu ersetzen? Sie hoffte, dass sie sich täuschte.

»Stopp«, sagte die Frau. »Ich kann Sie nicht so ohne Weiteres hereinlassen. Mein Chef und die anderen Mitarbeiter sind gerade unterwegs. Eine Präsentation bei einem Kunden. Aber ich kann gern etwas ausrichten, wenn es Ihnen recht ist. Wir melden uns dann bei Ihnen. Sie sind …«

»Pia.« Sie zeigte auf die Fotos im Flur. »Gesichtserkennung bestanden?« Pia verzichtete darauf, die Frau nach ihrem Namen zu fragen. Gemeinsam würden sie sowieso nicht arbeiten. Pia fragte sich, ob sich Andreas mit dieser neuen Angestellten über den Unfall oder über seine eingeschlafene Ehe hinwegtröstete, und wusste, dass sie ungerecht war. Niemand sollte vom

Äußeren auf das Innere schließen. Sie selbst hasste es, wenn sie wegen ihrer »Grufti-Kleidung mit Grufti-Stiefeln«, wie Marcel es einmal gesagt hatte, aufgrund ihrer geringen Körpergröße und ihres Alters nicht für voll genommen und von oben herab behandelt wurde. Nein, sie gehörte nicht der Gothic-Szene an. Das Schwarz war nicht Ausdruck von Frustration oder Trauer. Kein Protest und erst recht kein politisches Statement. Sie wählte einfach gern Schwarz, weil ihr die Farbe gefiel und sie sich so problemlos kombinieren ließ. Außerdem fühlte sie sich in den festen Stiefeln geerdeter als in anderen Schuhen, als könnte sie so schnell nichts aus dem Gleichgewicht bringen. Und sie hatte keinerlei Probleme, morgens in der Eile Kleidungsstücke zusammenzustellen, weil grundsätzlich alles, was sie besaß, zu den übrigen Teilen passte.

»Oh, tut mir leid. Frau Wegener. Ah ja. Ich habe schon von Ihnen gehört. Keine Sorge. Nur das Beste.« Sie lächelte. »Ich war nur nicht auf einen Besuch von Ihnen vorbereitet, habe mit allem gerechnet, aber damit nicht.«

»Darf ich vorbei und meine Sachen holen?«

Die Frau trat einen Schritt beiseite.

Pia nahm einen leeren Karton aus der Abstellkammer, in dem sie die Gegenstände transportieren wollte. Es dauerte nicht einmal zehn Minuten, bis der Karton gefüllt war. Zusätzlich hatte sie noch ihre Thermoskanne gefunden und eingepackt, den Laserpointer, den kleinen Standventilator für den Sommer und ihre elektrische Zahnbürste mit Zahnpasta aus dem Bad, dazu ein Diktiergerät und die teuren Markerstifte, von denen eine Packung über 200 Euro kostete.

»Ich mach mich dann mal wieder auf den Weg.« Pia winkte. »Würden Sie mir bitte die Tür öffnen?«

Ein Klickgeräusch an der Tür ließ sie innehalten. Sie hörte, wie von außen der Schlüssel herumgedreht wurde.

Anhand des Geruchs seines Aftershaves erkannte sie schon, wer hereinkam, bevor er die Tür vollständig geöffnet hatte und sie ihn sah.

»Na, wen haben wir denn da? Was für eine Überraschung. Hallo Pia. Unser verlorenes Schäfchen ist zurückgekehrt«, sagte Andreas, dann stutzte er beim Blick auf den Karton. »Nicht dein Ernst!«

»Das sind meine eigenen Sachen, ohne Ausnahme. Du kannst gern nachsehen.«

»Das heißt …« Er zog die Augenbrauen zusammen.

»Ja. Ich brauche wirklich eine Auszeit. Es ist gar nicht mal allein der Unfall. Dadurch habe ich erst gemerkt, was alles in meinem Leben schiefläuft. Wir sind so beschäftigt, dass wir die Dinge schleifen lassen, und plötzlich …« Sein skeptischer Blick brachte sie zum Verstummen. Warum mühte sie sich überhaupt ab, ihn von ihrer Argumentation zu überzeugen? Sie wollte sich nicht rechtfertigen, nicht noch einmal diskutieren, was längst geklärt war. »Ist ja auch egal. Willst du die Sachen durchsehen, die ich eingepackt habe?«

Wie er die Hand auf ihre Schulter legte, ließ sie einen Schritt zurückweichen. Die Distanz, die sie dadurch aufbaute, zerstörte er direkt wieder, indem er erneut auf sie zukam. Sie nahm den Karton von der Seite nach vorn, hielt ihn wie ein Schutzschild vor sich. Sie wartete, dass er beiseitetrat. Er blieb stehen, so dicht, dass sie seinen Atem an ihrer Stirn spürte. Die Zeit dehnte sich unangenehm. Es waren nur Sekunden, die sie auf diese Weise verharrten, doch Pia kam es vor, als würde er ihr durch seine Anwesenheit die Luft abschnüren. Sie zwang sich, sich nicht von dem Unbehagen beeinflussen zu lassen, sondern gelassen zu reagieren.

»Du stehst im Weg«, sagte sie.

»Wir sollten wirklich noch mal reden. Du überstürzt die Entscheidung. Damit tust du uns keinen Gefallen, vor allem dir selbst nicht. Diese Angelegenheit vor zehn Tagen war unangenehm. Für jeden von uns. Aber das ist doch kein Grund ...«

»Du stehst im Weg.«

»Was musst du denn gleich so zickig werden?«

»Warum gehst du nicht einfach wie sonst durch die Tür in den Flur und weiter in dein Zimmer?« Pia erschrak über sich selbst. Sie hatte nicht so heftig werden wollen, eigentlich. Doch sie hatte genug von all den Eigentlichs in ihrem Leben.

»Ts, ts, ts.« Er trat beiseite.

Pia ging in Richtung Aufzug, ohne sich noch einmal umzudrehen. Sie hatte Angst, in sein Gesicht zu sehen, weil sie sich dann wieder für etwas entschuldigen würde, für das sie sich nicht entschuldigen wollte.

»Soll sie sich doch zum Teufel scheren. Es gibt mehr als genug fähige Mitarbeiter, die sogar kostenlos für uns arbeiten würden. Jeder ist ersetzbar«, sagte er so laut, dass sie nicht anders konnte, als es zu hören.

Der Aufzug öffnete sich, eine ältere Frau und ein älterer Mann traten heraus, Hand in Hand. Pia ging zügig weiter, war erleichtert, als sich die Türen hinter ihr schlossen. Sie bereute nichts von dem, was sie zu Andreas gesagt hatte.

»Reicht es dir nicht, wenn ich einfach nach Hause gehe? Musst du noch nachtreten?«, sagte sie halb laut vor sich hin und ihr wurde klar, dass sie nach dieser Begegnung mit Andreas nicht mehr in die Agentur zurückkehren konnte. Sie würde sich eine andere Stelle suchen müssen.

Ihr Atem ging schnell, als sie in ihre Einfahrt fuhr und aus dem Wagen stieg. Ein Taxi vor Reginas Villa ließ sie innehalten. Regina stand daneben am Straßenrand, Luna lag zu ihren Füßen. Der Fahrer schleppte zwei Koffer aus dem Haus nach draußen. Der Kofferraum war bereits geöffnet und Pia erkannte einige Reisetaschen darin.

Eilig stellte Pia den Karton mit den Gegenständen aus der Agentur auf den Boden und eilte auf Regina zu.

»Du verreist?«, fragte Pia.

»Nein.«

»Sondern?« Pia versuchte, in Reginas Gesicht zu lesen. So schweigsam kannte sie ihre Nachbarin gar nicht. Eine Träne löste sich aus Reginas linkem Augenwinkel, die Nasenflügel bebten.

Regina antwortete nicht.

»Ich verstehe nicht. Was ist denn los? Ist was passiert?«

»Ich gehe mir ein Heim ansehen.«

Pia wünschte, dass sie sich verhört hatte, doch Regina sah nicht so aus, als würde sie scherzen. »Du bist noch jung. Ich meine …« Sie musste husten.

»Ich bin 65.«

»Das ist jung. Du bist nicht gebrechlich. Kommst gut allein zurecht. Und dein Hühnchencurry. Damit könntest du ein Geschäft aufmachen.« Pia stellte sich vor, Regina zu schütteln.

»Der Einbruch hat mir gezeigt, dass es so nicht weitergehen kann. Die Zeit arbeitet nicht für, sondern gegen mich. Ich ertrage den Gedanken nicht, allein in das Haus zurückzukehren. Die Stille. Die Größe des Hauses. Das Alleinsein. Die Nächte und immer die Unsicherheit, ob so etwas wie der Einbruch wieder passiert.«

»Aber du hast doch Luna. Sie passt auf. Wenn nachts jemand käme, würde sie anschlagen und dich wecken.«

Regina tastete nach Pia, strich ihr vorsichtig über den Arm. Die Berührung ließ Pia mit den Tränen kämpfen.

»Erklär es mir«, sagte Pia. »Warum so plötzlich? Warum jetzt?«

»Ich kann nicht ewig bei dir wohnen. Und ich möchte das mit dir auch nicht diskutieren, weil ich nicht weiß, ob ich dann bei meinem Entschluss bleiben kann. Manche Wege im Leben muss man allein gehen.«

Pia schwieg. Sie dachte an das vergangene Wochenende und wusste, dass Regina recht hatte. Die Wohnung war zu eng, es würde unweigerlich zu Konflikten kommen.

»Mir ist der Schritt nicht leichtgefallen.« Regina bückte sich und streichelte Luna. »Ich habe tagelang darüber nachgedacht und wie ich es auch drehe und wende, es gibt für mich rational gesehen keine Alternative. Dass dieser Zeitpunkt irgendwann kommen würde, wusste ich schon seit dem Tod meiner Eltern.«

Dem Taxifahrer war die Situation sichtbar unangenehm. Er blickte zu Boden. »Ich kann auch gern wieder ausladen.«

»Nein. Wir fahren. Gleich. Nur fünf Minuten«, sagte Regina.

»Aber warum?« Pia konnte es trotz der logischen Argumente von Regina nicht begreifen. Ein Heim! Ein solcher Schritt!

»Das habe ich doch gerade versucht zu erklären. Vor allem ist es ein absoluter Zufall, dass in zwei Heimen Plätze frei geworden sind. Es ist dort nicht so, wie du denkst. An beiden Orten hätte ich ein Appartement für mich, könnte mich selbst versorgen, für mich leben. Auch einen Teil meiner eigenen Möbel mitnehmen. Ich bleibe unabhängig wie bisher, habe aber Hilfe, wenn ich sie später einmal brauche. Deshalb ist meine Entscheidung gefallen. Ich hätte sie schon vor Jahren treffen sollen. Eine der beiden Möglichkeiten werde ich ergreifen, in eines der Heime ziehen. Es ist statistisch so unwahrscheinlich, überhaupt eine solche Wahl zu haben, dass es schon Fügung ist. Außerdem will ich niemals wieder in solch eine hilflose Situation rutschen wie ...« Reginas Worte wurden immer leiser.

»Du bist doch niemand, der abergläubisch ist. Fügung. Schicksal. So ein gequirlter Blödsinn! Das ist ...«

»Eine vernünftige Entscheidung. Du kannst das nicht nachvollziehen, aber du hast auch nicht mein Leben gelebt.«

»Dann erklär es mir! Und mach nicht immer nur solche Andeutungen.« Pia schüttelte den Kopf. Sie blickte zum Fahrer. »Bitte. Würden Sie das Gepäck bitte wieder ausladen und in meine Wohnung bringen?«

Der Fahrer öffnete den Kofferraum. Pia wartete auf Reginas Protest. Doch der blieb aus.

Pia umarmte Regina. »Bitte tu das nicht. Wenn ich dich verletzt habe, überreagiert, was auch immer – sieh es mir nach. Aber tu das nicht. Nicht jetzt. Wenn du morgen noch dorthin ziehen willst, lasse ich dich gehen. Ich bringe dich selbst hin. Versprochen. Das ist das Mindeste, was ich tun kann und tun will. Nur nicht heute. Nicht so überstürzt. Nicht, bevor wir uns voneinander verabschiedet haben. Lass uns zusammen noch mal Hühnchencurry kochen. Ich kaufe auch einen ganz besonderen Wein dazu. Du wirst ihn mögen. Lass uns bis morgen warten. Ich rede zu viel. Das tue ich immer, wenn ich nervös bin. Aber bitte, Regina …«

Regina nickte. »Gehen wir noch einmal gemeinsam eine Runde mit Luna. Anschließend kochen wir zusammen. Morgen fährst du mich. Versprochen? Es ist nicht so, wie du denkst, es ist auch nicht allein die Hilflosigkeit gegenüber dem Einbruch. Es ist eine allgemeine Hilflosigkeit, die Erinnerung, die … Aber das ist kein Thema für jetzt und hier.«

# 14

*Oktober 1971*

»Ruhig, ganz ruhig.«

Ich schlage die Augen auf und sehe – nichts. Gar nichts. Es ist der Geruch um mich herum, diese Mischung aus Reinigungs- und Desinfektionsmitteln, an den ich mich erinnere. Die Erinnerung an die Hände, die mich fixiert haben, und an das Einschlafen taucht auf und gleichzeitig die Panik, dass das noch einmal geschieht. Ich zwinge mich, Ruhe zu bewahren, meine Angst zu unterdrücken.

»Ich sehe nichts.« Meine Stimme klingt rau und heiser, der Hals sticht, die Zunge ist klebrig, die Lippen verkrustet.

»Fräulein Schumacher? Können Sie mich hören?«

»Ja. Ich höre Sie. Ich sehe nichts.«

»Sie hatten einen Fahrradunfall und befinden sich im Kreiskrankenhaus auf der Intensivstation. Wir unternehmen alles, damit es Ihnen bald besser geht.«

»Ich sehe nichts.« Das Sprechen macht mich so müde, dass ich mich zwingen muss, wach zu bleiben. Die Worte klingen verwaschen, mein Kopf fühlt sich an, als wäre er mit Watte ausgestopft.

»Das wird wieder. Machen Sie sich nicht zu viele Gedanken. Es ist ungewohnt, aber Sie brauchen sich nicht zu sorgen. Erst einmal ist wichtig, dass Sie aufgewacht und ansprechbar sind. Dass Sie sich Zeit geben, bis die Verletzungen verheilt sind. Ihre Eltern sind schon benachrichtigt. Sie werden bald bei Ihnen sein. Und jetzt schlafen Sie eine Weile. Ruhen Sie …«

Die Worte verschwimmen in einem Nebel, der mich mit sich reißt. Es ist zu anstrengend, wach zu bleiben.

»Meine Kleine! Mäuschen.«

Die Stimme ist so nah, dass ich aufwache und weinen muss. Sie ist so bekannt. Ich erkenne noch immer nichts, spüre aber die Tränen.

»Mama!«

Sie streichelt über mein Gesicht, meinen Arm, meine Hand.

»Ich sehe nichts.«

»Alles wird gut.«

»Was passiert mit mir?«

»Sie machen dich gesund. Es wird dir wieder besser gehen und du wirst nach Hause kommen. Bald schon, ganz bald. Versprochen.«

»Ich sehe nichts.« So oft habe ich es bereits gesagt. Nun höre ich das Stocken des Atems, ein Schnalzen mit der Zunge, merke, wie Mutter beim Streicheln innehält, und begreife, dass sie mich anlügt. Wie ein heller bunter Lichtblitz taucht die Erinnerung so klar vor mir auf, als würde es jetzt gerade geschehen. Die Schwärze ist weg. Dafür ist der Transporter da. Der Traktor. Ich fliege. Der Knall.

Nichts wird je wieder gut. Ich sehe nichts, weil ich erblindet bin. Das ist eine Tatsache, über die niemand mit mir sprechen will. Etwas ist mit meinen Augen passiert oder mit meinem Gehirn.

»Ich bin müde«, flüstere ich. »Ich möchte schlafen.«

# 15

Je besser Pia Regina kennenlernte, umso schwerer fiel ihr die Vorstellung, sie in ein Heim ziehen zu lassen. Das Taxi war weggeschickt worden, aber eine Grundsatzentscheidung hatte Regina noch nicht getroffen. Am Nachmittag lasen sie sich abwechselnd aus ihren Lieblingsbüchern vor, am Abend kochten sie gemeinsam. Später zündete Pia eine Kerze auf dem Wohnzimmertisch an und die zunehmende Müdigkeit ließ beide immer wortkarger werden.

Doch das Schweigen mit Regina war etwas Besonderes. Neben ihr breitete sich mit der Stille eine innere Ruhe aus, die nichts forderte, nichts verlangte. So, wie es war, war es gut, es gab nichts, was getan werden musste. Dieses Gefühl hatte Pia niemals so intensiv erlebt wie in Reginas Gegenwart. Je länger Pia über einen möglichen Abschied von Regina nachdachte, umso trauriger wurde sie. Die Runden mit Luna waren inzwischen zu einem festen Bestandteil ihres Lebens geworden, auch das gemeinsame Kochen.

In der Nacht wachte Pia immer wieder auf und lauschte auf die gleichmäßigen Atemgeräusche und das Seufzen von Luna, auf das Knistern der Bettwäsche, wenn sich Regina von einer Seite auf die andere drehte.

Mit einem Kloß im Hals richtete Pia am folgenden Morgen das Frühstück her.

Regina trank einen Schluck Kaffee. Wieder schien sie in Gedanken ganz weit weg, aber je mehr Pia versuchte zu begreifen, was in Regina vorging, umso mehr mauerte sie. Doch wenigstens einmal wollte sie es noch versuchen.

»Woran denkst du denn, wenn du von Hilflosigkeit sprichst? Wenn du dann so abwesend bist?« Pia rührte in ihrem Tee. Regina tat so, als hätte sie die Fragen gar nicht gehört. Die Brötchen waren bereits aufgegessen. Mit ihrem Messer schob Pia die Krümel vom Teller auf einen Haufen, verteilte sie dann wieder wie Erde auf einem Blumenbeet und legte das Messer weg. Ihr Blick wanderte zu den Koffern und Taschen, die im Flur standen. Sie hatte Regina ein Versprechen gegeben, von dem sie nicht wusste, ob sie es noch halten könnte. Je länger sie am Tisch saßen, umso schwerer erschien ihr der Abschied.

Das Läuten an der Haustür ließ sie zusammenzucken.

»Du hast ein Taxi bestellt?« Pia sah zu Regina.

»Nein. Wir wollten doch gemeinsam fahren.«

Verwundert stand Pia auf. Sie drückte den Türöffner und hielt inne. Das war eine der Kleinigkeiten, die sich verändert hatte, seit sie nicht mehr allein war. Durch Lunas Nähe nutzte sie die Sprechanlage nicht, öffnete direkt. Ein Blick auf Luna würde genügen, um jeden ungebetenen Gast in die Flucht zu schlagen.

Schon anhand der Schritte erkannte sie, wer sich näherte. Er nahm zwei Stufen auf einmal, dazu war das Räuspern zu hören, das so typisch für Fabian war. Pia zog die Tür vollständig auf.

»Du bist nicht in der Schule? Es ist doch Dienstag«, meinte sie.

»Na, das ist mal wieder eine nette Begrüßung.« Er schloss kurz die Augen und zog die Augenbrauen hoch.

»Tut mir leid. Hallo Fabian. Willst du reinkommen?«

Das Bellen aus der Küche ließ ihn innehalten. »Du hast Besuch?«

»Das ist eine lange Geschichte. Ja. Und nein. Wen du gerade gehört hast, das ist Luna. Und in der Küche ist Regina, meine Nachbarin von gegenüber aus der alten Villa.«

»Ich will es auch nicht übermäßig in die Länge ziehen. Ah, ich sehe. Zwei Blöde, ein Gedanke. Du hast schon alles rausgestellt.« Er zeigte auf den Gepäckhaufen. »Wie ungemein freundlich und zuvorkommend von dir.«

Die Bitterkeit in seiner Stimme ließ ihren Atem stocken. »Das gehört Regina. Ich wollte sie gleich wo hinfahren.« Pia hatte keine Lust, sich mit großen Erklärungen aufzuhalten. »Aber du, du hast dir extra freigenommen, bist gekommen, um ...«

»Um meine Brocken hier einzusammeln. Ja. Irgendwann muss es ja gemacht werden. Und im Zweifelsfall bin ich für eine klare Linie. Lieber früher als später. Dann haben wir es beide hinter uns. Und keine Sorge, ich habe mir nicht extra freigenommen. Dienstags ist generell mein freier Tag. Schon vergessen?«

»Warum bist du so gemein?«

Er lachte kurz auf. »Ach, jetzt bin ich derjenige, der gemein ist? Du verdrehst die Tatsachen. Ich habe dir etwas geschrieben und habe mich dabei wohl völlig zum Affen gemacht. Ich liebe dich. Ja, Pia, das habe ich geschrieben, in dieser lächerlichen Mail. Und was war deine Antwort? Ich kann sie auswendig: *Nein. Komm nicht. Es tut mir leid.* Na toll. Sieben Wörter. Drei Sätze. Im Schnitt genau zwei Periode drei Wörter pro Satz. Super. Das ist dir also unsere Beziehung wert? Das bin ich dir wert?«

»So kannst du das nicht sehen. Eine Beziehung ist doch kein Rechenspiel. Lass es mich erklären. Es war eine absolute Ausnahmesituation, in die ich geschlittert bin, und des...«

Er machte mit der Hand eine Bewegung, als wollte er eine Mücke verscheuchen, und sah von ihr weg. »Lass es einfach gut sein, okay? Machen wir nicht alles noch schlimmer, als es schon ist. Sammeln wir meinen Kram zusammen. Oder falls du mir nicht helfen willst, erledige ich es schnell selbst.«

Pia verschränkte die Arme vor dem Oberkörper, doch sie spürte keine Wärme, sondern fror noch mehr. »Dafür brauchst du meine Hilfe nicht, das kriegst du allein hin. Ich bin dann in der Küche. Wenn was ist, kannst du ja fragen.«

Sie drehte sich um, ohne ihn noch einmal anzusehen, ging in die Küche und schloss die Tür hinter sich.

Pia ließ sich auf ihren Stuhl sinken. Sie stützte die Ellbogen auf die Tischplatte und hielt sich die Hände vors Gesicht, um ihren Atem zu beruhigen und abzuwarten, bis das Zittern in ihren Knien nachließ. Dann spürte sie an ihren Füßen eine warme, weiche Berührung, als würde jemand sagen: Alles wird gut. Pia streckte eine Hand unter den Tisch und streichelte über Lunas Fell, knautschte die Ohren, vergrub ihre Finger tief in dem Flausch. Aus den anderen Räumen war zu hören, wie Schranktüren geöffnet und mit lautem Knallen wieder geschlossen wurden. Fabian war wütend und versuchte nicht, es zu verbergen.

»Das ist Fabian?«, fragte Regina. »Von dem du mir erzählt hast?«

»Ja.«

»Und du willst nicht hingehen und nachsehen, was er tut?«

»Nein.«

Regina ließ ihre Hand über den Tisch gleiten, bis sie Pias Ellbogen berührte. Die Berührung hatte etwas so mütterlich Tröstendes, dass Pia die Augen schloss. Sie hatte das Gefühl zu fallen, aber auch, dass dort jemand war, der sie auffangen würde, bevor sie beim Aufprall zerschellen konnte. Es fühlte sich so wunderbar an, dass es fast wehtat.

»Es ist mir egal, was er einpackt«, sagte Pia. »Keine Sorge, deine Sachen lässt er sowieso stehen. Und den ganzen Rest – soll er doch haben, was er möchte. Was spielt das für eine Rolle? Ich will, dass es vorbei ist, und das ist es auch gleich.« Sie erschrak selbst über ihre Verbitterung. Noch am Tag des Unfalls hatte sie sich eingeredet, sie könnten die Gegensätze überbrücken, sie müssten nur miteinander reden, Kompromisse finden. Es waren nur ein paar Sekunden, die alles verändert hatten. Sie wollte nichts außer ihre Ruhe. Sie ertrug es nicht mehr, darüber nachzudenken, ob ihre Haare zu farblos waren und zu dünn, ihr Gesicht ungeschminkt zu geisterhaft, ihr Körper zu klein und jungenhaft, nicht perfekt und verbesserungswürdig. Und genau das ging ihr in seiner Gegenwart im Kopf herum, auch noch nach all den Jahren ihrer Beziehung. Es war nicht einmal seine Schuld, er hatte nie gesagt, dass ihn etwas an ihr störte. Sie selbst war es, die sich in seiner Nähe nicht mochte.

Regina schwieg. Pia war ihr dankbar dafür. Sie brauchte kein Mitleid, kein Verständnis, keinen Rat. Es gab Situationen, die bedurften keiner Worte. Sie wurden nicht besser, wenn man darüber redete, erklärte, interpretierte. Manchmal war nur eins von Bedeutung: dass man die Zeit hinter sich brachte, ohne noch zusätzlich Kraft zu verschleißen.

Mit einem Mal war es so still, dass Pia sich fragte, ob Fabian bereits gegangen war. Dann begann Luna erst zu grummeln, dann zu knurren.

»Luna, leise«, flüsterte Regina.

Luna wuffte auf, kurz darauf bellte sie laut und ausdauernd und ließ sich auch durch Reginas Ermahnungen nicht davon abbringen.

Pia bemerkte, wie sich die Türklinke ein paar Millimeter nach unten bewegte, dann wieder in die Ausgangsposition zurückkehrte. Sie stand auf und öffnete die Tür.

»So, das war's«, sagte Fabian.

»Super, dass du Bescheid gibst.« Sie konnte die Ironie in ihrer Stimme nicht verbergen.

»Falls du noch mal gucken willst, was ich eingepackt habe, bitte schön. Nur das, was auch mir gehört. Mein neuer Rasierer. Hier. Mein E-Reader. Hier. Mein Duschtuch. Hier. Meine Joggingschuhe. Hier. Mein …«

Pia winkte ab. »Lass mal. Ist schon gut. Na dann.« Sie hasste sich selbst dafür, wie sie sich verhielt, und fragte sich, was Regina wohl von ihnen beiden dachte. So sollte es nicht zu Ende gehen, so sollte eine Beziehung nie enden. Sprachlosigkeit, Wut, Enttäuschung, Zynismus und Sarkasmus – das konnte doch nicht alles sein, was übrig blieb.

»Fabian …«, begann sie und suchte nach den richtigen Worten. »Du hast mir so oft geholfen mit deiner Art, dass du die größten Hürden in kleine Schritte zerlegst und ich dann …«

»Komm, lass gut sein. Du brauchst den Schlusspunkt nicht mit Zuckerwatte zuzukleistern. Also noch mal: Du willst nicht sehen, was ich eingepackt habe?«

»Nein.« Sie unterdrückte einen Fluch. Warum wollte er nicht im Guten auseinandergehen? »Fabian.« Sie überlegte, wie sie es ein zweites Mal versuchen könnte. »Wir hatten auch schöne Zeiten und ich finde, das sollten wir nicht vergessen. Wir sollten …«

»So ist es eben bei dir, es soll immer so laufen, wie du es dir vorstellst. Pia will eine Wochenendbeziehung. Bitte schön. Keine Kinder. Aber klar doch, ich verzichte gern. Ich habe von alledem einfach nur die Nase voll. Alles, was jetzt noch kommt, kann nur mehr kaputt machen.«

»Meinst du etwa, es wäre besser, wenn wir zusätzlich Kinder hätten?« Sie prustete laut auf, um nicht zu schreien.

Fabian drehte sich wortlos um und ging. Auch wenn sie das Geräusch, mit dem die Haustür ins Schloss fiel, schon unzählige Male gehört hatte, wusste, wie es klang, wenn Metall auf Metall krachte, zuckte sie zusammen. Sie wartete, ob an der Straße ein Motor gestartet wurde oder Fabian vielleicht irgendeinem der Nachbarn begegnete und noch ein paar Worte gewechselt wurden, aber da war nichts außer einer Stille, die so intensiv war, dass Pia das eigene Blut in den Ohren rauschen hörte. Selbst von den anderen Mietern war nichts zu hören, nichts von den Kindern von oben, auch nichts von Regina oder Luna.

Pia schloss die Tür und kehrte in die Küche zurück. »Es tut mir leid, dass du das mitbekommen hast. Du musst uns beide für absolut bescheuert halten.« Beim Blick auf Luna, die entspannt und ruhig auf Reginas Füßen lag, hatte Pia Mühe zu atmen. »Das ist ein Scherbenhaufen. Und ich weiß nicht, wie ich ihn je wieder kitten kann.« Es war, als hätte sie jemand aus der Welt, in der sie sich vorher befunden und so behaglich eingerichtet hatte, herauskatapultiert. Es gab nicht auf alles eine Antwort. Manchmal gab es wohl nichts anderes, als die eigene Unsicherheit zu ertragen. Manchmal gelang das Schönreden nicht mehr und all das Streben nach Perfektion und Anerkennung erschien nur noch lächerlich. Würde es nur innerlich nicht so wehtun!

# 16

»Wenn nur dieser verdammte Unfall nicht gewesen wäre«, sagte Pia.

»Es hilft nichts, darüber nachzudenken.« Regina stellte das Geschirr vom Frühstück zusammen. »Er ist nun einmal passiert. Hadere nicht. Das Leben ist nicht nett und nicht gerecht und manchmal erwischt es einen genau dann, wenn man am wenigsten damit rechnet, und zeigt sich von seiner grausamsten Seite. Es wird sich auch bald eine neue Selbstverständlichkeit einstellen, nicht so wie bisher, aber ...«

»Du hast nicht die Bilder im Kopf. Die Geräusche im Ohr. Dieses Scheppern und Krachen. Es vermischt sich zu einem einzigen Dröhnen. Ich höre es immer wieder. Wache nachts deswegen auf. Kann keinen klaren Gedanken fassen. Letztens kam hier der Sperrmüll vorbei und ich bin fast verrückt geworden, weil mich der Lärm so an die Unfallnacht erinnert hat. Was weißt du schon?«

»Ich weiß, was du denkst. Glaube mir.«

Pia verschränkte die Arme vor dem Körper und starrte aus dem Fenster. Über Nacht war der Schnee geschmolzen. Die Sonne schien durch den Nadelbaum auf der anderen Straßenseite und ließ das trübe Grün hell leuchten. Pia wandte den Blick ab. Sie wusste, dass Regina nur trösten, etwas sagen wollte, was Hoffnung machte. Doch jeder Ratschlag wie »hadere nicht« kam ihr weniger wie ein Rat als vielmehr wie ein Schlag vor. Als ob sie nicht längst versucht hätte, nicht länger zu hadern. Aber Angst und Panik und Erinnerungen, das war nichts, was sich bewusst abschalten ließ, wie man ein Radio abschaltet. Das Ankämpfen dagegen kostete nur weitere Kraft, die sie kaum hatte, und ließ sie hilflos zurück, weil sich nichts änderte.

»Es hilft nichts, zu lamentieren und …«, sagte Regina.

»Bitte nicht. Hör einfach auf, okay?« Pia begann mit dem Abwasch, um etwas zu tun, was sie früher auch getan hatte. Um sich an dieser Normalität festzuhalten. Doch selbst solch eine banale Tätigkeit funktionierte nicht in derselben Weise wie zuvor. Warten, bis das Wasser die richtige Temperatur hatte. Wasser ins Becken einlassen. Spülmittel dazu. Teller in die eine Hand, Bürste in die andere. Nun war es, als würde sie sich in all den Schaumblasen verlieren, die sich bildeten, im einfallenden Sonnenlicht in allen Regenbogenfarben erstrahlten und wieder zerplatzten. Obwohl das Wasser warm war, blieben ihre Hände kalt. Sie versuchte, die Trauer, die auftauchte, mit Humor zu betrachten, distanziert. »Der Geschmack von Apfelkernen« hieß ein Film, den sie letztens angesehen hatte. *Die Traurigkeit von Spülmittelblasen*, dachte sie. Fabian hätte bestimmt darüber lachen können. Sie früher genauso. Und nun? Was war nur mit ihr los?

»Neu anzufangen ist der einzige Weg«, fuhr Regina fort. »Das Leben ist nicht planbar. Nicht gerecht. Nicht logisch.«

»Ich bin so froh, dass du da bist«, sagte Pia. »Wirklich. Deinen Trost, deine Gesellschaft, das weiß ich absolut zu schätzen. Aber ich brauche keine Einmischung, keine Kritik und keinen Rat.«

Regina schwieg.

Pia stutzte. Noch immer lag Luna auf Reginas Füßen. An Reginas Gesicht war keine Veränderung abzulesen. Doch Regina lehnte sich zurück, wandte sich mit dem Oberkörper ab. Daran merkte Pia, dass gerade etwas geschehen war, das sie nicht verstand, dass etwas in Regina vorging, was besser unausgesprochen bleiben sollte. Ob Regina an den Einbruch dachte, dass auch sie ein Stück Sicherheit und Unabhängigkeit verloren hatte?

»Ich kehre in mein Haus zurück«, sagte Regina.

»Aber …« Pia stockte.

»Es ist besser so. Und dann suche ich mir von dort aus eine langfristige Alternative. Die Idee mit dem Heim lasse ich erst einmal außen vor. Es ist gut, dass du mich gestern von der Kurzschlussreaktion abgehalten hast. Es muss auch noch andere Möglichkeiten geben. Aber bevor ich zurückkehre, sich unsere Wege wieder trennen, möchte ich einen Ausflug mit dir machen. Es ist mir wichtig.«

Pia stutzte. Ausflug? Sie hätte alles erwartet, aber das nicht. Sie wartete, dass Regina ihr Vorhaben erläuterte, erklärte, was genau sie geplant hatte, aber Regina stand auf und ging zur Garderobe.

»Jetzt?«, fragte Pia. »Jetzt direkt?«

»Ich weiß nicht, ob ich in zwei Stunden noch den Mut dafür aufbringe.«

Eine Viertelstunde später verließen sie in Pias Wagen die Stadt. Die Landstraße wurde enger, ein Mittelstreifen existierte nicht mehr.

»Wo soll ich denn hinfahren? Gleich kommt eine Gabelung. Links geht es weiter in Richtung Rhein, rechts zur Autobahn.« Pia verlangsamte das Tempo. Der Wagen hinter ihr fuhr so dicht auf, als wollte er sie anschieben. Pia atmete schon auf, als er sich zurückfallen ließ, dann wurde sie von der Lichthupe geblendet. Pia setzte den Blinker und lenkte an den Rand, obwohl es an der Landstraße eigentlich keine Haltemöglichkeit gab. Unter den Rädern rappelte und knirschte es, es ruckelte, als würde das Fahrgestell brechen. Ihr Auto kam schlingernd im Matsch zum Stehen. »Na, hoffentlich kommen wir hier wieder raus.« Wenigstens war sie nicht vollständig in den Graben gerutscht. »Wo müssen wir denn nun hin?«

»Beschreib mir noch einmal die Landschaft. Autobahn sagst du? Diese Auffahrt gab es damals nicht. Einfach die Landstraße weiter. Bis zu der Stelle, wo sich die Bäume lichten. Rechts siehst du dann eine Kapelle. Links einen Hof.«

Pia schloss kurz die Augen. Sie versuchte, wieder auf die Straße zurückzugelangen, was zu ihrer Verwunderung problemlos funktionierte. Sie atmete auf. Das waren die Situationen, in denen sie merkte, wie angeschlagen sie war. Vor dem Unfall hätte sie sich nicht an den Rand drängen lassen, hätte nicht angehalten, sondern wäre in Ruhe weitergefahren, unabhängig davon, wie sehr sich andere darüber aufregten. Alle Geräusche erschienen ihr überlaut: das Knirschen der Äste unter den Reifen, das Rauschen der Lüftung, das Zischen der Wagen, die ihr auf der nassen Fahrbahn entgegenkamen. Selbst Reginas Atem nahm sie wie durch ein Megafon verstärkt wahr, das Schleifgeräusch, wenn Regina mit den trockenen Handinnenflächen über den Stoff ihres Rockes fuhr, das Rattern des Motors. Durch die Heizung wehte ihr der Geruch von Wald, feuchtem Moos und verrottetem Laub ins Gesicht.

»Lass uns umkehren«, bat Pia. »Was du mir auch zeigen willst, verschieben wir …« Sie hielt inne. Die Bäume öffneten sich und vor ihr lag eine freie, hügelige Landschaft. Zuerst erblickte sie das Schild, das zur Marienkapelle hinwies, dann entdeckte sie rechts ein weiß getünchtes Häuschen mit einem Kreuz darauf. Das musste die Kapelle sein, von der Regina gesprochen hatte. Nun erkannte sie auch den Hof.

»Du hast recht, es war eine Schnapsidee. Wir hätten gar nicht hier rausfahren sollen«, sagte Regina.

»Vor oder hinter der Kapelle? Wo ist die Stelle?«

»Direkt hinter der Kapelle.«

Pia bog in den kleinen Stichweg ein, der zur Kapelle führte. Sie stoppte. Weiterfahren konnte sie nicht, der Weg war zu uneben und zu matschig. Außerdem war keine Wendemöglichkeit erkennbar. »Was du mir zeigen willst – ist es an der Hauptstraße oder hier am Stichweg?«

»An der Hauptstraße. Du bist in den Stichweg gefahren?«, fragte Regina.

»Ja.«

»Dann stopp. Lass uns aussteigen. An der Straße auf der rechten Seite kommt bald eine alte Römermauer. Dafür müssen wir um die nächste Kurve.«

»Zu Fuß?« Es begann zu regnen. Tropfen prasselten auf das Dach und liefen über die Windschutzscheibe. Pia dachte an Tränen. Der Boden war aufgeweicht vom Schnee und Regen der vergangenen Tage.

»Zu Fuß.«

»Ich habe nicht die richtigen Schuhe an.« Hätte sie gewusst, wohin es gehen würde, hätte sie irgendwelche alten Treter angezogen, nicht die neuen weinroten Schnürstiefel aus Wildleder, die noch nicht einmal vollständig imprägniert waren.

Langsam stieg Regina mit unbeweglichem Gesichtsausdruck aus. Sie schien von Pia und von der gesamten Umgebung nichts zu bemerken. Wie in Trance bewegte sie sich vorwärts, sicher wie eine Schlafwandlerin oder wie jemand, der sich diesen Weg bis ins kleinste Detail eingeprägt hatte.

»Regina?«

Sie reagierte nicht, sondern hielt sich am Griff von Lunas Geschirr fest und lief in Richtung Straße, wo Autos zischend vorbeifuhren.

Pia schaute von einer Seite zur anderen. »Hier existiert ja nicht mal ein Trampelpfad. Wenn wir die Straße entlanggehen, werden wir umgenietet.«

»Auf der anderen Straßenseite gibt es einen Weg.«

Pia merkte, dass Regina jetzt nicht mehr von ihrem Vorhaben abzubringen war.

»Okay.« Auch wenn Pia den Weg, von dem Regina gesprochen hatte, noch nicht erkennen konnte, folgte sie ihr in Richtung Straße.

Um auf den Weg zu gelangen, musste Pia Brombeerranken niedertreten und heruntergebrochene Äste beiseiteschieben. Schon nach ein paar Metern war in ihrer Hose ein Riss und ihre Schuhe waren braun gefärbt. Sie fluchte. Die Stiefel waren teuer gewesen! Bei jedem Schritt schmatzte der Schlick unter ihr. Weder Luna noch Regina zeigten Irritation, sondern warteten, dass Pia den Weg begehbar machte.

Der Weg war mehr ein Trampelpfad, beidseitig zugewachsen, sodass sie sich immer wieder bücken mussten, wenn Äste tief über dem Weg hingen.

»Wenigstens ist nicht Frühling oder Sommer. Dann müssten wir uns bestimmt auch noch durch Brennnesseln und Gras kämpfen und wären am Ende voller Zecken.« Pia stöhnte. Worauf hatte sie sich da nur eingelassen?

Es dauerte nur einige Minuten und Pia erkannte die Römermauer, von der Regina gesprochen hatte. »Da ist die Mauer.«

Regina ließ Luna los und tastete sich vor. Wo die Mauer eingebrochen war, hielt sie inne.

»Hier ist es passiert«, sagte sie so leise, dass Pia es kaum verstand.

# 17

Pia blickte sich um, betrachtete die Hügel, den Hof, die Kapelle, die Römermauer, konnte aber nichts Ungewöhnliches erkennen. Dort war nur noch der zugewachsene Weg, Felder drum herum, wie sie hier in der Gegend so häufig vorkamen. Auch die Mauer war gewöhnlich, einer der Zeugen aus einer anderen Zeit. Möglicherweise war es der Überrest einer römischen Villa oder sogar eines Kastells. Pia versuchte, weitere Mauerreste zu finden, und entdeckte hinter einer Hecke Steinhaufen.

»Wir waren mit unseren Rädern auf dem Weg zum Weinfest unterwegs. Siebzehn war ich. So jung. Noch ein Jahr bis zum Abitur. Wir dachten, wir wären unverwundbar, die einzige Katastrophe, die uns ereilen könnte, wäre ein unangekündigter Test in einem der Nebenfächer. Es war Ende September, einer der letzten spätsommerlichen Tage. Vogelgezwitscher. Windrauschen in den Blättern über uns. Autos sind damals nicht viele hier entlanggefahren. Man konnte Hasen über die Felder hoppeln sehen.

Wir waren zu fünft, verschwitzt von dem Berganstieg und freuten uns auf die Abfahrt ins Tal. Wir hatten uns beeilt, weil wir um zehn wieder zu Hause sein mussten, so war es mit unseren Eltern abgesprochen. ›Wer zuerst oben ist!‹ Das war unsere Herausforderung. Ich war die Erste, obwohl mein Rad keine Gangschaltung hatte. Wegen der Kurve sieht man an dieser Stelle den Gegenverkehr schlecht, zusätzlich versperrt die Mauer den Blick. Ich habe auch nichts gehört. Immer wieder habe ich mich gefragt, warum ich nichts gehört habe. Es mag an der Windrichtung gelegen haben oder daran, dass ich mich damals sowieso mehr auf meine Augen als auf meine Ohren verlassen habe. Plötzlich waren sie da, ganz links ein Traktor, auf unserer Spur ein Kleintransporter, gerade im Überholvorgang begriffen. Ich habe das alles nur so kurz wahrgenommen, als hätte vor mir jemand eine Fotografie hochgezogen und sie wieder fallen lassen. Angst hatte ich keine, es ging zu schnell, als dass ich mich hätte fürchten können. Das Nächste, an das ich mich erinnere, war ein ungeheures Dröhnen und Dunkelheit. Das war im Krankenhaus. Ich habe einen Druck an meinem Kopf gespürt, Verbände gefühlt und an eine Mumie gedacht. Ich habe gezappelt und geschrien. Sie mussten mich fixieren, um mich zu beruhigen und es mir zu erklären. Dass das die Intensivstation sei. Dass es einen Unfall gegeben habe. Dass es ein Problem mit meinen Augen gebe. So haben sie sich ausgedrückt, anstatt mir klar zu sagen, dass ich nie mehr würde sehen können.

Selbst heute weiß ich nicht, wer die Mauer eingefahren hat, der Traktor oder der Transporter. Aber eins weiß ich: Als ich an dem Tag die Mauer gesehen habe, ist sie noch ganz gewesen. Den anderen ist nichts passiert, nur mich hat der Transporter erwischt. Die Konsequenz war, dass die Erinnerungen mich nach der Entlassung aus dem Krankenhaus jeden Tag aufs Neue wie ein Schlag überkamen. Ich konnte meine Aufzeichnungen nicht mehr lesen. Nun half es mir nicht, dass ich so frühzeitig angefangen hatte, für die Abiturprüfungen zu lernen. Ich habe mich beim Frühstück bekleckert, musste mich nach jedem Essen umziehen. Es ist nur dem Einsatz meiner Eltern zu verdanken, dass ich überhaupt meinen Schulabschluss machen konnte. Sie haben mir aus den Büchern vorgelesen, stundenlang, durchgesetzt, dass ich weiterhin in mein Gymnasium gehen durfte, dass ein Privatlehrer kam, um mir die Brailleschrift beizubringen, dass ich bei den schriftlichen Prüfungen eine Schreibmaschine benutzen durfte. Niemand hat sich über das Geklacker der Maschine während der Prüfung beschwert, auch wenn ich Angst hatte, dass sich dabei niemand richtig konzentrieren konnte. Was ich sagen will ...« Regina schwieg.

Pia wandte sich ab, weil es ihr schwerfiel, Regina weiterhin anzusehen. Und sie hatte Regina vorgeworfen, keine Ahnung zu haben, als sie versucht hatte, sie zu trösten. So fürchterlich beide Unfälle auch waren, Regina hatte auf der völlig anderen Seite des Geschehens gestanden. Sie war keine Zuschauerin gewesen, die hätte eingreifen sollen. Sie war ... Pia betrachtete Regina, wie sie dastand – aufrecht, Luna an ihrer Seite, stark, unabhängig. Das durch die Wolken brechende Sonnenlicht ließ ihre silbrigen Haare golden glänzen, verlieh ihrer Haut eine warme Farbe. Das Wort Unfallopfer passte nicht auf Regina, fand Pia.

»Du hast mir zugehört. Mich getröstet«, sagte Pia und versuchte zu begreifen, was ihr unbegreiflich erschien. Sie, Pia, gehörte zu denjenigen, die in einem Wagen gesessen hatten, durch den ein Leben zerstört worden war. Müsste Regina ihr gegenüber nicht Wut empfinden? Verachtung? Hass? Pia bemühte sich, in Reginas Gesicht zu lesen, sah die sanft geschwungenen dunklen Augenbrauen, die wachen hellen Augen, die Gesichtszüge, die nicht angespannt, sondern eher erleichtert wirkten.

»Manchmal ist es schwer, Nähe zuzulassen.« Regina sprach leise. »Da sind wir beide uns ähnlich. Fabian heißt er, nicht? Er weiß nicht, wie er reagieren soll, und es wird ihm scheinen, dass alles, was er tut oder sagt, falsch ist. Du weißt nicht, ob der andere nur aus Mitleid oder Pflichtgefühl handelt. Du willst keinen Trost, weil es für manche Geschehnisse keinen Trost gibt. Du willst auch kein Bedauern. Nicht wie eine Kranke behandelt werden, auf die alle versuchen, Rücksicht zu nehmen. Du möchtest nicht darüber reden und kannst doch nicht aufhören, daran zu denken, was passiert ist. Plötzlich ist da eine unsichtbare Mauer zwischen dir und den anderen, die nicht wissen, was es bedeutet, wenn es im Leben nur noch ein Vorher und ein Nachher gibt und die Gegenwart irgendwo dazwischen zerbröselt. Einerseits willst du nur, dass alles ist wie vorher, und weißt doch genau, dass das ein Ding der Unmöglichkeit ist. Und jeder, der auftaucht und dich daran erinnert, dass nichts mehr ist wie zuvor, den trifft die ganze Wucht all der Emotionen, die du im Alltag versuchst zurückzuhalten. Du weißt, dass du ungerecht bist, aber du kannst nicht anders. Du möchtest nicht so sein, wie du bist. Als hätte dir jemand die schützende Hülle genommen und dein Äußeres bestünde nur noch aus rohem Fleisch. Wenn er etwas zu dir sagt, erscheint es dir nur wie Mitleid, wie ein Pflichtgefühl, weil er dich nach dem Geschehen nicht alleinlassen kann. Aber so ist es nicht. Er kann nichts dafür.«

»Es liegt nicht nur an der Unfallnacht. Es waren Auseinandersetzungen, die viel weiter zurück...« Pia schwieg, als sie begriff, dass Regina gar nicht von dem Unfall mit Marcels Wagen sprach, sondern von sich selbst, und auch nicht von Fabian, sondern von demjenigen, den sie geliebt hatte. »Wie hieß er?«, fragte sie.

Regina wandte sich ab und hielt den Kopf in die Höhe, sodass ihre Haare vom Wind zerzaust wurden und die Sonne ihr mitten ins Gesicht schien. »Clemens.«

»Du hast ihn durch deinen Unfall verloren?«

»So kann man es nicht ausdrücken.« Regina legte die Stirn in Falten. »Ich war diejenige, die keine Nähe mehr zulassen konnte, die sich unentwegt fragte, ob er nur aus Mitleid ins

Krankenhaus kam, aus einem Verantwortungsgefühl heraus. Ich habe doch gemerkt, wie sehr er sich dort anspannte, auch wenn ich ihn nicht gesehen habe. Es war gleichgültig, ob er mir von seinem Alltag erzählte oder etwas vorlas. Die Wahrheit lag in seiner Stimme und ließ sich nicht verstecken. Er sprach dann betonter, langsamer, aber in einer höheren Stimmlage und er konnte das Zittern nicht verbergen. Auch nicht das hektische Einatmen, als müsste er nach Luft schnappen, wie ein kurzes Auftauchen aus einem tiefen Wasser, das ihn frieren lässt.«

Pia nahm Reginas Hand und befürchtete schon, dass sie sie wegziehen würde. Doch Regina wirkte so kraftlos und zerbrechlich, dass Pia Angst hatte, loszulassen, damit sie nicht in unzählige Stücke zerschellte.

Pia lauschte dem Wind, dem Zischen, wenn ein Auto vorbeifuhr, und Lunas Hecheln. »War er so alt wie du?«

Regina öffnete die Augen und schloss sie wieder, anstatt zu nicken.

Pia überlegte. »Dann wart ihr beide siebzehn. Da ist es unrealistisch zu denken, dass man ein Leben lang zusammenbleibt. Bestimmt wäre die Beziehung sowieso über kurz oder lang auseinandergegangen. Als Jugendlicher möchte man das nicht sehen. Da ist die Liebe noch etwas ganz Besonderes, man glaubt an Unendlichkeit, es gibt keinen Alltag, man zerreibt sich nicht aneinander, muss nicht planen. Jugendfreundschaften, selbst wenn man denkt, es sei die große Liebe …«

Regina hob die Hand und brachte Pia damit zum Schweigen. »Clemens ist mein Zwillingsbruder.«

Pia drehte sich so ruckartig zu Regina um, dass sie sich dabei aus Versehen auf die Zunge biss. Sie schmeckte Blut.

»Und nach deinem Unfall habt ihr euch …« Pia suchte nach dem richtigen Wort. Ein Zwillingsbruder. Konnte man sich von seinem Zwilling trennen? »Als du im Krankenhaus warst, hast du ihn weggeschickt?«

»Ja.« Regina sagte es so beiläufig, als wäre es das Selbstverständlichste auf der Welt.

»Aber warum?«

»Das habe ich doch erklärt. Ich wollte sein Mitleid nicht und ich konnte seine Pläne für die Zukunft nicht akzeptieren. Zu fremd waren mir seine Gedanken.«

»Was für Pläne?« Pia hatte das Gefühl, immer weniger zu begreifen. Das ergab keinen Sinn, was Regina erzählte.

»Er ist in einen Orden eingetreten. Und seitdem haben wir keinen Kontakt mehr. Das heißt, er hat mir noch manchmal Karten geschrieben. Ich habe nicht geantwortet, weil sich die Zeit nicht zurückdrehen lässt.«

»Ist er in einem Schweigeorden?«

Regina prustete auf. »Natürlich nicht.«

»Verstehe ich das richtig?« Pia versuchte, ihre Gedanken zu sortieren. »Du hast einen Unfall, bei dem du dein Augenlicht verlierst. Du hast einen Zwillingsbruder, der dir beistehen will, und du schickst ihn weg? Weil du sein Mitleid nicht willst? Ein Zwilling, das ist etwas anderes als ein Freund oder Lebensabschnittsgefährte oder eine Wochenendbeziehung. Da gehört man zusammen. Gibt es einen Menschen, dem du je näher warst als ihm?«

»Er hat sich entschieden, in einen Orden einzutreten. Ich kann Religiosität gar nichts abgewinnen. All die Rituale. Dieses Vergeistigte. Das Hierarchische. Ich halte mich lieber an das, was definitiv da ist. Aber darum geht es doch gar nicht. Was ich sagen will: Für mich ist es zu spät. Ich habe meine Entscheidungen getroffen, mein Leben gelebt und meinen Frieden damit gefunden, wie es gelaufen ist, was ich erreicht habe. Dein Leben dagegen steht ganz auf Anfang. Mach nicht denselben Fehler und schicke aus einer Verletzlichkeit heraus den Menschen weg, der dir am wichtigsten auf der Welt ist.«

»Fabian ist mir nicht am wichtigsten auf der Welt. Und dafür brauchst du mich nicht zu bedauern. Nein, es war meine eigene Entscheidung. Ich bin nicht du. Deswegen kann man das eine auch nicht mit dem anderen vergleichen. Ich will meine Unabhängigkeit. Mein Leben. Meine Pläne. Ich komme fantastisch allein zurecht.«

»Wenn du meinst.« Regina tastete nach dem Griff an Lunas Geschirr, woraufhin die Hündin aufstand, umkehrte und auf den Wagen zuging.

# 18

Die Schilder mit den Kilometerangaben zeigten, wie schnell sie sich der Stadt näherten. Trotzdem kam es Pia endlos langsam vor. Reginas Schweigen machte sie nervös, aber Pia wusste auch nicht, worüber sie mit Regina sprechen konnte, um die Anspannung zwischen ihnen zu lösen. Über das Wetter zu plaudern, über Urlaubspläne oder andere Beiläufigkeiten, das funktionierte nicht mehr. Pia versuchte sich vorzustellen, was es bedeutete, mit einem Zwilling geboren zu sein. Sie hatte keine Geschwister und schon zu Schulzeiten die Klassenkameradinnen beneidet, die eine Schwester hatten, eine Vertraute, die immer für sie da war.

»Wenn ich mich recht erinnere, führte dieser Weg in die Stadt hinein am Freibad und der Eisbahn vorbei«, sagte Regina.

»Gerade sind wir an einem Hinweisschild vorbeigefahren. Ich bin nie da gewesen. Aber ja, gleich geht es rechts ab dorthin.«

»Es gibt beides also noch. Das hätte ich nicht gedacht. Kannst du mir den Gefallen tun und an der Eisbahn anhalten? Nebenan ist ein Café, jedenfalls war es das in meiner Jugend. Von dort aus hatte man einen guten Blick auf die Eisfläche und es gab fantastischen Kuchen.«

»Können wir machen.« Pia hatte während der vergangenen Stunden nicht darauf geachtet, nun merkte sie, wie hungrig sie war. Ihre Finger und Füße waren kalt geworden und sie hatte schon das Wattegefühl im Kopf, das immer dann auftauchte, wenn sie so lange nichts gegessen hatte, dass ihr Magen keinen Hunger mehr meldete. Draußen wurde es bereits dunkel. Als sie sich der Eisbahn näherten, war die Sonne vollständig untergegangen. Die bunten Discolichter der Bahn strahlten in den Himmel.

Es roch nach Glühwein und starkem Kaffee. Pia öffnete die Tür des Cafés. Das Feuer des offenen Kamins wärmte bis zur Eingangstür und ließ Pias Wangen prickeln. Von der Eisbahn drang Tanzmusik herein.

»Wenn man in den hinteren Raum geht, kann man die Eisbahn beobachten«, sagte Regina.

Pia hakte sich bei Regina unter und führte sie an der Kuchenauslage vorbei zwischen den Tischen hindurch. Im hinteren Bereich des Cafés half sie Regina, einen Platz zu finden. Regina tastete auf der Fensterbank neben den Blumentöpfen entlang und zog einen Kerzenständer in Form eines Weihnachtsmannes hervor.

»Es ist unglaublich.« Regina fühlte mit den Fingern über jede Erhebung der Figur. »Die rote Mütze. Der rote Umhang. Und an den Wangen kleine rote Kreise, wenn ich mich richtig erinnere. Es ist verrückt. Seit Jahrzehnten schon steht die Figur hier, nie hat sie jemand weggeräumt. Weißt du, wie sie hierherkam?«

Pia zuckte mit den Schultern, dann fiel ihr ein, dass Regina sie nicht sehen konnte. »Nein. Ich bin ja auch noch nie hier gewesen. Schade eigentlich. Ist schön hier.« Ihr gefiel die Einrichtung, heimelig und modern zugleich, die gelöste Atmosphäre, die sich durch die Nähe des ausgelassenen

Treibens auf der Eisbahn einstellte. Es war einer der Orte, an dem der Alltag ausgesperrt war, wie eine andere Welt, in der es keine Pflichten und keine Grübeleien gab. Die Musik war von Kinderlachen und übermütigem Rufen übertönt. Liebespaare glitten Hand in Hand über das Eis. Sie löste den Blick von der Eisfläche und schaute wieder Regina an, die noch immer gedankenverloren über die Porzellanfigur strich. Die Kerze darin war heruntergebrannt und verstaubt.

»Ich war es. Ich habe die Figur hiergelassen. Es war die Idee unseres Klassenlehrers. Jeder kauft ein Geschenk für ein paar Mark, die Geschenke werden in einen großen Sack gesteckt und jeder darf sich dann eins daraus nehmen. Ich hatte einen Schlüsselanhänger mit einer silbernen Katze daran besorgt.« Regina lachte. »Bekommen habe ich stattdessen diesen hässlichen Kerzenständer. Hier an diesem Tisch habe ich ihn noch einmal hervorgeholt, um Clemens zu zeigen, was für eine Panne ich gezogen hatte. Der Bedienung gefiel die Figur, so habe ich sie hier stehen lassen. Wir waren früher oft hier, Clemens und ich. Damals gab es ein Jungengymnasium und ein Mädchengymnasium. Hier haben wir uns nach der Schule getroffen. Der Kuchen war günstig und lecker, dazu haben wir uns einen Tee gegönnt – sooft es unser Taschengeld zuließ.«

Pia betrachtete einen kleinen Jungen, der auf der Eisbahn einen Plastikpinguin, der größer war als er selbst, vor sich herschob und sich daran festhielt. Er strahlte. Seine Wangen waren noch geröteter als die des Porzellanweihnachtsmannes. Als die Bedienung kam, bestellten Pia und Regina Kuchen und Tee.

»Diesmal keinen Kaffee?«, fragte Pia.

»In Erinnerung an früher – nein. Clemens mochte keinen Kaffee. Sogar der Geruch hat ihn gestört. So haben wir beide immer Tee getrunken, wenn wir hier waren.« Regina blickte in Richtung Eisbahn. »Er war ein fantastischer Eisläufer. Er konnte es, ohne zu üben. Einfach so. Besonders wenn das Eis gerade frisch hergerichtet und noch mit einer dünnen Wasserschicht überzogen war und glänzte, war es, als würde er schweben und den Boden gar nicht mehr berühren. Er hat mich oft an der Hand genommen und mitgezogen. Und mich nie spüren lassen, dass ich für ihn wahrscheinlich nur ein Bremsklotz war. Aber so war er. Er hat es nie zugegeben, wenn ich ihn genervt oder gestört habe, selbst wenn ich es oft getan habe mit meiner Ungeduld.« Regina lehnte sich zurück, als die Bedienung die Kuchenstücke und den Tee auf dem Tisch abstellte. Luna lag unter Reginas Stuhl und schlief. Sie ließ sich nicht irritieren und hob nicht einmal den Kopf, wenn sich jemand näherte.

Auch als sie aufgegessen und ausgetrunken hatten, blieben Regina und Pia sitzen. Die Nebentische hatten sich bereits geleert, doch das ausgelassene Treiben auf der Eisbahn nahm eher zu, als dass es abflaute. Nun waren es nicht mehr die Kinder, die die Eisfläche bevölkerten, sondern überwiegend junge Erwachsene. Pia stützte die Ellbogen auf die Tischplatte und legte den Kopf auf die Hände. Sie genoss die Wärme des Tees, die sie ausfüllte. Obwohl der Kamin im Nachbarraum war, heizte er auch diesen Raum. Pia konnte sich nicht erinnern, wann sie sich das letzte Mal so wohlgefühlt hatte. Es reichte, einfach dazusitzen. Sie konnte ihren Gedanken nachhängen oder nach draußen sehen. Sie konnte reden oder schweigen. Sie musste nicht zwanghaft lächeln, um höflich zu wirken, sie brauchte sich nicht auf ihre Gesichtsmuskeln zu konzentrieren oder zu überlegen, was Regina denken mochte, falls sich Melancholie in ihren Gesichtsausdruck schlich. Sie war da und niemand erwartete von ihr, etwas zu tun, zu sagen oder zu leisten. Es war gut so, wie es war. Und sie war gut so, wie sie war. Das klang nicht besonders außergewöhnlich, aber Pia war Regina dafür so dankbar, dass sie es nicht in Worte fassen konnte.

»Lass uns etwas trinken«, sagte Regina.

»Das haben wir doch schon.«

»Ich meine etwas Richtiges. Hier gibt es auch guten Whiskey. Jedenfalls gab es den früher. Damals haben Clemens und ich keinen bekommen, weil wir zu jung waren. Ist es jetzt nicht mal an der Zeit, das nachzuholen?«

»Ich muss noch fahren.«

»Ich bezahle ein Taxi.«

»Das ist verrückt. Ich kann doch den Wagen nicht hier stehen lassen.«

Regina ignorierte Pias Einwand und ließ sich beraten, welcher Whiskey der Beste sei. Dann bestellte sie für zwei.

Eine Viertelstunde später begannen Pias Wangen vom Alkohol zu prickeln, obwohl sie noch gar nicht ausgetrunken hatte. Regina ließ die Gläser ein zweites Mal füllen. Langsam verschwammen die Discolichter der Eisfläche und die Eisläufer zu einem bunten Farbenmeer. Wenn Pia sich konzentrierte, erkannte sie die Details, aber sie wollte sich nicht konzentrieren, sondern einfach in das Farbenmeer eintauchen und sich davon mitreißen lassen.

»Ich bin betrunken«, sagte Pia.

»Ich auch. Es muss ja keiner erfahren, behalten wir es für uns«, scherzte Regina und erzählte von früher, von Clemens, der immer der Gutmütigere gewesen war, von ihr, die zu Hause Ärger gemacht hatte. Regina, das schwarze Schaf, diejenige, die über die Stränge schlug und Grenzen austestete. »Mein Vater versuchte, dem mit Ohrfeigen beizukommen. Das beeindruckte mich nicht.«

»Das kann ich mir bei dir gar nicht vorstellen.« Pia lachte.

»Manches kann man erst begreifen, wenn man es selbst erlebt. Aber …« Regina überlegte. »Was ich dir sagen muss …«

»Nicht.« Pia legte ihre Hand auf Reginas. »Nichts Grundsätzliches. Ist es nicht gerade die Leichtigkeit, die so schön ist? Die den Zauber ausmacht?«

»Was passiert ist, ist passiert. Du kannst den Unfall nicht rückgängig machen. Versöhne dich mit Fabian. Ihr passt zueinander.«

»Regina! Hör auf. Du bist betrunken.«

»Trotzdem stimmt es.«

»Du kennst ihn nicht.«

»Ich mag seine Stimme. Sie hat so etwas Seriöses. Logisch und auch gefühlvoll.« Reginas Worte klangen melodiös, sanft und schon schwerfällig vom Alkohol.

Pia prustete laut auf. »Du magst seine Stimme. Dann sollte ich ein Treffen für dich arrangieren. Du und Fabian, wenn ich mir das vorstelle.« Sie trank den Rest ihres Whiskeys in einem Zug aus. Er schmeckte nach Honig, Vanille und Datteln und hinterließ ein angenehm warmes Brennen im Rachen.

»Unabhängig von Fabian: Du hast nur dieses eine Leben.«

»Regina. Bitte!«

»Mir ist es ernst. Das muss ich jetzt sagen. Meistens verlieren wir uns in einer Zerrissenheit zwischen dem Hadern mit dem Vergangenen und dem Sorgen und Grübeln auf die Zukunft bezogen. Wir können uns noch so oft überlegen, was wir hätten besser machen, anders sagen können. Wir können To-do-Listen schreiben und Ziele und Aufgaben für die kommende Zeit notieren. Doch die Vergangenheit wird so zur fiktiven Interpretation und die Zukunft zu einem Berg, der sich immer höher vor uns aufbaut. Was wir dabei verlieren, ist unser Leben, denn das besteht nun einmal aus der Gegenwart. Tiere haben dieses Wissen noch, Kinder auch.« Regina hielt inne. »Ich brauche dich nicht zu sehen, Pia, ich weiß, dass du dich fragst, wann ich endlich aufhöre. Ja, ist schon gut.«

»Nein. So ist es nicht.«

»Mach mir nichts vor. Ich höre doch, wie du zwischendurch den Atem anhältst, wie du mit den Füßen wippst, wie deine Sohlen auf dem Boden leise quietschen. Das ist keine Weisheit, soll keine Belehrung sein. Ich will dir nicht reinreden. Ich bin alles andere als weise und habe im Laufe meines Lebens mehr Fehler gemacht, als du dir möglicherweise vorstellen kannst. Trotzdem habe ich manche Dinge gelernt, zwangsläufig.«

Pia musste sich anstrengen, ihre Füße still zu halten. Sie sah Regina an und überlegte, ob sie das aussprechen sollte, was sie dachte. Dann gab sie sich einen Ruck, denn sie wusste, dass sie immer wieder daran denken würde, so wie es Regina auch nicht aus dem Kopf ging.

»Na ja …«, begann Pia, »warum setzt du dich nicht mit Clemens in Verbindung?«

»Selbst wenn ich wollte, habe ich kaum eine Chance, ihn zu finden. Damals war ich so wütend auf ihn, habe ihm vorgeworfen, dass er mit seinem Eintritt in den Orden nur vor der Welt flieht und vor sich selbst. Ich weiß nicht einmal, in welchen Orden er eingetreten ist. Vor Jahren habe ich wirklich versucht, ihn zu kontaktieren. Aber es ist ein Ding der Unmöglichkeit. Wer einem Orden beitritt, gibt oft seinen alten Namen ab und nimmt einen neuen an. Die einzige Chance wäre, wenn er nach mir suchen würde. Wie ich ihn kenne, wird er es nicht mehr tun. Wenn er sich für etwas entscheidet, dann tut er es mit ganzem Herzen. So ist er. Er ist niemand, der sich Hintertürchen offen lässt.«

# 19

»Schlaftabletten sind doch keine Lösung.« Pia sah Regina an. Die Ringe um ihre Augen waren noch dunkler geworden, seit sie wieder in ihrem eigenen Haus schlief. Ihre Gesichtshaut war blass und gräulich, sie wirkte nervös. Die zwei Nächte hatten sie äußerlich um Jahre altern lassen.

»Es gibt nicht immer einen idealen Weg, aber einen gangbaren.« Regina zog sich ihren Mantel über. »Deshalb gehe ich wegen der Schlaflosigkeit zum Arzt. Es ist keine Lösung, nur eine vorübergehende Hilfestellung. Das Leben ist nicht dafür da, es sich schwerzumachen.«

»Gleich kümmere ich mich um den Einbau der zusätzlichen Sicherungen und Riegel. Ein ehemaliger Schulkamerad kommt, um mir dabei zu helfen. Anschließend kann dir nichts mehr passieren. Dann brauchst du das alles doch gar nicht mehr und kannst wieder schlafen, bestimmt.«

»Denkst du, Sorgen und Ängste sind immer logisch begründet?«

Pia half, Luna das Geschirr anzulegen, und trat einen Schritt zurück. »Wenn du vom Arzt kommst, bin ich noch da und habe für uns beide gekocht. Und die Sicherungen sind eingebaut.« Pia umarmte Regina zum Abschied. Auch wenn

Regina nur zum Arzt aufbrach, hatte Pia sich so an Reginas Gegenwart gewöhnt, dass ihr etwas fehlte, wenn da plötzlich niemand mehr war, mit dem sie reden und essen konnte, der einfach da war.

Als Regina mit Luna draußen war, drückte Pia die Tür zu und drehte den Schlüssel zweimal herum. Dann ging sie in die Küche, um Wasser für einen Tee aufzukochen.

An der Kommode, auf der das Telefon stand, hielt sie inne. Ihr Blick ruhte auf dem umgedrehten Holzrahmen, der dort lag und der am Vortag noch nicht da gewesen war. Pia nahm den Rahmen in die Hand und betrachtete ihn genauer. Die zwei Personen, die auf der Fotografie den Betrachter direkt anzusehen schienen, waren unverkennbar Regina und ihr Zwillingsbruder. Beide hatten die gleichen dunklen, glatten Haare, die gleichen Gesichtszüge mit der schmalen, geraden Nase und den sanft geschwungenen Lippen. Schon damals waren Reginas Haare lang gewesen. Pia schätzte das Alter der Geschwister auf dem Bild auf ungefähr vierzehn Jahre. Im Hintergrund war ein Brunnen zu erkennen, Häuser einer Stadt, die Pia auf den ersten Blick unbekannt war. Die Vertrautheit der Zwillinge war nicht zu übersehen. Jeder hatte einen Arm um die Hüfte des anderen gelegt.

Pia sah auf die Uhr. Noch eine Viertelstunde, bis Rüdiger, ihr ehemaliger Schulkamerad, käme. Doch anstatt wie geplant in die Küche zu gehen, setzte sie sich mit der Fotografie ins Wohnzimmer auf die Couch und betrachtete ihren Fund genauer. Der Rahmen war an den unteren Ecken, wo er häufig angefasst worden war, deutlich dunkler. Der Gedanke daran, wie Regina die Fotografie in den Händen hielt, obwohl sie sie nicht mehr sehen konnte, verursachte Pia ein Hämmern an den Schläfen. Pia fragte sich, an welche Einzelheiten des Bildes sich Regina nach all den Jahren noch erinnerte, wenn sie es aufnahm.

Pia stellte den Rahmen auf dem Tisch vor sich ab und zog ihr Handy heraus. Reginas Erklärung, warum Clemens nicht auffindbar war, überzeugte sie nicht. Sie öffnete den Browser und gab »Clemens Schumacher« in die Suchmaschine ein. Rund eineinhalb Millionen Treffer wurden angezeigt. Sie klickte sich von einer Seite zur nächsten. Doch so lange sie auch weiterscrollte, Texte überflog und Bilder zu dem Namen durchsuchte, es gab keinen Hinweis auf Reginas Bruder. Sie googelte »Bruder Clemens«, woraufhin noch mehr Treffer aufploppten, und »Frater Clemens«, was die Suchergebnisse zwar weniger, aber nicht übersichtlicher werden ließ. Das alles führte sie nicht weiter.

Sie fragte sich, ob es wirklich keine Spur gab oder ob sie nur falsch suchte. Regina ging von einer vollständigen Namensänderung aus, doch mit der These konnte sich Pia nicht anfreunden. Warum sollte jemand seinen Namen wechseln, wenn er bereits nach einem Heiligen benannt worden war?

Pia beschloss, bei ihrer Suche einen Umweg einzuschlagen. Ihr wurde bewusst, wie wenig sie über das Leben in einem Orden wusste, wie wenig über die Bezeichnungen, die Hierarchien.

Ein zwischenzeitlicher Blick auf die Uhr verriet ihr, dass Rüdiger sich bereits zwanzig Minuten verspätet hatte. Durch die Recherche im Internet war ihr gar nicht aufgefallen, wie schnell die Zeit vergangen war. Auch war der Durst verschwunden, weswegen sie sich einen Tee hatte kochen wollen. Vergeblich versuchte sie, Rüdiger auf dessen Handy zu erreichen. Doch anstatt weiter darüber nachzudenken, ob er nun noch käme oder nicht, öffnete sie wieder den Browser. Beim Blick auf das Bild, das unten in der Bildersuche auftauchte, stockte sie. Die Haare waren genauso silbern-weiß wie bei Regina, die Augenbrauen dunkel und markant. Das Gesicht war in der gleichen Weise gealtert wie bei Regina – als hätte jemand die Falten um die Augen und an der Stirn von einem Gesicht auf das andere projiziert. Auch der Gesichtsausdruck war, wie sie ihn bei Regina so häufig beobachtet hatte: entspannt und konzentriert zugleich. Sogar der Körperbau – schlank, aber nicht dünn – war identisch.

Entgegen Reginas Prognosen hatte Clemens seinen Namen nicht geändert. Frater Clemens stand unter dem Bild. Pia klickte auf das Foto, woraufhin es in größerer Ansicht erschien. Nun war die Ähnlichkeit zu Regina noch erstaunlicher. Sie folgte dem angegebenen Link auf die Webseite der Iona Community und stieß auf die Berichterstattung über eine Medaille, die Clemens für sein soziales Engagement bekommen hatte, einen weiteren Bericht über einen Vortrag, den Reginas Bruder im Zuge der öffentlichen Ehrung in der Glasgow Royal Concert Hall vor einem größeren Fachpublikum gehalten hatte, über Freiheit als Zentralbegriff im Denken Meister Eckharts. Viel interessanter aber waren die Angaben unter dem Text, aus denen hervorging, dass Clemens seit Jahren in der Abtei auf der schottischen Insel Iona lebte. Die Verleihung der Medaille und der Vortrag lagen Jahre zurück, sodass sie von ganzem Herzen hoffte, dass sich an Clemens' Aufenthaltsort nichts geändert hatte.

Pia zögerte nicht lange und suchte die Nummer der Ordensgemeinschaft heraus. Fünf Minuten später erklärte sie stockend am Telefon, was ihr Anliegen war. Ob Clemens noch immer auf Iona lebte? Ob es möglich sei, ihn zu besuchen? Der Mann am anderen Ende der Leitung war freundlich und zuvorkommend. Sicher sei ein Besuch möglich, jederzeit. Es sei auch kein Problem, in der Abtei in einem der Gästezimmer zu übernachten. Ob eine Nachricht an Frater Clemens überbracht werden solle?

Pia entschied sich, vorerst keine Nachricht zu übermitteln, weil sie erst mit Regina sprechen wollte. Sie bedankte sich und legte auf. Pia hielt das Telefon in der Hand und drückte es an sich. Ihre Kopfhaut prickelte vor Erleichterung, sie stellte sich vor, vor Übermut ein Rad zu schlagen. Unruhig lief sie im Wohnzimmer auf und ab. Regina war noch immer nicht von ihrem Arztbesuch zurück, Rüdiger hatte sich auch nicht gemeldet, doch das war Pia egal.

# 20

»Ich habe ihn gefunden!« Pia umarmte Regina zur Begrüßung.

Während Regina steif und verwundert stehen blieb, sprang Luna übermütig an Pia hoch, ließ sich von ihrer Begeisterung anstecken, bellte und wedelte aufgeregt mit dem Schwanz, als würde sie begreifen, worum es ging, und könnte es kaum erwarten, nach Schottland aufzubrechen.

»Wen?«, fragte Regina.

»Na, Clemens. Deinen Bruder. Wen denn sonst? Es war gar nicht so kompliziert, wenn es auch schlussendlich eine Portion Glück gewesen ist.« Sie erzählte von der Internetsuche und dem Anruf. »Und dass wir dort sogar im Gästehaus übernachten können, das ist doch mehr als fantastisch!«

Reginas Gesicht blieb unbeweglich.

»Wir können in ein paar Tagen aufbrechen, wenn du willst. Flugtickets zu reservieren dauert nur ein paar Minuten, Luna können wir online anmelden, und wenn wir mit dem Taxi zum Flughafen …«

»Lass mich erst einmal ankommen, den Mantel und die Schuhe ausziehen und die Hände waschen.« Regina schob Pia beiseite und ermahnte Luna zur Ruhe. Geduckt schlich Luna ins Wohnzimmer.

»Hey Regina! Jetzt freu dich doch mal! Ich habe deinen Bruder gefunden! Er ist es, ohne Zweifel. Wie kannst du nur daran denken, dir die Hände zu waschen?« Pia stellte sich vor, Regina zu packen und zu schütteln. Sie erinnerte sich, mit wie viel Wehmut Regina im Café an der Eisbahn von ihrem Bruder gesprochen hatte.

Regina ging in das kleine Gästebad und drehte den Wasserhahn auf. Sie nahm das Stück Seife und rieb es noch weiter zwischen den Händen, obwohl sie schon vollständig mit Schaum bedeckt waren.

»Freust du dich denn gar nicht?«, fragte Pia.

»Es ist nicht so einfach. Nach all den Jahren!«

»Doch, das ist es. Ich besorge die Flugtickets, kann sie online bestellen und den Betrag von meinem Konto abbuchen lassen. Das Geld für deinen Flug kannst du mir bei Gelegenheit zurückgeben. Wir packen in Ruhe. Bestimmt gibt es bald eine Chance, von hier wegzukommen. Und mit Luna ist es auch kein Problem, das weiß ich, sie dürfte als Begleithund sogar mit in die Kabine und müsste nicht im Transportraum fliegen.«

»Stopp.« Regina spülte sich die Seife von den Händen, trocknete sich ab und zog umständlich ihren Mantel aus, verharrte bei jedem Knopf, bevor sie ihn aufknöpfte. »Lass mich erst einmal durchatmen. Ich muss darüber nachdenken.«

»Was gibt es denn da nachzudenken? Jetzt komm schon!«

»Ich habe mich in meinem Alltag und der Gegenwart eingerichtet. Es ist, wie es ist, und wenn ich mir meine jetzige Situation vergegenwärtige, kann ich mehr als zufrieden sein. Abgesehen davon ist so viel Zeit vergangen. Es ist eine Menge geschehen – in meinem Leben und in Clemens' Leben bestimmt auch. Ich kann nicht erwarten, dass er vor Freude überschäumt. Er hat sein Leben ohne mich geplant und ich weiß gar nicht, ob er mich noch wiedersehen will. Es ist eine andere Welt, in der er lebt, ich brauche ihn nicht zu treffen, um das zu wissen.

Er ist nicht mehr der von früher, nicht der Vertraute, den ich in Erinnerung habe. Den Clemens von damals, den ich geliebt habe, den gibt es nicht mehr. Wir sind beide alt geworden. Wenn ich mir vorstelle, wie wir uns gegenüberstehen – ich wüsste nicht einmal, was ich ihm sagen, wie ich ihn begrüßen sollte.«

Das Türklingeln ließ Pia zusammenzucken. Regina öffnete. Ein junges Mädchen stand dort, lächelnd, mit der Tageszeitung in der Hand. Pia schätzte es auf ungefähr zehn Jahre.

»Ah, Sie haben Besuch, Frau Schumacher. Soll ich später zum Vorlesen kommen?«

»Nein, Anne. Diese Woche nicht. Danke dir. Nächste Woche wieder. Wirf die Zeitung einfach in den Müll. Oder – gib sie mir.« Regina tastete nach vorn, nahm die Zeitung, rollte das Papier zusammen und klemmte es unter den Arm. »Anne, das ist Pia. Pia, das ist Anne. Ich weiß nicht, ob ihr euch kennt.« Regina schob die Zeitung hinter ihren Rücken, als hätte sie Angst, jemand könnte sie ihr wegnehmen. »Beim Arzt lag die Zeitung aus. Eine junge Frau war so freundlich und hat mir die Überschriften bereits vorgelesen. Sehen wir uns dann nächste Woche wieder, Anne?«

Das Mädchen kniff die Augenbrauen zusammen und musterte Pia skeptisch. »Es ist doch egal, wenn die da ist. Ich kann trotzdem lesen. Ich kann euch beiden vorlesen.«

»Anne, das ist wirklich nicht notwendig.« Reginas Stimme klang sanft.

»Aber so war es abgemacht. Einmal in der Woche. Zwei Stunden. Und ich kriege zehn Euro. So lange habe ich schon gespart. In einem Monat habe ich das Geld für mein neues Handy zusammen. Und wenn ich jetzt nicht lese ...«

»Hier.« Regina zog einen Zehn-Euro-Schein aus ihrem Portemonnaie, woraufhin Anne das Geld nahm, sich umdrehte und loslief in Richtung Straße.

»Darf ich mal?«, fragte Pia und wollte nach der Zeitung greifen.

Regina stieß sie unsanft beiseite. »Nicht.«

»Was …« Pia bekam die Zeitung zu fassen. Sie verstand nicht, warum Regina ein solches Geheimnis daraus machte, warum sie allem Anschein nach versuchte zu verhindern, dass Pia einen Blick darauf warf.

Obwohl Regina die Zeitung wieder an sich zog, im Gästebad ins Waschbecken legte und die Tür zügig schloss, reichte der kurze Moment, in dem Pia die Titelseite sah, um zu begreifen, worum es ging. Das Foto war unverkennbar. Ein umgefallenes Motorrad auf nächtlicher Straße. Das Auto war das von Marcel. In der Überschrift stand, dass es innerhalb eines Monats nun schon zum fünften Unfall auf dieser Landstraße gekommen war. »Landstraße in den Tod, wieder junge Menschen mitten aus dem Leben gerissen«, hieß es vollmundig. Doch obwohl von insgesamt fünf Unfällen die Rede war, zeigte das Foto die Unfallnacht, an die Pia sich so gut erinnern konnte. Sie fragte sich, wer in der Nacht wohl die Fotos geschossen hatte und wie sie an die Zeitungsredaktion gelangt waren. War ein Reporter vor Ort gewesen? Oder hatte die Polizei diese Aufnahmen gemacht?

»Lass mich vorbei«, sagte Pia. »Ich habe das Foto schon gesehen.«

»Nicht.«

»Ich kann auch zum Kiosk gehen und mir ein Exemplar kaufen. So ein Quatsch, ich bin kein kleines Kind, das bevormundet werden muss!«

Regina trat beiseite.

Pia griff nach der Türklinke, öffnete und erstarrte. Die Zeitung war vom Waschbecken gerutscht, lag aufgeklappt auf dem Boden, sodass die Rückseite sichtbar war. Es war nur ein Bücken, ein Aufheben der Zeitung und das Wenden der Seiten notwendig, doch jede Bewegung fühlte sich so mühsam an, als hätte sie lange mit einer schweren Infektion und hohem Fieber im Bett gelegen. Ihr Kopf dröhnte. Sie musste die Finger zwingen, zuzupacken. Wieder war das Rauschen in ihren Ohren, das seit dem Unfall so häufig unvermittelt auftauchte und von dem sie inzwischen wusste, dass es auch bald wieder verschwinden würde.

Mit dem Blick auf das Bild der Unfallstelle überfiel sie ein Flashback, der ihren Atem beschleunigte, die Hände zittern ließ.

Pia blinzelte, konzentrierte sich auf die Zeitung und versuchte, die Erinnerung beiseitezuschieben. Es waren sechs Bilder junger Menschen abgedruckt, alle mit einem Kreuz versehen. Eines der Fotos zeigte einen lachenden jungen Mann. »Mit nur 32 Jahren von einem Tag auf den anderen aus dem Leben gerissen. Jonathan K., der vor vier Tagen seinen schweren Verletzungen erlag.«

Es folgte ein Artikel, in dem die Eltern des Verstorbenen zu Wort kamen, ein Streifenpolizist, sogar der Polizeipräsident selbst. Jeden Moment rechnete Pia mit angehaltenem Atem damit, dass der Name von Marcel, zumindest in abgekürzter Weise, oder auch ihr eigener als Unfallbeteiligte auftauchte, was aber nicht der Fall war. Sie überflog weiter den Text, das Interview mit einem Polizeibeamten und den dunkel unterlegten Kasten, der Statistiken zu Verkehrstoten und Unfällen unter Alkoholeinfluss enthielt. So grausam die anderen Unfälle waren, aber dadurch, dass es mehrere gab, fügte sich der Unfall von Marcel in diese Reihe ein, ohne gesondert betrachtet zu werden.

Sie wusste, dass sich nichts mehr ändern ließ. Der Tod war unumkehrbar. Es half niemandem, wenn sie die Bilder der Toten anstarrte. Sie quälte sich nur selbst, doch sie konnte nicht anders. Das Foto des Motorradfahrers war in Schwarz-Weiß abgedruckt, trotzdem fielen die hellen Augen auf, die blau oder grün sein mussten, die blonden Haare, der offene Blick, die Gesichtszüge, die trotz des Lachens etwas Nachdenkliches hatten. Pia las die Ankündigung der Trauerfeier, die am folgenden Tag stattfinden sollte, den Aufruf, anstelle von Blumen- und Kranzgaben für eine private Stiftung zu spenden, die Familien von Unfallopfern half.

»Morgen. Freitag. Dann ist die Beerdigung.« Pia erschrak von dem fremden Klang ihrer Stimme.

»Gib mir die Zeitung.«

Pia reichte sie an Regina weiter.

»Du hättest es nicht lesen sollen«, sagte Regina. »Du hättest die Zeitung gar nicht sehen sollen. Es tut mir leid. Lass uns …«

»Morgen ist die Beerdigung.« Es war Zufall, dass sie überhaupt davon erfahren hatte. Seit dem Unfall hatte Pia weder Zeitung gelesen noch Nachrichten gesehen. Ihr Leben war abgesehen von dem Kontakt zu Regina abgekapselt von der Außenwelt gewesen. Doch Pia glaubte nicht an Zufälle. War es eine Botschaft an sie? Ein Aufruf?

»Da gehst du aber nicht hin!« Es war keine Frage, die Regina aufwarf, sondern es klang wie ein richterliches Verbot. »Damit tust du niemandem einen Gefallen, weder der trauernden Familie noch dir selbst. Möglicherweise sind sogar Journalisten da, die den Eklat ausschlachten würden, den deine Anwesenheit auslösen könnte.«

»Rüdiger, mein Schulkamerad.« Pia versuchte, sich auf das zu konzentrieren, was anstand, wie es ihr in den vergangenen Tagen auch gelungen war. »Er ist nicht gekommen. Ich kümmere mich darum.« Es brachte sie nicht weiter, mit Regina länger über die anstehende Beerdigung zu diskutieren. Sie musste deswegen eine Entscheidung fällen, und zwar allein. Niemand konnte ihr dabei helfen.

»Dann gehe ich hoch, mache mich frisch und bestelle uns beim Lieferdienst Essen. Hast du eine besondere Vorliebe?«

»Ich nehme das Gleiche wie du.« Pia hatte keinen Hunger und konnte sich nicht vorstellen, jemals wieder Hunger zu haben. Doch wenn sie sich mit Regina an den Tisch setzte und aß, würde es ihr gelingen, diesen Tag schneller hinter sich zu bringen und ein paar Minuten mit etwas anderem als mit Grübeleien zu verbringen.

*

Rüdiger kam am Nachmittag und blieb drei Stunden. Er entschuldigte sich, ein dringender Zahnarztbesuch sei dazwischengekommen. Hilfe bei der Arbeit wollte er nicht, er meinte, es wäre schneller, wenn er allein ans Werk ginge. Pia lauschte dem Hämmern und Bohren, dem Klacken, als Regina sich mit der Funktionsweise der Sicherungen bekannt machte. Fast wie ein Kind, das einen Lichtschalter immer aufs Neue betätigt, um sich am Zauber zu erfreuen, wenn es abwechselnd hell und wieder dunkel wird, testete Regina mehrmals jeden einzelnen Schließmechanismus. Sie bedankte sich überschwänglich bei Rüdiger. Ihre großzügige Bezahlung lehnte er ab, sah es als Freundschaftsdienst. Nach getaner Arbeit verabschiedete er sich.

»Meinst du, es ist besser«, fragte Regina, »ich lagere die Schlüssel in einer Dose neben dem Telefon oder bringe Nägel in der Nähe der Fenster und Türen an und hänge dort die Schlüssel dran?«

»Ich weiß nicht.«

»Magst du einen Tee? Ich habe auch noch Plätzchen da. Das Mittagessen ist ja schon eine Weile her.«

»Keine Umstände, ich kann es mir selbst holen.«

Regina machte sich mit Luna auf den Weg in den Keller. »Bleib du oben«, sagte sie zu Pia. »Das hier muss ich allein erledigen. Ich hätte es schon vor Jahren tun sollen, aber erst durch den Einbruch habe ich wieder daran gedacht.«

»Und du willst wirklich keine Hilfe?« Pia zögerte.

»Mach es dir in der Küche bequem.«

Doch anstatt sich in der Küche etwas zu essen und zu trinken herzurichten, blieb Pia im Wohnzimmer sitzen. Es wurde dunkel. Mit der Dämmerung setzte der Wind ein. Er zog durch die Ritzen der Terrassentür und ließ Pia frieren.

Aus dem Keller hörte Pia ein Rumpeln und ein Schleifen über den Boden, als ob Möbel verschoben würden. Irgendwann kam Luna hoch. In ihrem Mund trug sie ein halb zerfleddertes Tagebuch und legte es vor Pia wie ein Geschenk ab.

»Bleib«, bedeutete Pia der Hündin und brachte das Schriftstück zu Regina zurück.

Regina errötete. »Du hast nicht darin gelesen, oder?«

»Was denkst du denn von mir? Nein, natürlich nicht. Aber ich kann dir helfen.«

»Warte oben. Ich habe schon Luna weggeschickt, die mich unterstützen wollte, indem sie die Unterlagen von einer Seite des Raumes zur anderen apportiert hat.« Regina lachte. »Mach es dir im Wohnzimmer oder in der Küche bequem. Das hier sind Erinnerungen, die möchte ich allein noch einmal in die Hände nehmen.«

Pia zögerte, dann ging sie wieder treppauf. Die Hündin legte sich auf Pias Füße, die inzwischen ausgekühlt waren. Langsam wärmten sich erst die Zehen, bald die ganzen Füße, schließlich die Beine und Pias gesamter Körper. Luna grunzte im Schlaf und atmete schnell. Ihr Kopf zuckte, als würde sie träumen, doch das Gewicht ihres Körpers blieb weiterhin auf Pias Füßen liegen. Es war kein unangenehmer Druck. Im Gegenteil: Es fühlte sich an wie eine Erdung, als wäre sie ein Baum, den jemand nun eingepflanzt hatte. Pia merkte, wie ihr die Augen zufielen. Sie kämpfte nicht gegen die Müdigkeit an, sondern lehnte sich zurück und fiel in einen unruhigen Dämmerschlaf, der immer wieder unterbrochen wurde von Lunas Bewegungen und Geräuschen.

Vom Aufleuchten des Deckenlichtes schreckte Pia auf. »Wie spät ist es?«, fragte sie schlaftrunken.

Regina drückte auf den dicken grünen Knopf ihrer Armbanduhr.

»Es ist 21 Uhr 58«, erklang die Computerstimme.

»Ich habe beim Aufräumen im Keller gar nicht gemerkt, wie die Zeit vergeht. Soll ich uns ein paar Brote schmieren?«, fragte Regina.

»Die Portion beim Mittagessen war so groß, ich habe gar keinen Hunger.«

»Mir geht es ebenso.« Regina setzte sich in den Sessel neben Pia, woraufhin Luna aufstand und sich auf Reginas Füßen niederließ. Nun merkte Pia, dass ihre eigenen Füße eingeschlafen waren. Sie bewegte die Zehen, streckte und beugte die Füße, um das Prickeln zu mindern.

Beide lauschten auf die Geräusche des Windes und sahen auf, wenn ein Auto auf der Straße vorbeifuhr und das Licht der Scheinwerfer durch die Terrassentür zuckte. Hin und wieder donnerte ein Flugzeug vorbei.

»Tut mir leid, wenn ich nicht sonderlich gesprächig bin, aber die Aktion im Keller war doch anstrengender als gedacht«, sagte Regina.

»Ich hätte dir helfen sollen.«

»Nein, das musste ich allein erledigen. All die Aufzeichnungen, die alten Kleidungsstücke und Erinnerungen, das war zu privat. Möchtest du etwas trinken?«

»Nein danke.«

Sie tauschten noch ein paar Höflichkeiten aus, dann kehrte wieder Stille ein. Inzwischen war es so spät geworden, dass keine Flieger mehr zu hören waren.

»Du warst doch beim Arzt, um dir Schlaftabletten zu holen«, sagte Pia, als es schon halb zwölf war. »Würdest du mir eine oder zwei davon abgeben?«

»Sicher.«

»Andererseits – ich glaube, ich kann selbst dann nicht schlafen, wenn ich die gesamte Packung auf einmal nehme.« Pia versuchte, ihre wippenden Füße still zu halten. Sobald sie sich auf etwas anderes konzentrierte, begannen die Füße erneut mit ihrer Bewegung, als wollten sie Pia zwingen, irgendwo hinzulaufen. Doch wohin? Was tun? So sehr sie auch nach der Antwort suchte, sie fand sie nicht und kam sich vor wie ein Schmetterling im Glas, der unentwegt mit den Flügeln schlägt und immer wieder gegen die Begrenzung prallt.

»Mir geht es genauso.« Regina vergrub ihre Hände in Lunas Fell. »Ununterbrochen überlege ich, was die Einbrecher wohl angefasst haben und was ich davon nicht gewaschen oder abgewischt habe. Wahrscheinlich würde selbst ein Umzug daran nichts mehr ändern, weil ich nicht sicher sein kann, dass das an einem anderen Ort nicht wieder passiert. Hier habe ich zumindest neue Schlösser und Riegel. Dann ist noch die Versicherung auf dem Anrufbeantworter. Ich soll zurückrufen, morgen früh, es geht um offene Fragen wegen der Tatumstände und der bisher vorhandenen Sicherungen. Als ob das nun alles meine Schuld wäre, nur mein Fehler. Warum können sie sich nicht mit dem zufriedengeben, was sie von der Polizei wissen? Das Gefühl von Geborgenheit …« Regina schwieg. Sie hob den Kopf und blickte konzentriert in Richtung Eingangstür, als wartete sie darauf, dass jemand hereinkam.

Pia ahnte, was in Regina vorging, sie sich aber möglicherweise nicht eingestehen wollte. »Geborgenheit ist ja nicht nur mit Orten verbunden, sondern auch mit Menschen.« Sie dachte an Clemens, doch sie hielt sich zurück, den Namen direkt auszusprechen.

Regina nickte. »Manchmal ist das, was wir tun müssen, um unseren Seelenfrieden wiederzufinden, der schwerste Schritt unseres Lebens. Aber lassen wir das. Es ist spät. Da sollte man nicht anfangen zu philosophieren.«

Pia schob den Gedanken an den Termin der Beerdigung beiseite. Regina ahnte wohl, was sie in Bezug auf Clemens dachte. Und Pia konnte sich gut vorstellen, was Regina im Hinblick auf die Beerdigungsfeier am nächsten Tag durch den Kopf ging.

Regina streckte ihre Hand in Pias Richtung, ohne Pia zu erreichen. »Aber wir können den Weg gemeinsam gehen. Dabei geht es nicht darum, so schnell wie möglich zur Normalität zurückzukehren, was generell schon ein idiotischer Begriff ist.«

Pia zögerte, dann nahm sie Reginas Hand, die sich so zierlich anfühlte wie die eines jungen Mädchens und gleichzeitig so warm war, dass sie alle Kälte, die durch die undichte Terrassentür hereinzog, vertrieb. Inzwischen kannte Pia diesen abwesenden Blick schon, der Regina von Zeit zu Zeit erfasste, diese Mischung aus Melancholie, Schmerz und Wehmut, die sie ganz weit wegdriften ließ, um kurz darauf wieder so präsent zu sein, als hätte es die kurze Abwesenheitsphase gar nicht gegeben.

»Es lässt dich nicht los?«, fragte Pia.

»Nein.«

»Willst du darüber reden?« Pia war erleichtert, dass Regina diesmal nicht Pias Wahrnehmung anzweifelte oder ihr auswich.

»Ja. Aber nicht jetzt. Jetzt steht anderes im Vordergrund. Aber später. Später bestimmt. Gib mir noch etwas Zeit.«

# 21

*Oktober 1971*

Sie haben mich auf die Normalstation verlegt, wo es ruhiger ist. Die Zeit hat seit dem Unfall ihre Kontur verloren. Sie springt und zerfließt. Sie wabert um mich und ist wie ein Zug, der ohne mich fährt, während ich am Bahnsteig warte. Jedes Mal, wenn ich das Geräusch der sich öffnenden Tür höre oder ein Rascheln, Knistern oder Husten aus Richtung des Nachbarbettes, frage ich nach der Uhrzeit und begreife es doch nicht. Wieder ist es Nachmittag und gerade, schätzungsweise vor fünf Minuten, war es noch Mittag. Dann ist es Nachmittag und Nachmittag und wieder Nachmittag. Es gibt nichts, was ich tun kann, außer hier zu liegen.

»Da bist du ja.«

Ich zucke von der Stimme zusammen, habe nicht gehört, wie die Tür geöffnet wurde.

»Wie geht's dir?«

»Andrea?« Ich bin mir nicht sicher, wer gekommen ist. Warum können sie nicht anklopfen, sich nicht vorstellen, wenn sie eintreten?

»Ja.«

Ich möchte nicht, dass sie direkt wieder geht, werde mich hüten, den gleichen Fehler zu begehen wie bei den Besuchen von Rudolf und Eberhard, die nun nicht mehr kommen.

»Hast du schon mit dem Lernen angefangen?«, frage ich.

»Du meinst für die Abiturprüfung?«

»Hast du?«

»Gestern.« Andrea erzählt von Stochastik, von Formeln, von einer Probearbeit, von Schulhofstreitereien, von neu geschlossenen Liebschaften und ihrem Vater, der meint, ein Mädchen müsse nicht studieren, im Gegenteil, es sei eher schädlich bei der anstehenden Heirat, weil Männer darauf keinen Wert legten, sondern eher abgeschreckt würden. »Dabei hat er mich nicht gefragt, ob ich überhaupt heiraten will. Wenn das heißt, dass ich verblöden soll, so tun, als wäre ich ein kleines Dummchen, verzichte ich drauf. Und du? Wie geht es dir? Weißt du schon, wann du gesund bist und hier rauskommst? Wann du zurück zur Schule kannst?«

Gesund. Was soll ich darauf antworten? Sicher werde ich rauskommen, aber je wieder sehen können? Noch hat es mir niemand gesagt, trotzdem weiß ich, dass ich mich keinen Hoffnungen hingeben muss. Die Schwärze um mich herum ist unverändert. Manchmal tauchen Bilder auf, besonders beim Aufwachen oder Einschlafen, so plastisch, bunt und deutlich, dass ich kurz glaube, meine Augen funktionierten wieder. Aber was ich sehe, lässt sich nicht damit übereinbringen, dass ich im Krankenhaus liege. Dort gibt es kein Meer, keine Flugzeuge, keine Tiere, die ich zu erkennen glaube. Alles ist schwarz und wird schwarz bleiben. Wenn ich mich sehr konzentriere und jemanden am Fenster stehen sehe, glaube ich, den Umriss der Person erahnen zu können. Aber davon will ich Andrea nichts erzählen, nicht die Peinlichkeit aushalten, die sich danach zwischen uns ausbreiten würde. Als würde jemand Wasser in den Raum einleiten, das immer höher steigt, uns erst die Worte nimmt, dann die Luft zum Atmen. Ich will, dass sie bleibt, dass unsere Worte für mich die Zeit unterteilen und ordnen. Niemand möchte von Hoffnungslosigkeit erzählt bekommen, von der Panik beim Aufwachen, wenn es wieder dunkel ist, von der Frage, was überhaupt ohne das Augenlicht vom Leben bleibt. Wir können uns nur in ihrer Welt treffen, die auch einmal die meine gewesen ist.

»Ich habe ja schon so früh mit dem Lernen begonnen, da bin ich trotz allem gut im Zeitplan«, sage ich. Es stimmt. Wenn ich morgen wieder sehen könnte, wären die Abiturprüfungen für mich kein Problem.

»Essen«, ruft die Krankenschwester. Die Räder des Transportwagens rappeln. Mit einem Klacken stellt sie das Tablett auf den Tisch, führt meine rechte Hand an die Tischplatte und wünscht »Guten Appetit«.

»Was gibt es?«

»Brot, Aufschnitt. Und eine Suppe. Kartoffelsuppe mit Würstchen. Dazu einen Apfel.«

Ich bedanke mich, warte, bis die Krankenschwester wieder gegangen ist. Dann schiebe ich meine Hand in Andreas Richtung. Wir drücken uns.

»Willst du nicht essen?«, fragt Andrea.

»Später.«

»Sieht doch gar nicht so übel aus, der Fraß.«

»Es ist besser, wenn du gehst«, sage ich. »Du hast bestimmt viel zu tun. Hausaufgaben. Lernen.«

»Ich kann noch bleiben.«

»Ach, lass mal. Ich bin auch müde.« Vor allem möchte ich nicht, dass sie zusieht, wie ich esse, wie ich mich bekleckere, wie mir die Schwester anschließend helfen muss, das Oberteil aus- und ein neues anzuziehen, dass ich versorgt werden muss wie ein Kleinkind.

»Schön, dass wir mal geredet haben. Übermorgen komme ich wieder, okay?«, sagt Andrea.

# 22

Pia sah Regina dabei zu, wie sie vor dem Kleiderschrank stand, erst bewegungslos verharrte in ihrer Erinnerungswelt, zu der sie jedem anderen den Zutritt verwehrte, sich dann schüttelte und verschiedene schwarze Jacketts anprobierte. Alle waren zu weit an Taille und Schultern, als gehörten sie einer anderen Person. Gedankenverloren strich Regina über den Stoff.

»Seit ich aufgehört habe, in der Gerichtskantine zu essen, habe ich nicht mehr regelmäßig etwas Warmes auf dem Tisch gehabt«, sagte Regina.

»Du musst nicht mitkommen.« Pia sah auf die Uhr. Noch zwei Stunden, bis die Trauerfeier in der Kirche begann. Sie hatte es nicht eilig, weil sie keinesfalls zu früh auftauchen wollte. »Wahrscheinlich mache ich mir zu viele Gedanken. Niemand dort kennt meinen Namen. Ich habe gegoogelt, er steht nirgends im Internet. Auch ist mein Bild in dem Zusammenhang nicht veröffentlicht worden.« Doch alle rationalen Beruhigungen halfen nicht. Sie wusste, sie würde erst Ruhe finden können, wenn sie Abschied genommen hatte. Und nichts würde schwerer sein, als denen ins Gesicht zu sehen, die trauerten.

»Die Diskussion hatten wir doch schon. Ich lasse dich nicht allein. Wir bleiben zusammen.«

Weil sie ahnte, dass sie es in ihrer Aufregung nicht schaffen würde, den Friedhof im eigenen Wagen sicher zu erreichen, bestellte Pia ein Taxi.

Dass es nicht einfach werden würde, hatte sie gewusst, doch je näher sie der Kirche kamen, umso stärker wurde das Zittern ihrer Hände. Ihre Lunge fühlte sich an wie zusammengepresst und jeder Atemzug war mühsam. Die Heizungsluft im Taxi war stickig. Es roch nach Parfum, Polsterreinigungsmittel, Körpergerüchen und dem penetrant süßlichen Geruch des Dufttannenbaums aus Pappe, der am Rückspiegel baumelte. Pia versuchte, die auftauchende Übelkeit zu lindern, indem sie so weit wie möglich über die Reihe der vorausfahrenden Wagen hinweg in die Ferne blickte. Ihr Magen rebellierte, obwohl sie vorsichtshalber auf das Mittagessen verzichtet hatte. Vor Schreck zuckte sie zusammen, als Regina nach ihrer Hand griff. Wenige Sekunden später wünschte sich Pia, Regina würde nie mehr loslassen.

Das Taxi stoppte vor der Kirche. In fünf Minuten würde der Gottesdienst beginnen. Trauernde standen auf dem Kirchhof, der mit Wagen vollständig zugeparkt war. Der Andrang war so groß, dass Pia zögerte auszusteigen. Doch der Taxifahrer nahm ihr die Entscheidung ab. Nachdem Regina gezahlt hatte, stieg er aus und öffnete erst Regina die Tür und dann Pia. Schließlich ließ er die Heckklappe aufschnappen und Luna herausspringen.

»Danke.« Pias Stimme klang erstickt. Sie hielt sich schräg hinter Regina und Luna. Die Hündin führte die beiden Frauen an, als wäre es das Selbstverständlichste der Welt. Trotzdem war es Pia, als würden sich alle Augen auf sie richten. Sie sagte sich, dass das nicht sein konnte, dass so viele Menschen hier waren, dass sie gar nicht auffiel, dass es bestimmt Luna und Regina waren, die die Aufmerksamkeit auf sich zogen. Doch sie spürte es heiß am Rücken prickeln, als würden sich die Blicke der anderen hinter ihr zu Pfeilen materialisieren und sich jeder einzelne davon unter ihre Haut bohren.

Sie hörte ein Tuscheln und fragte sich, ob die Anwesenden über sie redeten. Sie schaute zu Boden und folgte Regina durch die Menschenmenge, die Stufen der Kirche empor, in das Kirchenschiff. Hinter den Bänken, die vollständig gefüllt waren, blieben sie stehen.

»Danke. Danke, dass du da bist«, flüsterte sie Regina zu.

Der Einsatz der Orgel trieb ihr Tränen in die Augen. Eigentlich mochte Pia Musik, gleichgültig welcher Musikrichtung, Pop ebenso wie Rock oder Klassik, doch nun wünschte sie, das Stück würde schnell wieder aufhören. Es verstärkte ihre Melancholie.

Die Worte des Priesters lösten die Musik ab und schafften es, sie so weit zu beruhigen, dass sie sich zutraute, den gesamten Gottesdienst hinter sich zu bringen. So viele Menschen! Die Enge! Die Trauer, die wie etwas Greifbares zwischen den Anwesenden hin- und hergeworfen wurde. Pia nahm all das wie durch einen Verstärker wahr. Doch je länger sie mit den anderen sang und betete und das große Foto des Verstorbenen betrachtete, umso ruhiger wurde sie.

Hinter dem Sarg bewegte sich die Reihe der Menschen eine Stunde später in Richtung Friedhof.

»Sie waren …« Den Rest der Worte konnte Pia nicht verstehen, drehte sich aber auch nicht um, weil sie annahm, dass nicht sie gemeint war. Sie kannte keinen der Anwesenden.

»Dass Sie es wagen!«, hörte sie direkt neben ihrem Ohr. Die Stimme klang hasserfüllt.

Pia blieb stehen. Sie blickte in das Gesicht einer ungefähr vierzigjährigen Frau.

»Sie sind im Wagen gesessen.«

Pia trat in einen Nebenweg des Friedhofs. Luna und Regina folgten ihr. Pia hatte gehofft, dass die Unbekannte mit den anderen weiter in Richtung Grabstelle gegangen war, doch auch die Frau bog um die Ecke. Ein Mann versuchte, sie zurückzuhalten. Er griff ihr an die Schulter, doch sie schlug die Hand weg.

»Lass sie«, sagte der Mann.

»Nein.« Die Frau stellte sich in den Weg, sodass Pia weder vorwärts noch rückwärts entkommen konnte.

Der Schritt zurück ließ Pia auf das Efeu einer Grabbepflanzung treten. Sie blickte sich um. Lunas Fell am Rücken sträubte sich, sie legte die Ohren an. Regina blieb ruhig stehen, statuengleich, abwartend.

»Woher …« Pia schluckte. Sie begriff nicht, wie es zu dieser Konfrontation kommen konnte, warum die Frau überhaupt wusste, wer am Unfall beteiligt gewesen war.

»Er war mein Bruder«, sagte die Frau.

»Komm, Juliana, lass gut sein.«

Pia senkte den Blick.

»Ich weiß, dass Sie dabei waren«, begann die Frau von Neuem. »Ich war bei der Agentur. Unzählige Male. Einmal bin ich fast reingegangen. Aber nur fast. Ich wollte denjenigen sehen, der …« Sie weinte und wischte sich die Tränen mit dem Jackenärmel ab. »Sie sind rausgekommen aus dem Gebäude mit einer Kiste in der Hand.«

»Komm weiter, Juliana! Bitte!«

»Nein, ich muss das jetzt sagen.« Sie trat noch einen Schritt näher auf Pia zu.

Pia fragte sich, ob die Frau sie ohrfeigen würde, sie wegstoßen oder laut aufschreien. Ihre Gesichtsfarbe wechselte erst in ein tiefes Rot, wurde dann so bleich, dass Pia befürchtete, die Frau würde ohnmächtig werden.

»Immer wieder bin ich dahin gegangen und wollte denjenigen sehen. Der am Steuer war. Und die, die dabei waren. Alle Mitarbeiter der Agentur, hat auf dem Krankenhausgang ein Polizist zu einem Kollegen gesagt. Es war nicht für meine Ohren bestimmt, aber ich habe es nun einmal erfahren und konnte nicht mehr so tun, als wüsste ich es nicht. Ich habe euch angesehen, ein ums andere Mal. Dachte, da müsste doch irgendwas sein, damit ich begreifen könnte. Damit es irgendwie zu verstehen wäre. Aber da war nichts. Ihr wart alle so normal. So alltäglich. Die anderen jedenfalls, die hätten genauso gut in einer Bank oder einer Versicherung arbeiten können. Nur bei Ihnen war etwas anders.«

»Es tut mir leid.« Pia kam sich lächerlich vor. Als ob man mit vier Worten irgendetwas ändern könnte, erklären oder Wesentliches ausdrücken.

»Von den anderen ist keiner gekommen«, sagte die Frau.

»Es ist Freitag. Ein Arbeitstag.« Sobald sie es ausgesprochen hatte, schämte sich Pia dafür, dass sie versuchen wollte, ihre Kollegen zu entschuldigen. Wie lächerlich war das denn! Sie ärgerte sich, dass sie nicht am Vortag in der Agentur angerufen und versucht hatte, zumindest Marcel zum Mitkommen zu bewegen. Sie wurde merklich ruhiger.

»Ich habe oft vor der Agentur gestanden und gedacht, ich gehe rein. Habe ich nie gemacht«, flüsterte die Frau. »Immer bin ich im Auto sitzen geblieben. Und danach wieder zu Jonathan gefahren. Aber es war schon schnell klar, dass es für ihn verloren war. Es war nur eine Frage der Zeit, bis die Ärzte die Maschinen abstellen würden. Und dann haben sie es ja auch getan.«

Pia fragte sich, ob sie mit ihrem Erscheinen nicht einen Riesenfehler begangen hatte. »Ich hätte gar nicht kommen sollen. Es war eine blöde Idee. Ich wollte nicht für Ärger sorgen. Es ist nur …« Sie überlegte, wie sie erklären könnte, dass es ihr wichtig gewesen war, an der Beerdigung teilzunehmen.

»Ich bin nun doch froh, dass Sie gekommen sind. Wenigstens Sie. Auch wenn es anfangs schwer war, Ihnen gegenüberzustehen.« Die Frau reichte Pia die Hand, nickte und reihte sich wieder in die Reihe der Trauergäste ein. »Danke!«

Pia blieb bewegungslos stehen. Ihre Knie zitterten. Ihr Kinn bebte. Stumm wartete sie, bis die Trauernden an ihr vorbeigezogen waren. Von weiter weg klang ein Choral herüber. Die Worte, die am Grab gesprochen wurden, waren aus der Entfernung nicht zu verstehen. Luna drückte ihren Kopf an Pias Kniekehle. Kälte kroch durch die dicken Sohlen der Stiefel in ihren Körper.

»Gehen wir«, sagte Regina. »Nach Hause.«

# 23

Pia hielt die ausgedruckten Flugkarten in der Hand. Ihr Blick schweifte über das Gepäck, das an der Haustür bereitstand. Regina nickte, auch wenn Pia an Reginas Gesichtsausdruck erkannte, wie sehr diese noch immer mit der Entscheidung haderte. Doch trotz aller Zweifel und Bedenken hatte sich Regina entschlossen, mit Pia und Luna gemeinsam nach Schottland aufzubrechen.

»Eins nach dem anderen. Fahren wir zuerst zum Flughafen.« Pia nahm ein Gepäckstück und trug es zum Kofferraum. Nun war sie froh, dass sie den eigenen Wagen und kein Taxi nahmen, denn mit dem umgeklappten Rücksitz hatten sie eine deutlich größere Ladefläche, in der sogar die Hunde-Transportbox problemlos Platz fand. Auch wenn Regina meinte, es sei nicht nötig, war es Pia wichtig, die Box dabeizuhaben, um zu verhindern, dass sie eventuell wegen einer fehlenden Box den Flieger nicht besteigen durften.

Zehn Minuten später war Reginas Haus verriegelt und das Gepäck im Wagen verstaut. Ihre eigene Wohnung hatte Pia bereits für eine längere Abwesenheit vorbereitet, die Nahrungsmittel aus dem Kühlschrank an die Familie, die über ihr wohnte, verschenkt.

Luna saß auf ihrer Decke auf dem umgeklappten Rücksitz und blickte interessiert auf die beiden Frauen. Erst im dritten Anlauf gelang es Pia, den Schlüssel ins Zündschloss zu stecken. Sie versuchte, sich damit zu beruhigen, dass es an der Kälte lag, dass ihre Finger klamm waren. Doch dann vergaß sie, den Gang herauszunehmen, und der Wagen machte beim Starten einen Satz nach vorn. Sie verfehlte mit ihrer Stoßstange den vor ihr geparkten Wagen nur um wenige Zentimeter. Ihre Schultern begannen zu beben, bald griff das Zittern auf ihren gesamten Körper über.

»Pia?« Regina legte ihre Hand auf Pias Oberschenkel. »Kannst du fahren?«

Sie wusste, dass sie mit einem »Nein« antworten müsste, aber es kam kein Laut über ihre Lippen. Das Bild der Landstraße bei Nacht, das Aufblitzen der Motorradscheinwerfer tauchte so plötzlich auf, dass sie zusammenzuckte. Die Erinnerung war so lebendig, dass sie glaubte, wieder auf dem Beifahrersitz zu sitzen und Marcel neben sich zu spüren. Alles in ihr drängte aus dem Wagen hinaus. Doch sie wusste auch, wenn sie jetzt nicht selbst fahren würde, könnte sie sich möglicherweise nie mehr überwinden, sich hinters Steuer zu setzen. Die Panik würde kein einmaliges Gefühl bleiben, sondern stärker werden. Es war wie verhext, aber Pia kannte dieses Phänomen von früher: Ihr gelang es, lange Zeit nach einer Katastrophe die Nerven zu bewahren. Niemand merkte ihr etwas an. Und dann, wenn sie gar nicht mehr damit rechnete, tauchte mit Verzögerung die Panik auf, in einer Heftigkeit, die sie sich logisch nicht erklären konnte.

»Zuerst nimmst du den Gang raus«, sagte Regina.

»Ich verstehe das nicht.« Pia starrte durch die Windschutzscheibe auf die Baumwipfel im Hintergrund der Häuser, auf den Himmel, der an diesem Tag nicht richtig hell wurde. Üblicherweise hielt sich die klamme Kälte vom frühen Morgen, die kurz nach Sonnenaufgang am intensivsten war, nur wenige Stunden. Doch an diesem Tag war die frühmorgendliche Kälte, die besonders feucht war, sogar durch die Lüftung der Autoheizung zu spüren. Sie musste den Motor zum Laufen bringen, dann würde die Heizung auch Wärme produzieren. Pia nahm den Gang raus. Mit einem Klacken schnellte der Schalthebel in die Mitte.

»Und jetzt schalte den Motor vollständig aus«, erklärte Regina.

Pia drehte den Zündschlüssel nach links. Nun war es vollkommen still.

»Kupplung treten, starten.« Regina nickte ihr aufmunternd zu.

Pia tat, was Regina sagte, die weiteren Schritte funktionierten dann wieder automatisch. Beim Ausparken war noch das Beben in Beinen, Füßen, Armen und Händen zu spüren. Doch sobald sie sich an der Hauptstraße in den fließenden Verkehr einordnete, kehrte eine Selbstverständlichkeit ein, die sie so schnell nicht erwartet hätte. Sie setzte den Blinker, wechselte Spuren, beschleunigte auf der Autobahnauffahrt und gewann an Tempo.

»Na, geht doch.« Regina streckte eine Hand nach hinten zu Luna.

»Woher weißt du das überhaupt?«, fragte Pia. »Wie die einzelnen Schritte beim Autofahren funktionieren?«

»Ich war dabei, als mein Vater es Clemens erklärt hat. Abgesehen davon ist es Allgemeinwissen. Bloß, weil ich kaum etwas sehe, bin ich ja nicht auf den Kopf gefallen.« Regina klang so barsch, dass Pia erschrak.

Luna war von den dreien die Einzige, die sich nicht aus der Ruhe bringen ließ.

Schneefall setzte ein. Zuerst waren es einige nasse, dicke Flocken, die auf der Windschutzscheibe landeten und bei der Berührung des Scheibenwischers Schlieren bildeten. Auf dem Asphalt schmolzen sie unmittelbar. Dann nahm die Flockendichte zu, die einzelnen Schneeflocken wurden trockener und kleiner. Es dauerte nicht lange und auf der Straße hatte sich ein dünner Schneebelag gebildet. Pia wechselte auf der Autobahn auf die rechte Spur, wartete, bis hinter ihr genug Platz war, sodass sie vorsichtig abbremsen konnte. Die Bremsen griffen problemlos. Eine Änderung im Fahrverhalten war trotz des Schnees nicht zu erkennen, trotzdem fuhren alle Wagen langsamer und hielten größere Abstände.

»Noch knapp eine Dreiviertelstunde«, sagte Pia und stutzte. Es war kalt. Sehr kalt sogar. Ihre Finger fühlten sich taub an, was diesmal nicht an der Angst vor dem Autofahren lag. Im Gegenteil, sie begann, sich am Steuer wieder sicher zu fühlen, das Unfallgeschehen rückte innerlich immer mehr weg, je weiter sie sich von zu Hause entfernten. Pia drehte die Heizung bis zum Anschlag auf, doch das änderte nichts. Eisige Luft blies ins Wageninnere, gleichzeitig nahm der Schneefall zu. Sie schaltete die Wischer auf die höchste Stufe und die Lüftung aus.

»Die Heizung ist kaputt«, sagte Pia. Sie hielt nach einem Schild Ausschau, das auf einen Rastplatz verwies.

»Jetzt fällt es mir auch auf.« Regina vergrub die Hände in ihren Taschen.

Pia beneidete sie um diese Möglichkeit, war sie doch gezwungen, das Lenkrad zumindest mit einer Hand zu umfassen. Kurzfristig schob sie eine Hand unter den Oberschenkel, um sie zu wärmen. »Vielleicht ist es besser, wir drehen um. Möglicherweise ist das ein Zeichen.«

»Du bist abergläubisch?«

Pia überlegte. »Nein. Das nicht. Aber manchmal kommen Dinge zusammen, die alle in eine Richtung weisen. Meine Angst beim Fahren. Der Fastunfall beim Ausparken. Der Schnee. Jetzt der Heizungsausfall.«

»Du bist doch abergläubisch.« Regina lachte.

Pia dachte nach. »Möglicherweise.« Dann lachte sie laut über sich selbst. So kannte sie sich gar nicht. Und mit dem Lachen löste sich alle Anspannung, die sich in ihr aufgebaut hatte.

Pia konzentrierte sich wieder auf den Verkehr. Durch die abgeschaltete Lüftung reichte die Körperwärme, um die Temperatur im Wagen angenehmer werden zu lassen. Dass es dadurch zunehmend nach Hund roch, störte sie nicht.

Das Einchecken verlief einfacher und unkomplizierter, als Pia es erwartet hatte, selbst die Box wurde nicht benötigt. Die beiden Male, als Regina die Papiere für Luna vorzeigte, wurden sie ohne längere Kontrollen weitergewunken. Aufgrund der Wetterverhältnisse verzögerte sich der Abflug der Maschine um eine Stunde. Anfangs war durch den Schneefall und die tief stehenden Wolken durch die Fenster nichts als Grau und Weiß zu erkennen. Die anderen Maschinen in Startposition verschwanden hinter einer Nebelschicht. Der Weg zur Startbahn war, als würden sie in trüber Brühe schwimmen. Pia verlor das Gefühl für oben, unten, rechts und links und fragte sich mehrmals, ob die Maschine schon abgehoben hatte, bis sie sich sagte, dass das nicht sein konnte. Das hätte sie gemerkt. Die Wolken hingen so tief, dass vom Boden unter ihr nichts mehr zu erkennen war, nur die Lichter des Rollfeldes blinkten zur Orientierung, doch die Lampen schienen schwerelos in einem Ozean aus Nebel umherzuschweben.

Dann spürte Pia den Schub der Motoren, der sie in ihren Sitz presste. Sie betrachtete die Geschwindigkeitsanzeige am Bildschirm. Die zunehmende Neigung der Maschine verursachte ihr Übelkeit. Hektisch sah sie sich nach einer Tüte in der Ablage des Sitzes vor ihr um, doch schneller als erwartet schien Licht durch die Fenster. Die Sonne leuchtete so stark in ihr Gesicht, dass sie die Augen zusammenkniff. Gleichzeitig war die Übelkeit verschwunden. Unter ihr war ein Meer aus

Nebel, das waberte, Wolken, die sich übereinander- und ineinanderschoben. Oben war der Himmel klar und blau wie im Hochsommer.

Auch Luna entspannte sich. Breit ließ sie sich vor der ersten Reihe auf den Boden gleiten und seufzte. Regina war bereits eingeschlafen. Ihr Atem ging langsam und regelmäßig. Luna legte sich auf die Seite, ihren Rücken auf Reginas Füße. Pia zog ihre Schuhe aus und genoss es, dass ihnen wegen Luna ein Platz mit viel Beinfreiheit zugeteilt worden war.

Noch bei Helligkeit erreichten sie Glasgow. Trotzdem war Pia erschöpft, als hätte sie eine Weltreise hinter sich gebracht.

»Sollen wir nicht über Nacht ein Hotel nehmen?«, fragte sie. »Und morgen ausgeruht weiterfahren?«

»Bist du etwa müde?« Reginas Gang war schwungvoll und schnell, ihr Gesicht so entspannt, dass sie auf den ersten Blick wie fünfzig wirkte. »Diese Reise hätte ich schon viel eher wagen sollen, viel eher versuchen sollen herauszufinden, was aus Clemens geworden ist.« Auch Luna ging aufrecht und schien sich über die Bewegung nach dem längeren Ausharren im Flieger zu freuen. Weder die vielen Menschen um sie herum im Flughafengebäude noch die unbekannte Umgebung erzeugten bei ihr eine sichtbare Irritation.

Sie nahmen ein Taxi in die Innenstadt zur Buchanan Bus Station. Pia studierte zuerst die Anzeigentafel. Sie schaute immer wieder durch die Glasscheibe des Warteraums nach draußen. Busse parkten an den verschiedenen Terminals nebeneinander, so viele, dass es auf den ersten Blick völlig unübersichtlich schien. Doch trotz der Größe des Bahnhofs und der Menschenmenge herrschte nirgends Gedränge oder Hektik, im Gegenteil. Einige Reisende hatten es sich auf den roten Plastikbänken für ein Nickerchen gemütlich gemacht, während in den Geschäften drumherum ein ständiges Kommen und Gehen zu beobachten war.

Pia blickte auf die Uhr. Es war kurz nach sechs. Noch einmal las sie die elektronische Tafel der Busabfahrten, dann ging sie zur Information, in der Hoffnung, dass sie sich geirrt hatte. Doch der Mann hinter der Theke bestätigte ihre Befürchtungen: Vor wenigen Minuten war der letzte Bus nach Oban abgefahren. Auf ihre Nachfrage schätzte der Mann am Schalter den Preis für eine Taxifahrt auf rund 220 Pfund.

Obwohl Regina einige Meter abseits gestanden hatte, brauchte Pia die schlechte Nachricht nicht zu wiederholen. An Reginas Gesichtsausdruck erkannte Pia, dass Regina genauso enttäuscht war wie sie selbst.

»Auf einen Tag mehr oder weniger kommt es nun nicht an«, sagte Pia. »Und falls du nicht übernachten willst, können wir ja ein Taxi nehmen.«

»Um dann am Fähranleger zu stehen und von dort nicht weiterzukommen?«

Regina schüttelte den Kopf. Aller Elan schien sie verlassen zu haben. Sie wirkte mit einem Mal müde. »Suchen wir ein Hotel.«

# 24

Pia blickte aus dem Fenster auf die malerische Landschaft, die sich beim Blick aus dem Busfenster vor ihr ausbreitete. Im Nachhinein war es eine glückliche Fügung gewesen, dass sie den letzten Bus verpasst hatten. Nun war es hell, die Sonne schien und sie konnte sich an der Landschaft nicht sattsehen. Sie holte ihr Handy heraus und fotografierte ein Bild nach dem anderen. Der Loch Lomond & The Trossachs National Park breitete sich wie ein Postkartenmotiv vor ihr aus: die Nadelbäume im Vordergrund, Bergmassive an beiden Seiten des Wassers, im Hintergrund die schneebedeckten Kuppen, die seit Jahrmillionen den unterschiedlichen Klimaeinflüssen trotzten, dem Regen wie der Sonne oder dem Schnee. Sie strahlten eine solche Unveränderlichkeit und Stärke aus, dass Pia wünschte, diesen Anblick ewig betrachten zu können. Draußen war es wärmer als in Deutschland, Pia schätzte die Temperatur auf knapp zehn Grad, frühlingshaft gegenüber dem Winter, dem sie entflohen waren. Durch die Fensterscheiben im Bus verstärkte sich die Sonneneinstrahlung und ließ durch das Blau des Wassers und des Himmels und das Grün der Nadelbäume einen sommerlichen Eindruck entstehen.

Wenig später fuhren sie an der alten Kathedrale von Arrochar vorbei. Die alte Steinmauer davor wirkte, als wäre sie noch aus keltischer Zeit, und versetzte sie tief in die Vergangenheit. Nur die Autos auf dem Parkplatz erinnerten Pia daran, in welchem Jahrhundert sie sich befand. Sie wünschte sich auszusteigen, doch der Bus setzte seine Fahrt fort und ließ ihr kaum genug Zeit, sich auf all die neuen Eindrücke einzustellen: rote Briefkästen am Straßenrand, malerische kleine Dörfer, endlose unbewohnte Berglandschaften, verlassene und verfallene Burgen und immer wieder Seen und schmale Brücken, die nur einspurig befahrbar waren.

Noch vor Mittag, nach einer knapp dreistündigen Busfahrt, erreichten sie das Hafenstädtchen Oban. Umgeben von Bergen drängte es sich ans Meer mit seinen kleinen, engen Häusern am Hafen. Pia musste im Trubel der Touristen aufpassen, Regina nicht zu verlieren. Schiffe hupten. Menschen riefen und lachten und schwatzten. Es war eine solche Menge an ungewohnten Geräuschen und Gerüchen. Zusätzlich war die Sonne noch immer frühlingshaft intensiv, sodass nun auch Luna verwirrt schien. Anstatt Regina zu führen, versuchte die Hündin, den Menschenmassen auszuweichen, und konnte es nicht lassen, an den Mülleimern zu schnuppern, in denen sich Essensreste der umliegenden Fish-and-Chips-Buden befanden.

Sie mussten sich zuerst in Richtung Meer bewegen, an den Hafenanlagen entlang links halten, dann würden sie unweigerlich auf die Fähre nach Mull treffen, hatte der Busfahrer erklärt. Und tatsächlich tauchte nach nur wenigen Minuten das Fährgebäude vor ihnen auf, die Fähre ankerte bereits. Autos begannen, in den Rumpf des Schiffes einzufahren. Pia war froh, dass sie sich am Vortag online um die Fährkarten gekümmert hatten und durch das Gebäude über die Brücke direkt das Schiff besteigen konnten.

»Ich sollte Clemens eine Nachricht zukommen lassen. Im Kloster anrufen«, sagte Pia. »Sollte er nicht auch Zeit haben, sich auf ein Wiedersehen vorzubereiten?«

Das Schiff setzte sich in Bewegung und lief aus dem Hafen aus.

»Regina? Hast du gehört, was ich eben gesagt habe?« Pia rief lauter, um das Dröhnen der Schiffsmotoren zu übertönen. Auf dem Meer wurde die Temperatur ungemütlich. Der Wind zerstörte den bisher frühlingshaften Eindruck. Pia zog ihre Kapuze auf, die über den Ohren im Wind hin und her flatterte und dabei ein ratterndes Geräusch machte, sodass sie Reginas Antwort kaum verstehen konnte. Pia zog die Jacke so weit zu, wie es nur irgend ging. Sie sehnte sich nach einem Schal und einer dicken Wollmütze.

»Es soll eine Überraschung sein. Glaube mir, ich kenne Clemens. Ihm geht es besser, wenn er einfach mit Veränderungen konfrontiert wird, anstatt sich im Vorfeld damit auseinanderzusetzen.«

Pia war nicht überzeugt, doch sie akzeptierte Reginas Entschluss.

»Nur …« Regina stockte. »Inzwischen bin ich mir nicht mehr sicher, ob es generell die richtige Entscheidung war, herzukommen.«

»Jetzt, so knapp vor dem Ziel, kannst du nicht kneifen!«

Regina drehte den Kopf in Richtung Meer. Die Kälte schien sie nicht im Geringsten zu stören. Weit lehnte sich Regina über die Reling und hielt das Gesicht dem Himmel entgegen.

Nach weniger als einer Stunde legte die Fähre auf der Insel Mull an, die sie mit dem Bus durchqueren würden. Die Straße schlängelte sich über sanfte Hügel, über eine Heidelandschaft, die schon jetzt erahnen ließ, wie wunderschön sie erst in ein paar Monaten sein würde, während der Blüte des Heidekrauts.

Von Fionnphort auf der anderen Seite der Insel ging es mit einer kleineren Fähre weiter nach Iona. Nun strahlte die Sonne mit aller Kraft und das Meer lag ruhig und blau vor ihnen. Der Wind hatte so schnell nachgelassen, als hätte ihn jemand mit einem Fingerschnippen abgeschaltet.

Auch nach ihrer Ankunft in Iona beschlossen die beiden Frauen, sich nicht aufzuhalten, sondern den letzten Weg zu Fuß zurückzulegen. Pia bot an, das gesamte Gepäck zu tragen, Reginas Tasche zusätzlich zu ihrem Rucksack. Vom Betrachten der Karte wusste Pia, dass nur noch eine halbe Meile vor ihnen lag, die leicht in einer Viertelstunde zu bewältigen war. Luna freute sich sichtlich über die Bewegung, sie ging mit aufrechtem Körper und nach vorn gerichteten Ohren voran. Die Irritation während des Umstiegs in Oban und während der Fährfahrten war ihr nun nicht mehr anzumerken. Regina bremste Lunas Tempo nicht, sondern ließ sich zügig mitziehen, sodass Pia Mühe hatte, mit den Gepäckstücken zu folgen.

Nach knapp zehn Minuten standen sie vor dem monumentalen Gebäude der Abtei, das mehr an ein Schloss erinnerte als an ein spartanisches Kloster. Inzwischen hatte die Dämmerung eingesetzt. Nach und nach wurden im Innern des Gemäuers die Lichter eingeschaltet. Hell strahlte das Leuchten in die beginnende Nacht. Pia blieb stehen, Luna und Regina ebenfalls. Schnell war die Sonne vollständig hinter dem Horizont verschwunden, doch der Vollmond stand über dem Wasser und warf einen hellsilbernen Schein über die Wellen. Der Turm als hinterstes Gebäude der Abtei ragte schwarz und dunkel in die Höhe. Auch das Kirchengebäude davor war unbeleuchtet. Pia fragte sich, ob es am konkreten Tag oder an der Uhrzeit lag, dass keine Touristen zu sehen waren. Pia gab sich einen Ruck und ging weiter voran.

Die große Holztür, die ins Innere führte, war bereits geöffnet, als hätte man sie erwartet. Beim Eintreten kam ihnen ein junger Mann mit windzerzaustem Haar und einer neongrünen Regenjacke entgegen. Ob er helfen könne, fragte er.

Pia musterte den Mann, der augenscheinlich zum Kloster gehörte. Er wirkte eher wie ein Trekkingreisender als ein Mönch. Vergeblich versuchte Pia, ihn einzuordnen.

Sie wolle ihren Zwillingsbruder besuchen, sagte Regina. Anfangs kamen ihre Worte schleppend, doch dann wurde ihr Englisch sicherer. Clemens sei sein Name, er sei hier Ordensbruder, soweit sie wisse.

»Ah, Clemens. Ich habe viel von ihm lernen dürfen. Ach, wir haben uns gar nicht vorgestellt. Ich bin Bruder Philipp.«

»Regina«, begann Regina. »Clemens weiß nichts von dem Besuch, es soll eine Überraschung werden.« Dann stellte Regina noch Pia und Luna vor.

»Sie sind hier auch ...« – Pia zögerte – »... Ordensbruder?«

Der junge Mann nickte. »Seit acht Jahren schon.«

»Würden Sie uns zu Clemens bringen?«, fragte Regina.

Bruder Philipp verschränkte die Arme und blickte sich um, als würde er Hilfe suchen, doch außer ihnen war niemand in der Nähe. »Ich weiß nicht. Ja, natürlich können Sie ihn sehen. Warten wir auf Bruder Godric, er wird Sie zu Clemens führen. Er ist der nächste Vertraute von Clemens, der Einzige, den ... Aber es ist besser, wenn Bruder Godric das selbst erklärt.«

»Ist es möglich, dass wir hier übernachten?«, fragte Regina.

»Selbstverständlich. Ich lasse Ihnen ein Gästezimmer herrichten.« Kurz verschwand Bruder Philipp im Nachbarraum und kam dann ohne seine neonfarbene Regenjacke zurück, unter der er einen braunen Wollpullover trug. »Bis Bruder Godric hier ist, zeige ich Ihnen die Räume der Abtei. Haben Sie schon zu Abend gegessen?«

»Ein Rundgang wäre super«, sagte Pia. »Auch ein Abendessen. Aber ich weiß nicht, ob wir das einfach so annehmen können. Wir wollen Sie nicht aufhalten.«

»Das tun Sie nicht. Es macht keine Umstände und es ist mir eine Ehre, die Schwester von Bruder Clemens zu beherbergen. Seltsam, dass er nie von Ihnen gesprochen hat, dabei ist die Ähnlichkeit enorm.«

»Ein Abendessen brauchen wir nicht. Vielen Dank«, wehrte Regina ab. »Ich bin so aufgeregt, da bringe ich keinen einzigen Bissen hinunter.«

Pia folgte Bruder Philipp, Luna und Regina ebenfalls. Der Mönch zeigte ihnen zuerst das Kirchengebäude mit dem Kreuzgang. Die hohen Säulen, die alten Mauern, die Stille, die nur vom Hallen ihrer Schritte unterbrochen wurde, versetzten Pia in Gedanken Jahrhunderte zurück. An diesem Ort schien die Zeit stehen geblieben zu sein. Die Luft roch nach Meer, Fisch und Tang. In der Mitte des Kreuzganges auf dem Rasen befand sich eine Skulptur, die wie ein riesiges Ei mit einem Kreuz darauf in die Höhe ragte. Was genau es darstellen sollte, konnte Pia nicht erkennen, die Helligkeit von Bruder Philipps Petroleumleuchte reichte nicht aus, um die Mitte des Innenhofs zu erleuchten. Auch das Kirchenschiff lag im Dunkeln.

Der Kontrast von den mittelalterlichen und einsamen Gängen der Kirche und des Kreuzganges zur Lebendigkeit innerhalb der Wohngebäude hätte nicht größer sein können. Der Speisesaal war voller Leben, Mönche mischten sich mit Gästen und Besuchern. Da niemand Ordenstracht trug, war nicht festzustellen, wer zu welcher Gruppe gehörte. Sie gingen weiter in einen mit Zimmerpflanzen geschmückten Aufenthaltsraum mit schrägen Dachfenstern, hinter denen die Sterne leuchteten. Pia setzte sich auf die Couch. Es war so heimelig, so entspannend, sich niederzulassen, dass Pia mit einem Mal ihre Erschöpfung und ihren Hunger intensiv spürte. Nur Regina war keinerlei Müdigkeit anzumerken. Sie blieb mitten im Raum stehen und wandte sich konzentriert in Richtung des Ordensbruders, der sie herumgeführt hatte. Reginas Schultern waren hochgezogen.

Die Anspannung griff auch auf Luna über, die hechelte und orientierungslos schien.

»Würden Sie uns bitte zu Clemens bringen?« In Reginas Stimme lag Sorge.

»Ich bin in wenigen Minuten wieder da«, sagte Bruder Philipp.

»Warten Sie!« Regina versuchte, ihn aufzuhalten.

»Es ist okay.« Pia nickte in Richtung des Ordensbruders und legte ihre Hand auf Reginas Schulter. »Ruhen wir uns etwas aus. Wir können bestimmt gleich zu Clemens. Jetzt sind wir so lange angereist, da kommt es auf die paar Minuten nicht an.«

Regina schien nicht überzeugt. Sie schüttelte den Kopf, ließ sich dann aber von Pia auf eins der Sofas führen. Regina setzte sich, auch wenn sie sich noch immer nicht entspannte. Sie knetete ihre Finger und knackte mit den Fingernägeln.

Pia versuchte, sich auf den Blick durch die Dachfenster zu konzentrieren, auf die Sterne und die Flugzeuge, die hin und wieder blinkend am Himmel entlangzogen. In der Ferne war das Meer zu erahnen, die hellen Punkte auf der schwarzen Fläche mussten Schiffe sein. Das Geräusch von Reginas Fingerknacken ließ Pia schaudern, so durchdringend erschien es bei der Ruhe, die im Raum herrschte. Die Mauern waren so dick, dass vom Speisesaal kein Laut herüberdrang, obwohl er nicht weit entfernt war.

»Was ist denn?«, fragte Pia. »Kannst du bitte mit diesem Knacken aufhören?«

»Merkst du nicht, dass er uns hinhalten will?«

»Er ist nur freundlich. Wir haben einen kostenlosen Rundgang bekommen und hätten auch essen können, wenn du nicht abgelehnt hättest.«

»Ich möchte zu Clemens. Und inzwischen mache ich mir Sorgen. Und das ist noch untertrieben. Hier ist irgendetwas ganz und gar nicht in Ordnung. Mein Englisch ist schlecht.

Aber durch meine Sehschwäche und durch meinen Beruf habe ich gelernt, auf Stimmlagen zu achten. Das verrät mehr als gesprochene Worte. Sie verheimlichen uns etwas, und zwar nichts Gutes.«

»Du siehst Gespenster!« Pia setzte sich neben Regina und kraulte Lunas Ohr, um wenigstens die Hündin zu beruhigen.

Nach ungefähr einer Viertelstunde trat ein älterer Herr in den Raum. Seine schlanke Figur mit den schwingenden Bewegungen ließ an einen Jugendlichen denken – ein kaum zu begreifender Kontrast zu seinen schlohweißen Haaren und dem faltigen wettergegerbten Gesicht. Wenn Pia nur seinen Kopf betrachtete, schätzte sie ihn auf mindestens neunzig Jahre, wenn sie den Körper ansah, hätte er zwanzig Jahre alt sein können. Seine Augen sahen sie wach und intensiv an. Er war Pia auf den ersten Blick sympathisch.

»Ich bin Godric«, stellte er sich vor und reichte Regina, dann Pia die Hand. Ruhig ließ er Luna an seinem Arm schnüffeln, woraufhin Luna ihm ihren Hals zum Kraulen entgegenstreckte.

Regina wirkte mit ihrem halb abgewandten Körper und ihren zusammengekniffenen Augenbrauen noch immer skeptisch. »Bringen Sie uns zu Clemens?«

Pia war die Ungeduld von Regina so unangenehm, dass sie überlegte, sich dafür zu entschuldigen.

»Clemens und ich, wir sind schon als junge Novizen zusammen den Jakobspilgerweg entlanggewandert. Wir waren gemeinsam in Rom, in New York, einmal sogar in Moskau. Er war all die Jahre an meiner Seite. Seine Welt war auch meine Welt und umgekehrt.«

»War?«, wiederholte Regina.

»Ich bin noch immer an seiner Seite«, verbesserte sich Godric. »Jeder von uns beiden kann sich wohl ein Leben ohne den anderen nicht mehr vorstellen.«

»Können wir dann jetzt zu Clemens gehen?«, fragte Regina.

»Regina!«, zischte Pia leise.

»Selbstverständlich.« Godric machte eine einladende Handbewegung, doch nun fiel auch Pia auf, dass es keine Einbildung gewesen war, wovon Regina gerade gesprochen hatte: das Zögern von Godric, wie er den Kopf drehte, von einer Seite des Raumes zur anderen schaute, als wartete er darauf, dass jemand auftauchte, um ihm zu Hilfe zu kommen. Das leichte Zittern seiner Stimme und seiner Hände, was aber auch einfach durch das Alter bedingt sein könnte.

Sie gingen zu dritt mit Luna noch einmal am Speisesaal vorbei. Der Geruch nach Eiern und gebratenem Speck ließ Pia das Wasser im Mund zusammenlaufen und ihren Magen laut knurren. Doch Regina drängte so ungeduldig vorwärts, dass an eine Pause nicht zu denken war. Nach mehreren Abzweigungen hatte Pia die Orientierung verloren und sie wusste nicht, in welcher Richtung das Meer und in welcher das Land lag, wo sich der Turm befand und wo der Ausgang. Je weiter sie gingen, umso leiser wurde es. In diesem Teil des Gebäudes waren alle Türen geschlossen. Ihre Schritte hallten von den Wänden wider. Die Gänge waren nicht zugig, aber deutlich kühler als der Bereich der Abtei, in dem sie gewartet hatten. Die Feuchtigkeit schien von den Mauern auszugehen, als würden sie atmen.

Dann hielt Godric an, verharrte kurz, klopfte und trat ein. Vor ihnen lagen zwei wohnlich eingerichtete Zimmer, die durch einen bogenförmigen offenen Durchgang miteinander verbunden waren. Angenehme Wärme umhüllte sie. Ein Raum war mit Couch, Couchtisch, Bücherregalen und Schreibtisch wie ein Wohn-/Arbeitszimmer hergerichtet, der andere mit Bett, Kleiderschrank und einer Truhe war das Schlafzimmer.

Der Mann, der vor dem Bett kniete, sich mit den Ellbogen auf der Matratze abstützte, die Hände gefaltet hatte und anscheinend betete, war unverkennbar Clemens. Auf den ersten Blick war die Verwandtschaft zu Regina überdeutlich. Er hatte die gleichen Gesichtszüge, die gleiche schlanke Körperform. Clemens war in seiner Versunkenheit wie in eine andere Welt eingetaucht und schien die Gäste nicht zu bemerken.

»Clemens«, sagte Godric. Noch immer reagierte Clemens nicht. Erst als Godric sich neben ihn aufs Bett setzte und mit seinen Händen die von Clemens umschloss, sah Reginas Bruder auf. »Du hast Besuch.«

»Godric. Mein Freund. Da bist du ja. Du bist so lange weg gewesen.«

»Du hast Besuch.«

»Schön, dass du da bist. Wo warst du denn so lange? Ich habe dich gesucht. Aber sie haben mich hierhin zurückgebracht. Ich will nicht immer hier sein. Ich bin doch nicht krank.«

»Guck mal.« Godric zeigte auf Regina und auf Pia. »Besuch.«

»Die kenne ich nicht. Ich bin nicht fertig mit Beten. Sie sollen gehen.«

Pia kam sich nun wie ein Eindringling vor. Luna begann zu jaulen und wurde auch nicht still, als Regina sie ermahnte.

»Ein Hund. Schau, Godric. Ich mag Hunde. Ist er für mich? Darf ich ihn behalten? Mich um ihn kümmern?« Clemens streckte die Hand nach Luna aus. Luna schnupperte an Clemens, wedelte mit dem Schwanz und ließ sich streicheln.

»Ich bin es.« Reginas Deutsch klang brüchig, als würde sie eine Fremdsprache verwenden. Langsam ging sie auf Clemens zu. »Regina.«

Clemens wandte sich an Godric. »Wer ist die alte Frau?«, fragte er auf Englisch.

Regina drehte den Kopf zur Seite. Unauffällig wischte sie sich mit dem Handrücken Tränen aus dem Augenwinkel.

»Ich bin deine Schwester«, sagte Regina nun auf Englisch. Auch daraufhin zeigte Clemens keine Anzeichen des Erkennens.

Clemens stand auf und lief zur Tür, bis Godric ihn festhielt.

»Sie sollen gehen, die Frauen. Ich kenne sie nicht. Ich habe keine Schwester. Das wüsste ich doch, wenn es so wäre. Was erzählen sie mir. Sie wollen mich täuschen. ER will mich prüfen. ER macht es mir schwer. ER führe mich nicht in Versuchung. Und gebenedeit sei die Frucht deines Leibes, Jesu. Sie sollen gehen. Ich bin beschäftigt. Ich muss beten. Und es ist Zeit für die Andacht, oder, Godric? Ist es nicht so?«

»Komm, setzen wir uns.« Godric führte Clemens zum Sofa. Beide Männer setzten sich nebeneinander. Godric legte seinen Arm um Clemens, bis der sich beruhigt hatte.

Clemens musterte Regina skeptisch. Dann wurde seine Stimme sanft. »Es ist nicht leicht. Ich weiß es selbst. Die Dinge entgleiten mir. Gerade denke ich, ich kann sie halten, dann sind sie weg. Manchmal, da kommt es wieder, aber es bleibt nicht. Warte. Ich glaube, ich erinnere mich. Ja. Das Gesicht, das kenne ich. Woher? Wo sind wir uns schon einmal begegnet? Nun bin ich mir sicher.« Er stand auf und reichte Regina die Hand. »Wir kennen uns. Ja, das tun wir. Jetzt ist es ganz nah.«

»Clemens!« Nun versuchte Regina nicht mehr, ihre Tränen zu verbergen. Sie umarmte Clemens. Beide weinten. Clemens hielt sich an Regina fest wie ein Ertrinkender.

»Dass ich das noch erleben darf!« Clemens drückte seine Wange an ihre. Sie waren genau gleich groß.

Regina streichelte seinen Kopf. »Ich bin so froh, dass du mir nicht böse bist, dass ich mich all die Jahre nicht gemeldet habe. Dass ich nicht gekommen bin.«

»Du bist da!« Clemens küsste sie. »Dass du da bist.«

»Ja, jetzt bin ich da. Wir haben alle Zeit der Welt. Ich bleibe eine Weile hier bei dir. Und vielleicht kannst du mich auch einmal besuchen kommen.«

»Wo ist Papa? Warum ist er nicht da?«

Regina ging zum Fenster und knetete die Finger. »Aber er ist schon lange … das ist passiert als … du warst selbst …«

»Bist du böse auf mich, Mama?«, fragte Clemens.

Regina erstarrte. Wie in Zeitlupe drehte sie den Kopf zu Pia. Ihre Augen waren geweitet, der Mund geöffnet, doch sie sagte kein Wort.

»Das ist nicht deine Mutter, Clemens«, flüsterte Pia. »Das ist deine Schwester. Ihr seid Zwillinge. Regina.«

Clemens stand vom Sofa auf, kniete sich vor das Bett, faltete die Hände und betete laut. »Und vergib uns unsere Schuld, wie auch wir vergeben unseren Schuldigern. Und führe uns nicht in Versuchung. Es sind nur Täuschungen. Ich bin ganz bei Dir, Herr. Erlöse uns von dem Bösen.«

Godric nahm Regina bei der Hand und führte sie nach draußen. Luna folgte Regina und Pia verließ als Letzte den Raum und schloss die Tür. Weiterhin war das Beten von Clemens zu hören. Er steigerte sich in seiner Lautstärke und wiederholte immer dieselben Worte: »Dein Reich komme, dein Wille geschehe.«

»Was ist hier los?«, fragte Regina.

Pia blieb stehen und lehnte sich an die Wand. Sie wünschte sich, die Zeit ein zweites Mal zurückdrehen zu können. Wären sie doch nur nie hierhergekommen!

»Gehen wir zum Speisesaal. Was auch geschieht, manchmal ist es das Beste, sich zuerst um das leibliche Wohl zu kümmern.«

Regina stieß Godric von sich, als der versuchte, sie vorwärtszudrängen.

»Was ist mit meinem Bruder passiert?«

»Er ist dement. Seit Jahren schon. Mich erkennt er als Einzigen, allen anderen begegnet er reserviert oder abweisend, manchmal aggressiv. Er hat es nicht leicht, merkt er doch noch immer von Zeit zu Zeit, wie es um ihn bestellt ist. Es wird einfacher sein, wenn das Vergessen ihn völlig gepackt hat und er nicht mehr mit der Veränderung hadern muss. Wir kümmern uns um ihn und ich insbesondere. Er wird nicht alleingelassen, das kann ich versprechen.«

»Warum haben Sie mir das nicht wenigstens angedeutet?« Regina presste die Lippen aufeinander.

»Die Vergangenheit ist neben den Gebeten und Bibeltexten das, was er am besten erinnert. Ich dachte …«

»Falsch gedacht«, unterbrach Regina ihn. Sie zog eine Visitenkarte aus ihrer Handtasche, reichte sie Godric. »Hier können Sie mich erreichen. Sollte sich sein Zustand verschlechtern, er in ein Pflegeheim müssen oder …« Sie wurde so leise, dass der Rest des Satzes nicht mehr zu verstehen war. Dann wandte sie sich an Pia. »Gehen wir. Jetzt gibt es für uns nichts, was wir tun können. Und ich muss das alles erst einmal sortieren.«

# 25

Am liebsten wäre Pia sofort zurückgefahren, um zügig wieder den Alltag einkehren zu lassen und zu vergessen, was geschehen war. Allein schon bis zum nächsten Vormittag zu warten, war ihr zu viel. Nun saßen sie an der Hotelbar, tranken und redeten. Pia gönnte sich den zweiten Cocktail, während Regina darauf bestand, sich Apfelschorle zu bestellen, als wollte sie sich selbst quälen.

»Wir sind so weit gefahren«, sagte Regina. »Ich bin nicht mehr dieselbe wie vor zwanzig, dreißig Jahren. Damals habe ich mich von nichts und niemandem aufhalten lassen. Die Reisen konnten nie weit genug weg sein und nicht lange genug dauern. Wenn ich konnte, habe ich die Koffer gepackt und bin aufgebrochen. Inzwischen bin ich nur noch müde. Es ist, als könnte ich den Körper noch immer in der gleichen Geschwindigkeit von Ort zu Ort transportieren, aber als würde meine Seele nicht nachkommen. Ich bin wie amputiert.«

»Sicher bist du enttäuscht wegen Clemens. Und es tut mir leid.« Pia hasste dieses Gefühl, dass etwas einfach nur schiefgelaufen war und es im Nachhinein nichts gab, um eine Entscheidung rückgängig zu machen oder wenigstens zu relativieren.

»Das ist es nicht. Ich habe schon lange mit diesem Thema abgeschlossen. Ich bin meinen Weg ohne Clemens gegangen und habe nichts vermisst.« Reginas Lider flackerten nervös.

Pia merkte, dass das nicht stimmte, es war Regina alles andere als gleichgültig, doch sie wollte das Thema nicht vertiefen.

Regina knetete ihre Hände. »Ich will mich nur nicht mehr hetzen, mich nicht mehr unter Druck setzen, um schnell von A nach B zu kommen. Nun sind wir schon einmal hier. Machen wir das Beste daraus.«

»Und das heißt?«

»Wir sind am Meer. Verglichen mit dem Festland ist das Klima mild. Luna liebt es, frei über den Sand zu rennen, andere Hunde zu treffen, neue Umgebungen zu erkunden. Und mich freut es, Luna so ausgelassen zu erleben. Lass uns noch etwas bleiben. Wir haben nichts zu verlieren.«

Pia war nicht überzeugt. Für einen Strandurlaub war es zu kalt, zu windig, zu ungemütlich. Auch bot die Insel wenig Ablenkungsmöglichkeiten. Doch Pia hatte das Gefühl, bei Regina etwas wiedergutmachen zu müssen.

»Wenn es dich freut …«, begann Pia.

»Das tut es.«

»Na dann, Prost.« Pia hob ihr Glas und stieß mit Regina an.

»Auf das Unerwartete. Auf das, was uns dieser Aufenthalt noch schenken wird.«

Pia schwieg, trank in einem Zug ihr Glas leer, dann verabschiedete sie sich. Ob sie jemals so gleichmütig reagieren könnte wie Regina?

»Treffen wir uns morgen früh um zehn vor dem Hotel zu einer gemeinsamen Wanderung?«, fragte Regina. »Dann zeige ich dir, was ich meine.«

Pias »Okay« klang nicht überzeugend, doch Regina ging nicht weiter darauf ein.

In ihrem Zimmer versuchte Pia, sich im Onlinestore die digitale Ausgabe einer Zeitschrift herunterzuladen, aber die Internetverbindung war so langsam, dass der Download immer wieder abbrach. Sie zog sich einen zweiten Pullover an und ihre Jacke, dann kontrollierte sie noch einmal die Heizung, die kalt blieb, obwohl sie so weit wie möglich aufgedreht war. Doch sie war zu müde, um jemanden vom Hotel herbeizurufen, abgesehen davon glaubte sie nicht, dass zu der späten Stunde noch ein Handwerker erreichbar wäre, der sich mit der Heizungstechnik auskannte. So wickelte sie sich fest in ihre Decke und schlief ein. Das Hotel war so dicht am Meer, dass das gleichmäßige Rauschen der Wellen trotz des geschlossenen Fensters zu hören war. Pia stellte sich vor, sie würde in einer Höhle am Meer schlafen, tief im Berg, geborgen und doch frei, jederzeit herauszutreten und zu tun, wonach ihr der Sinn stand.

Ein Türklopfen weckte sie.

»Pia?«

Sie sah auf die Uhr. Es war halb elf. Ihr Pullover und die Leggings waren nass geschwitzt, das Zimmer erhitzt wie eine Sauna.

»Komme sofort, ich gehe nur noch ins Bad. Geh doch schon runter.« Nie zuvor war Pia so schnell unter die Dusche gesprungen und hatte sich so eilig umgezogen. Ihre feuchten Haare bedeckte sie mit einer Mütze. Im Vorbeigehen drehte sie den Thermostat der Heizung wieder herunter und verließ den Raum.

Regina wartete bereits vor dem Hotel und Luna sprang aufgeregt herum, zerrte an der Leine, als ahnte sie, dass dieser Tag in erster Linie ihr gewidmet sein sollte. Der Gang der Hündin war federnd, der Wind zerzauste das Fell und bauschte es auf, doch das schien Luna nicht zu stören, sondern nur noch mehr zu beflügeln. Sobald das Wasser in Sicht und kein anderer Wanderer zu sehen war, löste Regina die Leine. Sofort sprintete

Luna los, drehte sich dabei um die eigene Achse, als wäre sie ein übermütiger Welpe. Sie bellte, blieb stehen und bellte wieder in Reginas Richtung.

»Ich komme ja schon, mein Mädchen!« Regina strahlte über das ganze Gesicht. Nicht nur ihr Mund lachte, sondern auch ihre Augen, und ihre Stirn glättete sich. Nun begriff Pia, was Regina gemeint hatte. Lunas Freude war so ansteckend, dass Pia sich dem nicht verschließen konnte. Pias Schultern lockerten sich, die Spannung im Kiefer, die sie vorher gar nicht bemerkt hatte, ließ nach.

Es war, als würde der Wind alle Sorgen und Grübeleien mit sich fortwehen. Wenn Pia sich über die Lippen leckte, schmeckte sie Salz. Der Blick auf die Häuser des Dorfes und die alte Abtei war so unwirklich schön, als würden sie ein Gemälde betrachten. Es wirkte wie eine Erinnerung an vergangene Zeiten. Noch war die Insel fast menschenleer, die meisten Besucher würden erst später mit der Fähre ankommen.

»Es war eine gute Idee, dass wir …« Pia stutzte. Zuerst erkannte sie nur zwei dunkle Gestalten, die weit entfernt am Strand entlanggingen. Luna blieb stehen, blickte abwartend zwischen Pia und den entgegenkommenden Wanderern hin und her, hob schnüffelnd den Kopf, weitete die Augen und richtete die Ohren nach vorn. Bevor Pia begriff, wer auf sie zukam und wie Lunas Verhalten zu deuten war, sprintete die Hündin laut bellend voraus.

»Was ist da?«, fragte Regina.

»Wanderer.« Nun erkannte Pia, wer sich näherte. Clemens und Godric.

»Luna, hiiiierher«, rief Regina, doch Luna reagierte nicht. Sie raste mit einer solchen Kraft und Schnelligkeit auf die beiden zu, dass Pia befürchtete, sie würde entweder Clemens oder Godric umwerfen. Kurz bevor Luna die Männer erreichte, bremste sie ab und legte sich vor ihnen auf den Boden.

»Was geht da vor sich?«, fragte Regina.

»Ruf sie noch einmal.«

»Luna. Hierher! Komm!«

Doch wieder reagierte Luna nicht, sondern warf sich vor Clemens auf den Rücken, als würden sie sich schon jahrelang kennen.

Regina hielt inne und lauschte. »Die Stimmen, das sind doch die von …«

»Wir sollten nicht hingehen, bestimmt wollen die beiden nicht gestört werden.« Pia wünschte sich so sehr, Regina eine zusätzliche Enttäuschung zu ersparen.

Regina hörte gar nicht zu, sondern hatte sich bereits in Bewegung gesetzt. Sie hob den Führstock so weit hoch, dass er ihr nicht mehr als Orientierung dienen konnte. Pia hielt sich die Hände vor die Augen, um nicht zu sehen, wie Regina stürzte, dann rannte auch sie los.

»Good morning«, grüßte Regina außer Atem und entschuldigte sich für den Übermut ihres Hundes.

Godric beugte sich zu Luna, die sich mit solchem Schwung auf den Rücken drehte, dass Sand aufspritzte, und kraulte ihr den Bauch. Anfangs stand Clemens wie ein Zuschauer daneben, dann berührte auch er vorsichtig das Fell, das voller Sandkörner war.

»Es ist ein so netter Hund«, sagte Godric und Pia war ihm dankbar, dass er die vorherige Begegnung in der Abtei mit keinem Wort erwähnte.

»Sie sind nicht von hier?«, fragte Clemens.

»Nein. Wir haben uns ein Hotelzimmer gemietet. Wir kommen aus Deutschland«, sagte Regina.

Pia zuckte zusammen, wartete darauf, dass die Worte irgendetwas in Clemens auslösten, aber dort war nichts zu erkennen, was über das Gespräch zweier sich zufällig begegnender Fremder hinausging.

»Sind Sie glücklich mit Ihrem Leben im Orden, hier auf dieser abgelegenen Insel?«, fragte Regina.

Clemens blickte sich orientierungslos um, sah auf die Abtei, als würde er das Gebäude zum ersten Mal wahrnehmen. »Ich bin, wo Godric ist, stimmt es, Godric? Nicht jeder hat einen solchen Freund. Es ist ein Geschenk Gottes.«

»Das stimmt. Danke, Godric, dass Sie sich so sehr um Clemens kümmern.«

Pia ließ sich etwas zurückfallen. Ihr fiel es schwer, der Unterhaltung zuzuhören und zuzusehen, wünschte sie sich doch so sehr, Clemens einfach zu packen, zu schütteln und ihm seine Erinnerung zurückzubringen. Sie bewunderte Regina, der es auf den ersten Blick gar nicht schwerzufallen schien, sich auf diese Art und Weise auf Clemens zuzubewegen. Es wirkte wie ein Spiel. Sie war dabei nicht angespannt, ihre Bewegungen waren locker, die Schritte schwingend, als wäre schon das Wenige, was sie bekam, mehr als genug für sie. Sie konnte friedlich neben Clemens hergehen. Sie konnten sich unterhalten. Sie konnte seine Nähe spüren. Wie schwer musste es für Regina sein, einen solchen Kompromiss einzugehen, fragte sich Pia. All die Wünsche über Bord zu werfen, wegen derer sie hierhergekommen waren. Statt einer Klärung der Vergangenheit und einer Aussprache blieb der kurze gemeinsame Weg vom Strand zurück zur Abtei, auf dem Clemens in seiner Zwillingsschwester nur eine Fremde sah.

»Bleiben Sie länger hier?«, fragte Clemens.

»Morgen oder übermorgen reisen wir ab.«

»Schade.« Clemens reichte Regina zum Abschied die Hand und noch einmal wartete Pia darauf, dass irgendetwas passierte, dass Clemens die Ähnlichkeit auffiel zwischen ihm und ihr, dass er sich erinnerte. Clemens schüttelte die Hand länger als gewöhnlich, dann ließ er sie wieder los. »Es ist einsam hier geworden für mich. Oft bin ich in meinen eigenen Räumen.

Deshalb will ich mich besonders für das nette Gespräch bedanken. Es war eine schöne Begegnung.«

Clemens klang völlig klar und überlegt, sodass es ein Leichtes für Regina gewesen wäre, nun doch eine Annäherung zu versuchen, ihn mit der Realität zu konfrontieren. Aber das Einzige, was Regina tat, war, Clemens an sich zu drücken und sich hinterher für die Nähe zu entschuldigen. Sie winkte zum Abschied. Clemens winkte zurück.

Pia wartete, bis die beiden Männer außer Hörweite waren. »Warum hast du denn nichts gesagt? Nicht versucht, ihn auf früher anzusprechen? Ich glaube, es hätte klappen können. Er wirkte gar nicht verwirrt.«

»Irgendwann verschieben sich die Relationen«, sagte Regina. Luna strich ihr um die Beine, als wollte sie Regina trösten. »Die Zeit ist zu schade, um irgendetwas zu klären, um uns auszusprechen und dabei im Zweifelsfall noch in Streit zu geraten. Es ist gut so, wie es ist. Ich war bei ihm und ich konnte merken, wie er auch ganz bei mir war. Seine Schritte sind mit meinen synchron gegangen, hast du das auch gehört? Es war wunderschön, dieser Gleichklang. Es war unwichtig, was früher war. Was er früher für ein Mensch gewesen ist. Und für mich ist es auch unwichtig, was kommen wird. Wir sind noch einmal zusammen gewesen – ohne Groll, ohne Skepsis, ohne irgendetwas, das sich zwischen uns befand und uns voneinander trennte.«

*Die Demenz hat euch getrennt*, wollte Pia sagen, biss sich aber auf die Zunge. Manchmal hatte Regina eine Art zu denken, die Pia nicht verstand. Dann gab sich Regina mit so wenig zufrieden, dass es unfassbar war. Pia blickte in Reginas Gesicht, auf dem ein entspanntes Lächeln lag. Regina war glücklich. Und das war die Hauptsache.

# 26

Pia wusste nicht, wie oft sie in dieser Nacht aufgewacht war. Die Wände des Hotels waren dünn, im Gegensatz zu denen der Abtei. Auch war es in der Abtei wärmer gewesen, alle Zimmer gut geheizt, während es im Innern der Räume hier bei ihrer Ankunft am späten Mittag wieder genauso kalt gewesen war wie draußen. Kurzfristig hatte die Heizung Pias und Reginas Räume im Laufe des Nachmittags erwärmt, doch es schien eine Nachtabschaltung zu geben, denn nun fror Pia erneut, trotz der zwei Decken, die sie übereinandergelegt hatte. Es war nicht nur die Kälte, die sie wach hielt, sondern auch die Erinnerung an die letzte Begegnung von Clemens und Regina. Wie schwer musste es Regina gefallen sein, diesen Schritt zu gehen und sich so sehr zurückzunehmen? Doch Regina wirkte dabei nicht angestrengt, im Gegenteil. Gleichzeitig dachte sie an die Mail von Fabian, an ihre Streitereien, die unterschiedlichen Lebensvorstellungen, ihrer beider Kleinkariertheit. Wenn Regina eine Hürde von zehn Metern überwunden hatte, indem sie sich so sehr zurückgenommen und dadurch die Begegnung erst ermöglicht hatte, war die Hürde, die zwischen Fabian und ihr lag, im Vergleich dazu höchstens zehn Zentimeter hoch. Und trotzdem gelang es ihr nicht, diese zehn Zentimeter zu überwinden. Es waren gekränkte Eitelkeit, verletzter Stolz, der Wunsch, das Leben würde nach den eigenen Vorstellungen ablaufen. Doch war der Alltag ein Wunschkonzert? Mit Mühe gelang es ihr, diese Gedanken beiseitezuschieben, wenn sie sich auf ihren Atem konzentrierte, darauf, wie sich die Bauchdecke hob und senkte. Immer wenn sie in einen Halbschlaf glitt und die Konzentration auf ihren Körper nachließ, sah sie wieder Fabian vor sich und dachte daran, dass sie sich ihm gegenüber lächerlich verhielt und er sich ihr gegenüber teilweise nicht weniger lächerlich. So sehr hatte sie gehofft, dass die Reise sie auf andere Gedanken bringen würde, weg von Fabian, doch stattdessen erschien er ihr näher als zuvor und ihre Sehnsucht nach ihm war nicht abgeflaut, auch wenn sie versuchte, sich das Gegenteil einzureden.

Doch sie war nicht Regina. Und Fabian war nicht Clemens. Was müsste geschehen, damit sie beide nebeneinander einen Strandabschnitt entlanglaufen könnten, unabhängig von Vergangenheit und Zukunft, einfach nur, um die Nähe des anderen zu genießen?

Aus dem Nachbarzimmer erklang ein Husten. Während des Abendessens war es nur ein häufiges Räuspern gewesen, das Pia auf die Aufregung der Wiederbegegnung geschoben hatte. Nun rang Regina nach Luft, der Husten wollte gar nicht mehr aufhören. Pia richtete sich auf, wollte zu Regina hinübergehen, doch dann war alles ruhig. Aus dem Raum auf der anderen Seite war Duschwasserprasseln und ein leises Gespräch in Englisch zu hören. Das gleichmäßige Wasserrauschen ließ Pia schnell einschlafen.

Als sie das nächste Mal erwachte, war es draußen bereits hell. Sie nahm ihr Handy vom Nachttisch und sah auf die Uhr: bald zwölf. Pia richtete sich ruckartig auf. Ihr Shirt war nass geschwitzt. Nun war die Luft trocken und warm, die Temperatur im Raum tropisch. Pia öffnete ein Fenster, um die kühle Meeresluft hereinzulassen. Ihr Blick schweifte über die vom Winter noch braune Grasfläche zur Abtei. Ob Clemens die beiden Treffen mit seiner Schwester bereits vergessen hatte?

Wieder erklang das Husten aus Reginas Zimmer. Pia zog sich einen frischen Pullover an, dann trank sie ein paar Schluck Wasser aus dem Hahn und ging direkt zum Nachbarzimmer. Sie klopfte.

»Regina?«

Sie klopfte noch einmal, wartete, schlug mit den Fingerknöcheln vehementer gegen die Zimmertür, woraufhin Luna laut zu bellen begann. Vergeblich versuchte Pia, die Tür zu öffnen. Es war von innen abgeschlossen. Sie lugte durchs Schlüsselloch und atmete auf. Zumindest steckte der Schlüssel nicht.

Als auf ein weiteres Klopfen wieder nicht geöffnet wurde, ging Pia zur Rezeption. Erst auf der Steintreppe merkte sie an der Kälte unter ihren Fußsohlen, dass sie vergessen hatte, Schuhe anzuziehen. Doch zurückkehren wollte sie nicht. Sie versuchte nicht, ihre Aufregung zu verbergen, im Gegenteil: Sie schilderte ihre Sorge dramatischer, als sie war, um die Frau an der Rezeption zu einer Handlung zu bewegen. Möglicherweise war Regina schwer erkrankt und konnte nicht aufstehen.

Fünf Minuten später schloss die Hotelangestellte Reginas Zimmer auf. Bellend stürmte ihnen Luna mit einer solchen Heftigkeit entgegen, dass Pia Schwierigkeiten hatte, auf beiden Beinen stehen zu bleiben.

»Gleich kannst du raus, mein Mädchen! Ich muss mir nur noch Schuhe anziehen. Und nach deinem Frauchen sehen.« Pia sprach beruhigend, doch Luna rannte unbeeindruckt den Gang auf und ab, sprang gegen Zimmertüren und gegen die Glastür, die den Flur vom Treppenhaus trennte.

»So geht das nicht! Bringen Sie den Hund unter Kontrolle!« Die Frau wich vor Lunas Bewegungsdrang in Reginas Zimmer aus, woraufhin Luna versuchte, das Bett zu beschützen und jeden zu vertreiben, der sich näherte.

»Ich bekomme das in den Griff. Wenn etwas ist, rufe ich unten an. Besser, Sie gehen jetzt.« Pia registrierte, dass Luna auf die Hotelangestellte sehr aggressiv reagierte, laut knurrte, die Nase kräuselte und vor ihr in die Luft schnappte.

»Ihre Mitreisende ... Soll ich einen Arzt verständigen?«

Pia schob die Frau aus dem Zimmer. »Danke. Vorerst nicht. Ich melde mich.« Sie dachte nur daran, das Bellen und Fiepen zu beenden, das Knurren und Schnappen. Wenn der Hund in der Stimmungslage bliebe, wäre es nur eine Frage der Zeit, bis etwas zu Bruch ginge oder – noch schlimmer – jemand gebissen würde. So hatte Pia Luna noch nie erlebt. Immer war die Hündin ruhig und friedlich, geduldig und unauffällig gewesen, nun schien sie völlig außer Kontrolle zu geraten. Es war kaum zu glauben, dass es sich um denselben Hund handelte. Das Bellen wurde höher und panischer, sodass Pia eine Gänsehaut an den Unterarmen bekam.

Die Hotelangestellte blieb erstarrt stehen, anstatt sich wegzubewegen. Das Entsetzen war ihr anzusehen.

»Bitte«, sagte Pia, »gehen Sie. Ich kümmere mich um alles.«

Sie atmete auf, als sie die Tür schließen konnte und mit Luna und Regina allein war. Regina schien von alledem nichts mitzubekommen. Nun beruhigte sich auch Luna. Sie bellte nicht mehr, fiepte nicht laut, sondern gab nur ein leises Winseln von sich. Noch immer stand sie wie eine Wächterin vor Reginas Bett.

Kurz zweifelte Pia daran, dass Regina lebte, doch dann sah sie, wie sich der Brustkorb unter der Decke hob und senkte, wie die Nasenflügel flatterten. Regina atmete schnell. Zu schnell.

»Luna«, flüsterte Pia. Sie bückte sich und lockte die Hündin mit ihrer Hand zu sich heran, vermied dabei, Luna oder Regina direkt anzusehen, um das Tier nicht zu provozieren. »Komm. Komm mal her zu mir.«

Luna folgte der Aufforderung.

»So ist fein. Und jetzt …« Pia hob eine Hand und wies mit dem Zeigefinger nach oben, wie sie es bei Regina mehrmals beobachtet hatte. »Sitz.«

Luna setzte sich.

Auch wenn Pia befürchtete, dass Luna sofort wieder aufspringen würde, blieb die Hündin sitzen. Langsam stand Pia auf und behielt sie aus dem Augenwinkel im Blick. Jeden Moment rechnete sie mit einer Abwehrhandlung von Luna.

Pia zitterte, als sie sich Regina näherte. Die Situation war so angespannt, Luna so wachsam, dass Pia das Gefühl hatte, die Luft im Raum würde knistern. Luna kräuselte die Nase, fletschte die Zähne. Dann merkte Pia, dass sie sich das Geräusch nicht einbildete, sondern dass es real existierte. Das Knistern war leise, aber deutlich wahrnehmbar ein Teil von Reginas Atem.

»Regina?« Pia strich über Reginas Kopf, umfasste die Hand, die halb aus dem Bett heraushing. Die Hand war heiß und schwer und schien dabei so zerbrechlich, als würde Pia einen kranken Vogel umfassen.

Regina reagierte nicht.

Wieder war das Knistern beim Atmen deutlich zu hören. Pia fluchte laut. Sie brauchte Hilfe. Wo war ein Fieberthermometer, irgendjemand, der ihr sagte, was sie tun sollte?

Reginas Arm rutschte schlaff in Richtung der Decke, als Pia lockerer ließ. Um den Fall des Armes aufzuhalten, packte Pia fester zu. Sie erwischte das Handgelenk und stutzte. Der Puls war überdeutlich, so schnell, dass sie zuerst an ihrer Wahrnehmung zweifelte, ob es wirklich der Puls war, den sie tastete. Doch, es war der Puls. Pia blickte auf die Wanduhr über dem Bett, die auch einen Sekundenzeiger besaß. Sie zählte eine Viertelminute lang die Schläge. Es waren 32. Sie zählte eine vollständige Minute lang. 131 Schläge. Sie wusste nicht viel über Medizin, war nie richtig krank gewesen, aber sie wusste, dass mit Regina etwas ganz und gar nicht stimmte.

Luna saß noch ruhig in der Mitte des Raumes, zeigte keine Zeichen von Aggressivität oder Aufregung mehr, was Pia bewunderte, da die Hündin bestimmt dringend nach draußen musste. Doch so verrückt sie sich in Gegenwart der Fremden verhalten hatte, so friedlich und genügsam blieb Luna jetzt.

Pia setzte sich aufs Bett. Ihre Knie drohten einzuknicken.

»Nicht sterben«, flüsterte sie und griff zum Telefonhörer.

Sie bat an der Rezeption, so schnell wie möglich nach einem Arzt zu schicken, machte sich aber keine großen Hoffnungen. Gab es auf dieser abgelegenen Insel einen Arzt? Oder fuhren die Menschen zum Festland, wenn sie krank waren? Wie viele Einwohner mochte die Insel mitten im Nordatlantik überhaupt haben? Über hundert konnten es nicht sein. Pia fluchte laut.

Luna kam und legte ihren Kopf auf Pias Oberschenkeln ab. Vorsichtig streichelte Pia über ihr Fell. Sie brauchten einen Arzt. Sie musste mit der Hündin raus. Sie musste sich anziehen, am besten alles gleichzeitig und schon vor mehreren Stunden. Pias Tränen tropften auf Lunas Rücken. Die ließ sich davon nicht irritieren, sondern verharrte bewegungslos. Zehn Minuten würde es mit der Fähre dauern bis nach Fionnphort auf Mull. Dann die Insel überqueren und weiter nach Oban. Diese Reise würde Regina in ihrem jetzigen Zustand nie bewältigen. Pia verfluchte ihre Idee, überhaupt hergekommen zu sein. Wozu hatte es geführt? Kurz ging sie in ihr eigenes Zimmer, holte sich eine Weste zum Überziehen und ihre Stiefel, die sie ohne Socken anzog, um Luna nicht zu lang allein zu lassen.

In Reginas Zimmer wurde Pia noch einmal bewusst, wie übel die Situation war, in der sie sich nun befanden. Ein Klopfen riss sie aus ihren trüben Gedanken.

»Kann ich hereinkommen?«, erklang eine Männerstimme auf Französisch.

Luna bellte wie verrückt. Sie begann wieder, durch den Raum zu rennen, fegte dabei die Tischdecke herunter und damit eine Blumenvase um. Es schepperte, krachte und donnerte, als sich Luna gegen die Tür warf.

»Ja. Yes. Oui«, sagte Pia. »Moment. Un moment, s'il vous plaît.«

Während sie einen Gürtel suchte, um Luna an der Heizung festzuketten, weil sie die Leine nirgends im Raum herumliegen sah, antwortete der Mann draußen etwas, das Pia nicht verstand. Lunas Bellen übertönte alles. Pia befürchtete schon, Luna würde zuschnappen bei ihrem Versuch, das Halsband zu berühren. Pia hielt vor Anspannung die Luft an und fluchte, dass Luna ihr Geschirr nicht trug. Am Geschirr wäre die Hündin viel leichter zu packen gewesen. Doch Luna wehrte sich nicht. Pia zog den Gürtel zwischen Fell und Halsband hindurch und nutzte die Gürtelschnalle, damit der Gürtel nicht wieder herausrutschen konnte. Sie fädelte einen ihrer Schnürsenkel durch ein Gürtelloch und band den Senkel an die Heizung. Das war die Schwachstelle an der gesamten Konstruktion, denn auch wenn ihre Stiefel dickere Senkel hatten als übliche Schuhe, hatte Pia nie die Belastbarkeit getestet, falls sich ein Hund mit ganzer Wucht dagegenwarf. Als Luna festgebunden war, musste Pia tief durchatmen von der Anstrengung.

Sie dachte nicht daran, dass sie vorsichtiger gehen musste, weil der Stiefel nur noch locker am Fuß saß. Der Schmerz kam so plötzlich, dass es Pia schwindelig wurde. Erst dann bemerkte sie, dass sie aus dem Stiefel herausgerutscht war. Sie hob behutsam den Fuß und zog eine Keramikscherbe von der Vase aus der Ferse. Blut tropfte auf den Teppich, als sie zur Tür humpelte. Luna bellte weiterhin, aber das war Pia nun egal. Sollte die Hündin doch toben. Befreien würde sie sich nicht können und weitere Dinge zerstören konnte Luna von ihrem Ort aus nicht mehr. Wenn der Schnürsenkel bisher gehalten hatte, würde er auch weiterhin seinen Dienst tun.

Luna warf sich gegen den Gürtel, so fest, dass das Halsband sie würgte und sie röchelte. Dann gab sie auf, legte sich hin und fiepte.

Pia humpelte ins Bad und wickelte sich Toilettenpapier um den verletzten Fuß, schlüpfte anschließend zurück in den Stiefel. Darum würde sie sich später kümmern. Sie öffnete die Tür und sofort begann Luna wieder zu bellen und sich gegen die Befestigung zu werfen. Pia entschuldigte sich für das Chaos und merkte, dass sie es nicht schaffte, Lunas Lärm mit ihrer Stimme zu übertönen. So befreite sie die Hündin und musste alle Kraft aufbieten, um die protestierende Luna ins Bad zu schieben und dort einzusperren. Das Bellen wurde zwar nicht leiser, durch die geschlossene Tür klang es aber zumindest so abgedämpft, dass eine Unterhaltung möglich war. Donnernd warf sich Luna gegen das Holz, scharrte mit den Pfoten. Dann wurde es stiller. Pia rechnete damit, dass Luna nur eine Pause einlegte und der Protest bald wieder aufbranden würde, aber es blieb ruhig.

Was für ein Arzt er denn sei, fragte Pia. Ihr kamen Zweifel. Falls Regina falsch behandelt würde, falls die richtige Behandlung nur herausgezögert würde, wären die Folgen kaum absehbar. Eventuell müsste Regina eine Fehlentscheidung mit dem Leben bezahlen. Reginas Atem ging flach und schnell. Noch immer war das seltsame Knistern zu hören.

»Internist. Aus Paris«, sagte der Mann.

Pia wusste nicht mehr, ob er sich vorgestellt hatte oder nicht, ob sie ihren Namen genannt hatte oder nicht, doch diese Überlegungen waren nun nebensächlich. Sie beobachtete, wie der Arzt sich über Regina beugte, zum Gang ging, einen Koffer holte, Fieber maß, die Lunge abhörte. Seine Stirn war gerunzelt, sein Blick ernst.

Auch wenn seine Bewegungen sicher wirkten, kamen Pia Zweifel. Ob er hier auf der Insel praktiziere, fragte sie und konnte nicht glauben, dass es in der Kürze der Zeit wirklich möglich gewesen war, jemanden aufzutreiben, der Regina helfen würde.

»Ich mache hier Urlaub. Wohne einen Stock über Ihnen. Wenn Sie mich jetzt bitte entschuldigen.« Er konzentrierte sich wieder auf Regina, fühlte den Puls.

Pia schwieg. Sie wollte ihn nicht stören, aber als er eine Spritze auspackte und den Ärmel von Reginas Nachthemd hochschob, wurde ihr mulmig.

»Was machen Sie da?«

Wieder begann Luna zu bellen, wohl aufgeschreckt von der Panik in Pias Stimme.

Der Arzt ließ sich dadurch nicht aus der Ruhe bringen. Von seinen Erklärungen konnte Pia nicht jedes Wort verstehen, viele Begriffe waren ihr unbekannt, andere vermischten sich mit dem Bellen, aber das, was der Arzt ihr sagen wollte, verstand Pia: Eigentlich wäre es notwendig, Regina sofort zur Untersuchung in ein Krankenhaus zu transportieren. Es müsse eine Röntgenaufnahme der Lunge gemacht werden, Blut abgenommen, um die Erreger zu bestimmen. Wahrscheinlich sei es eine Lungenentzündung. Was er sagte, klang schlüssig und kompetent. Er war sich dessen, was er tat, völlig sicher.

Der Arzt verabreichte Regina ein Antibiotikum mit der Spritze und ließ zwei unangebrochene Tablettenpackungen da: Dreimal täglich solle Regina je eine der Tabletten nehmen.

Pia nickte.

Er versprach, am Nachmittag erneut nach Regina zu schauen, um dann gemeinsam zu entscheiden, ob ein Hubschrauber gerufen werden sollte.

»Nein.« Die Stimme klang so fremd, dass Pia sie zuerst nicht zuordnen konnte. Regina hatte die Augen noch immer geschlossen, es wirkte, als würde sie schlafen, nur ihre Lippen bewegten sich. »Ich will das nicht.«

Pia übersetzte Reginas Worte ins Französische.

»Da haben Sie keine Wahl. Was getan werden muss, muss getan werden«, sagte der Arzt.

»Aber ...«, begann Regina und brach ab. Nun war Lunas Bellen so schrill, dass es schmerzte, und so laut, dass Pia in den Bellpausen ein Summen in den Ohren hörte wie ein Tinnitus.

Pia versicherte, dass sie sich um alles kümmern würde und vorerst keine Hilfe mehr brauchte. Sie atmete auf, als sie mit Regina wieder allein im Raum war und Luna herauslassen konnte.

»Luna. Meine Luna«, flüsterte Regina.

Die Hündin stürmte Reginas Bett, doch als Pia Luna von den Decken auf den Boden zerren wollte, hob Regina abwehrend die Hand.

»Aber das geht nicht. Du brauchst Ruhe«, sagte Pia. »Luna muss weg.«

»Lass sie.«

»Wie du meinst.« Mit der eintretenden Entspannung durch die Stille im Raum spürte Pia wieder den Schmerz an ihrem Fuß. Sie brauchte Verbandszeug. Doch zuerst musste sie die Scherben beseitigen, damit es zu keinen weiteren Verletzungen vor allem bei Luna kam, und das Zimmer grob aufräumen. Wenn Luna in eine Scherbe treten würde – das war für Pia eine absolute Horrorvorstellung. Jetzt noch einen Tierarzt wegen einer möglichen Pfotenverletzung aufzusuchen, war nicht realisierbar. Sie musste sich zwingen, nicht zu Regina hinzusehen. Ihre Gesichtsfarbe war bleich und durchscheinend, die Lippen bläulich. Sie ärgerte sich, dass sie vergessen hatte zu fragen, wie hoch denn das Fieber war. Ein eigenes Fieberthermometer, das sie nutzen konnte, gab es nicht. Luna hüpfte auf das Fußende, drehte sich mehrmals um die eigene Achse, sodass auf der

Decke eine Kuhle entstand, dann rollte sie sich halb auf Reginas Beinen zusammen und schlief ein. Auch Reginas Atem ging nun ruhiger und langsamer.

»Regina?«, fragte Pia.

Regina antwortete nicht. Pia zweifelte, ob es ihr gelingen würde, Regina die Tabletten zu verabreichen. Und was war mit der Flüssigkeitsversorgung? Regina musste zumindest trinken, wenn sie schon nichts aß. Mühsam humpelte Pia ins Bad, füllte ein Glas mit Wasser und stellte es auf den Nachttisch. Direkt nach dem Aufsammeln der Scherben würde sie versuchen, Regina etwas davon einzuflößen. Es gab noch so viele Fragen, die ihr im Nachhinein einfielen, die sie dem Arzt hätte stellen sollen. Doch dessen Zuversicht beruhigte sie. Er war anscheinend sicher gewesen, dass Regina die Zeit bis zum Nachmittag gut überstehen würde.

Pia gelang es, die Scherben ohne weitere Verletzung in den Mülleimer zu befördern. Das Chaos wirkte im ersten Moment größer, als es war. Nach ein paar Minuten war das Zimmer wieder so hergerichtet, dass niemand mehr erkennen konnte, was passiert war. Auch die Blutflecken ließen sich mit Seife gut aus dem Teppich entfernen. Da er hellbraun war, blieben nur dunkle Schatten bestehen, die sich aber möglicherweise geben würden, wenn die Feuchtigkeit trocknete.

An der Rezeption besorgte sich Pia einen Verband für ihren Fuß und die Handynummer des Arztes, für den Notfall. Die Hotelangestellte weigerte sich, für die zerstörte Vase und das nach der Teppichputzaktion nicht mehr nutzbare Handtuch eine Rechnung auszustellen. Es sei schon okay, meinte sie.

Als Pia wieder Reginas Zimmer betrat, hatte sich diese auf die Seite gedreht. Das Wasserglas war geleert. Luna schlief noch immer zusammengerollt am Fußende.

»Regina?« Pia nahm ihre Hand, die sich unverändert heiß anfühlte. Das Fieber schätzte Pia auf 39 oder 40 Grad.

Sie ging ins Bad und füllte das Glas erneut am Wasserhahn auf. Vorsichtshalber stellte sie anschließend ein zweites Glas mit Wasser daneben auf den Nachttisch. Dann verband sie ihren Fuß, der inzwischen aufgehört hatte zu bluten. Die Einlegesohle war nass und nicht mehr zu gebrauchen. Pia warf sie in den Mülleimer. Wegen des Verbandes brauchte sie auch keine zusätzliche Sohle, der Schuh wäre sonst zu eng geworden.

Eigentlich müsste sie etwas essen, sagte sich Pia. Inzwischen war es schon nach Mittag. Doch sie hatte noch keinen Hunger, sondern spürte nur eine endlose Müdigkeit und Kälte. Pia nahm Reginas Mantel, warf ihn sich wie eine Decke über und ging zum Sessel. Nur für ein paar Sekunden wollte sie die Augen schließen. Im Wegdämmern merkte sie, wie sie langsam tiefer und tiefer in den Schlaf glitt. Einfach nur liegen, es war so angenehm. Und sie war so schlapp.

Kurz wachte sie auf, als es ihr heiß wurde. Sie bewegte sich etwas und es wurde kühler. Wie aus der Ferne nahm sie ein Bellen wahr, das aber direkt verstummte. Sie öffnete die Augen und es war dunkel. Doch bevor sie sich darüber klar wurde, was das bedeutete, war sie wieder eingeschlafen.

Als sie vollständig aufwachte, schien ihr die Sonne hell ins Gesicht. Pia blinzelte. Ihr Mund fühlte sich trocken an, die Lippen klebrig. Ihr Kopf schmerzte. Beim Aufsetzen musste sie husten. Erst dachte sie, dass die Hitze von der Sonne käme, dann merkte sie, dass sie selbst es war, von der die Wärme ausging.

»Na, aufgewacht?«, erklang es.

Pia blickte sich verwirrt um. Ihr Blick fiel auf Regina, die im Bett saß und eine Flasche Mineralwasser und einen Teller mit drei belegten Brötchen in den Händen hielt.

»Möchtest du eins davon? Schinken oder Käse? Eigentlich bin ich keine begeisterte Schinkenesserin, aber diesen hier solltest du probieren.« Regina zeigte auf eines der Brötchen.

Bei der Vorstellung, etwas zu essen, wurde es Pia übel. »Nein danke.«

Regina wirkte lebendig und wie ausgewechselt. »Dass es mir so schnell besser geht, hätte ich nicht erwartet. Der Arzt ist gut. Heute war er auch schon da und meinte, dass es reicht, wenn ich die Tabletten weiternehme. Gestern habe ich noch eine Infusion bekommen, aber ein zweites Mal war das nicht mehr notwendig. Kommst du mit an die frische Luft? Nur kurz? Die Sonne scheint. Hier im Hotel sind alle so nett. Das Zimmermädchen ist zweimal mit Luna rausgegangen, jeweils für eine halbe Stunde.«

»Toll.« Pia war es, als würden Reginas Worte mit Verspätung bei ihr ankommen. Mühsam wiederholte sie das Gehörte in Gedanken, um es zu verstehen.

»Sag bloß, dich hat es jetzt auch erwischt! Du bist so wort-karg. Und deine Stimme klingt belegt.« Regina richtete sich weiter auf und schob das Kopfkissen tiefer unter ihren Rücken.

»Nein. Alles okay. Ich habe nur zu lang geschlafen. Bin etwas benommen. Noch nicht ganz aufgewacht.« Sie wollte nicht, dass Regina sich Sorgen machte. Aus Erfahrung wusste sie, dass Infekte bei ihr kurz und heftig auftraten und mit Schlaf und Ruhe schnell besser wurden. Sicher, eine Garantie, dass es auch jetzt so verlaufen würde, gab es nicht, aber eine andere Möglichkeit wollte sie nicht in Erwägung ziehen.

Regina stellte den Teller mit Brötchen beiseite, setzte sich auf die Bettkante und streckte sich.

»Bin kurz im Bad«, sagte Pia. Sie stand auf. »Soll ich dir deine Kleidung reichen? Meinst du nicht, es ist doch zu anstren-gend, jetzt schon rauszugehen?«

»Beide Male: nein. Ich bin wieder fit, fast jedenfalls.«

Anfangs musste Pia sich an der Wand festhalten, um nicht zu taumeln, dann wurde ihr Gang sicherer. Luna lag wie ein Bettvorleger mitten im Raum. Von der Nervosität des Vortages war der Hündin nichts mehr anzumerken. Im Gegenteil – es war, als hätte all die Aufregung Luna so erschöpft, dass sie erst einmal ausschlafen musste. Selbst als Pia aus Versehen mit einem Fuß gegen Luna stieß, reagierte sie nicht. Am Waschbecken angekommen, spritzte Pia sich Wasser ins Gesicht. Die Kühle war angenehm und klärte ihre Gedanken. Sie trank aus dem Hahn, bis ihr Durst gelöscht war. Dann wischte sie sich mit einem der Handtücher übers Gesicht. Der Blick in den Spiegel zeigte gerötete Augen mit dunklen Ringen, blasse, rissige Lippen. Die Haut war voller roter Flecken, die juckten, wenn sie mit dem Finger darüberfuhr. Seit ihrer Kindheit hatte sie diesen Fieberausschlag nicht mehr gehabt, den sie noch so gut von früher kannte. Sie befeuchtete ein Handtuch mit kaltem Wasser und presste es gegen das Gesicht. Das brachte den Ausschlag zumindest so weit zum Verblassen, dass er nur bei genauerem Hinsehen sichtbar war und niemand bei einer Begegnung annehmen würde, sie hätte sich eine Kinderkrankheit eingefangen.

Pia hängte das Handtuch zum Trocknen über die Heizung und öffnete die Tür. Regina stand bereits vollständig angezogen an der Tür zum Gang. Luna trug schon das Geschirr, an dem sich Regina festhielt. Beim Blick auf Pia begann Luna zu winseln und blickte mit weit geöffneten Augen um sich.

»Na, was hast du denn, mein Mädchen?«, sagte Regina.

»Ich glaube, sie will nur raus. Bestimmt ist es dringend.« Von der Sorge, dass Luna ihr die Aktion mit dem Gürtel übel nahm, wollte Pia nicht reden. Luna beobachtete Pia skeptisch und ließ sie nicht aus den Augen.

»Sicher ist es das nicht. Erst vor einer Stunde war das Zimmermädchen mit ihr draußen. Die beiden waren ganz verliebt ineinander.«

»Einen Augenblick, bin gleich zurück. Ich ziehe mir nur was über.« In ihrem Zimmer wechselte Pia die Stiefel, löste den

Verband, zog Socken an, nahm Jacke und Mütze und beeilte sich, zu Regina zu kommen.

Noch auf der Treppe ins Freie dachte Pia, dass sie keine fünf Minuten des Spaziergangs durchhalten würde, ohne sich hinzusetzen. Sie hielt die Sitzgelegenheiten im Blick: eine kniehohe Mauer rechts, eine Treppe auf der linken Seite, ein Baumstumpf etwas weiter vorn. Doch schon bald merkte sie, wie ihr die frische Luft, die vom Meer herüberwehte, und das Sonnenlicht guttaten. Die bleierne Müdigkeit und Erschöpfung wichen von ihr. Auch die Kopfschmerzen verschwanden so schnell, als hätte sie jemand mit einem Schalter ausgeknipst, und der Hustenreiz und das Fremdkörpergefühl in der Lunge waren weg. Die Landschaft mit dem Meer, der klaren Luft, dem blauen Himmel und den hügeligen Grasflächen war wunderschön.

Noch bevor sie das Wasser erreicht hatten, wollte Regina umkehren. Pia schloss sich ihr an, anfangs aus Sorge, Regina würde es wieder schlechter gehen und sie bräuchte Hilfe, doch bei der Ankunft vor den Hotelzimmern merkte Pia, wie erschöpft sie selbst war.

»Darf ich mir zwei Brötchenhälften mitnehmen? Ich ruhe mich dann kurz in meinem Bett aus«, sagte Pia.

»Die Hotelwirtin wollte mir sowieso etwas vom Mittagessen aufs Zimmer bringen. Du musst sie kennenlernen, sie ist ungeheuer nett und zuvorkommend. Und der Arzt wollte auch noch einmal kommen und nach mir sehen. Vielleicht sollte er anschließend nach dir schauen? Ich fange an, mir Sorgen zu machen. Du klingst wirklich nicht gut. Und siehst angeschlagen aus.«

»Ich nehme nur die zwei Brötchen und ruhe mich kurz aus. Okay? Das wird schon wieder.«

Regina antwortete nicht. Pia hatte das Gefühl, von Reginas Blick durchleuchtet zu werden, dann sagte sie sich, dass das unmöglich war. Doch sie merkte, wie alle Sinne von Regina auf sie gerichtet waren.

»Und es ist wirklich alles in Ordnung bei dir?«, fragte Regina.

»Sicher.« Pia beeilte sich, die Brötchenhälften zu nehmen und in ihr Zimmer zu kommen. Hastig aß sie, trank dazu wieder Wasser aus dem Hahn. Sie streifte die Schnürstiefel von den Füßen und ließ sich mitsamt ihrer Jacke und der Mütze aufs Bett fallen. Bevor ihr Kopf das Kissen berührt hatte, merkte sie, wie ihre Gedanken wegdrifteten und sie in einen tiefen Schlaf glitt.

# 27

Mitten in der Nacht wachte Pia auf. Ihr war heiß. Sie zog ihre Jacke aus, nahm die Mütze ab und tastete in der Hosentasche nach ihrem Handy. Es war kurz nach ein Uhr. Vorsichtig drückte sie gegen ihre Schläfen in Erwartung von einsetzenden Kopfschmerzen, die jedoch ausblieben. Sie hustete. In der Lunge entwickelte sich kein Brennen oder Stechen mehr. Auch das Schwindelgefühl beim Aufstehen war weg.

Mit der Handytaschenlampe ging Pia zum Nachbarzimmer. Vorsichtig klopfte sie.

»Regina?«

Niemand antwortete. Pia drückte die Klinge hinunter und merkte, dass die Tür nicht abgeschlossen war. Luna grummelte leise, verstummte aber, als Pia sie flüsternd lockte und sich dabei bückte. Der warme Atem in ihrem Gesicht und das anschließende unerwartete Kitzeln der Hundeschnauze an ihrem Ohr brachten Pia zum Lachen. Zuerst dachte sie, Regina geweckt zu haben, doch dann hörte sie den weiterhin ruhigen, gleichmäßigen Atem aus Richtung des Bettes. Vorsichtig näherte sich Pia an, ohne die Handytaschenlampe zu Hilfe zu nehmen. Das Mondlicht, das durch das Fenster fiel, reichte aus, um Reginas Umrisse zu erkennen. Pia berührte sanft Reginas Stirn, die sich nun sogar kühl anfühlte. Der Geruch nach Gemüsesuppe ließ ihren Magen knurren. Pia tastete nach dem Teller auf dem Nachttisch, der jedoch leer war. Auch das leise Scheppern des Löffels auf dem Porzellan beim Zurückstellen brachte Regina nicht zum Aufwachen.

Pia streichelte über Lunas Fell, dann verließ sie den Raum und zog die Tür hinter sich zu. Dass nicht abgeschlossen war, beunruhigte Pia nicht, hatte Regina doch eine lebendige Alarmanlage vor dem Bett. Lunas Bellen war auch in den Nachbarzimmern nicht zu überhören.

Am nächsten Morgen brauchte Pia ein paar Minuten, um zu begreifen, wo sie sich befand. Zuerst tastete sie mit der Hand neben sich und glaubte, Fabian zu berühren, dann merkte sie, dass es nur ein Knäuel aus Decken und Kissen war. Das Bett war zerwühlt, ihre Kleidung so nass geschwitzt, als hätte sie unter der Dusche gestanden. Das Stimmengewirr draußen vor dem Hotel klang so seltsam dumpf, dass sie an ihre Ohren fühlte, um das Ohropax herauszuziehen, doch dort befand sich nichts. Ein Räuspern und Gähnen brachte ihr den gewohnten Höreindruck zurück, auch der Druck auf dem Trommelfell verschwand. Langsam begriff sie: ein Hotelzimmer. Das Bellen von nebenan kam von Luna. Regina. Schottland. Iona. Die Abtei und das Treffen mit Clemens, das so schiefgegangen war, dann die Begegnung der Zwillinge am Meer. Die Trennung von Fabian. Der Unfall. Die Erinnerung kam so plötzlich und erschreckend, dass sie bewegungslos liegen blieb, obwohl sie wusste, dass sie sich dringend umziehen musste, um sich durch die kühle Winterluft, die durch das gekippte Fenster drang, nicht zusätzlich zu erkälten. Sie zog alle Decken, die auf dem Bett vorhanden waren, über sich und wartete ab. Sie konzentrierte sich auf die salzige Luft, die hereinwehte, auf den Anblick der vorbeiziehenden Wolken. Nach einer Weile rekelte und streckte sie sich vorsichtig. Die Schmerzen waren verschwunden, auch fühlte sie sich nicht mehr krank.

Mit einem Ruck stand Pia auf. Hektisch zog sie sich aus, warf die Kleidung in die Ecke, ging ins Bad, wusch sich kurz unter den Armen, an Händen und Gesicht, suchte frische Kleidungsstücke heraus und zog sich wieder an. Das Bellen aus dem Nachbarraum trieb sie zur Eile und steigerte auch von Minute zu Minute ihre Nervosität.

Zügig verließ Pia ihr Zimmer und öffnete die Tür zu Reginas Zimmer. Unruhig lief Regina auf und ab, verfolgt von Luna, die versuchte, nach Reginas Bein zu schnappen. Pia schüttelte den Kopf. Es wirkte, als hätten beide den Verstand verloren, als wäre Regina in einem Käfig eingesperrt wie eine alte Löwin im Zoo.

»Regina!«

Regina hielt inne, blieb stehen, doch Luna schnappte noch immer nach Reginas Hosenbein.

»Aus!« Regina schob die Hündin beiseite.

»Was ist denn hier los?«

Regina setzte sich aufs Bett, während Luna mitten im Raum verharrte. Wie ein Fisch, der aus dem Wasser gezogen worden war, öffnete und schloss Regina mehrmals den Mund, dann begann sie zu sprechen. »Ich habe eine Nachricht vom Kloster bekommen. Clemens hatte einen Schlaganfall. Er ist ins Krankenhaus nach Edinburgh geflogen worden.«

Pia lehnte sich gegen die Wand und versuchte zu begreifen, was das für Regina bedeutete. Ihre Reaktion zeigte, dass all die Gleichgültigkeit, die sie beim Besuch in der Abtei und auch während der gemeinsamen Wanderung am Strand gezeigt hatte, nicht dem entsprach, was wirklich in ihr vorging. Trotz all der Jahrzehnte, die die Zwillinge getrennt gewesen waren, bestand ein Band zwischen ihnen, das eine ungeheure Kraft hatte.

»Er wird sterben«, flüsterte Regina.

»Sag so etwas nicht!«

»Was soll ich nur tun?«

Pia schwieg. Dass Regina wirklich einen Rat von ihr wollte, glaubte Pia nicht. Sie setzte sich auf einen der Stühle und lockte Luna zu sich. Reginas Aufregung färbte auch auf das Tier ab, das es kaum schaffte, stillzuhalten, wenn Pia versuchte, über seinen Kopf zu streicheln.

»Ich muss hinfahren. Am besten sofort.« Regina stand auf.

»Ob das gut ist? Denk daran, wie es uns beiden gestern noch ging. Nicht dass wir im Anschluss wieder völlig flachliegen.«

»Das ist egal. Wenn ich jetzt nicht aufbreche, werde ich es wahrscheinlich bereuen. Das Leben bietet nicht immer neue Chancen. Es wäre eine solche Illusion, weiter darauf zu hoffen. Was, wenn ich ansonsten Clemens nie mehr wiedersehe?«

Pia befürchtete, dass Regina recht hatte.

»Packen wir«, sagte Regina. »Auch wenn du nicht mitkommst, ich mache mich auf den Weg zu Clemens.«

»Okay, fahren wir. Zusammen.« Pia brauchte nicht lang zu überlegen.

»In zehn Minuten unten an der Rezeption?«

Pia dachte daran, dass sie unbedingt noch richtig duschen wollte und Haare waschen. Doch ihre strähnige Frisur ließ sich mit einer Mütze überdecken.

Als Pia die Treppe hinunterkam, wartete Regina bereits im Empfangsbereich.

»Bezahlt ist schon«, sagte sie. »Die Hotelwirtin fährt uns zum Hafen.«

»Wir können doch laufen.«

»Habe ich ihr auch gesagt. Aber sie hat darauf bestanden. Und hier. Das hat sie uns mitgegeben.« Regina hielt Pia eine Lunchtüte entgegen, die Joghurt enthielt, zwei belegte Brote, einen Schokoriegel, eine kleine Flasche Mineralwasser und ein Tütchen Saft.

Am Terminal stand die Fähre wie gerufen zur Abfahrt bereit, als hätte sie nur auf die beiden Frauen mit der Hündin gewartet. Noch bevor sie sich einen Sitzplatz suchen konnten, legte das Schiff ab. Von Fionnphort auf der Insel Mull ging es mit dem Bus weiter bis zur anderen Seite der Insel nach Craignure und von dort wieder mit einer Fähre bis Oban. Um sich die Zugfahrt über Glasgow nach Edinburgh zu ersparen, bestand Regina darauf, ein Taxi zu nutzen.

»Mein Bruder liegt im Sterben«, erklärte Regina dem Fahrer, der daraufhin die Kurven auf den engen Straßen der Highlands so schnell nahm, dass Pia sich jedes Mal wunderte, dass der Wagen nicht ausbrach oder im Graben landete. Luna schlief unbeeindruckt bei Regina im Fußraum vor dem Beifahrersitz. Pia konzentrierte sich auf ihren Atem, um die Übelkeit in den Griff zu bekommen, bis das Taxi knapp drei Stunden später vor dem Krankenhaus in Edinburgh hielt. Die weiße, in einem Halbkreis angelegte Klinik wirkte mit dem riesigen Glasdach über dem Haupteingang und der Glasfront, in der sich der Himmel spiegelte, futuristisch und einschüchternd. Regina zahlte hektisch und nahm sich nicht die Zeit, Luna das Führgeschirr wieder anzulegen. Sie ließ eine Leine am Halsband einschnappen, drückte sie Pia in die Hand und hakte sich bei Pia ein.

Nur Sekunden, nachdem sie die Automatiktüren passiert hatten, kam ihnen ein Mann von der Rezeption entgegen, um sie aufzuhalten. Kopfschüttelnd blickte er auf Luna. Hunde seien im Krankenhaus nicht erlaubt.

Reginas Erklärungen überzeugten den Mann nicht und klangen auch wirr. Pia drückte Reginas Hand, um sie zum Schweigen zu bringen, und versuchte zu vermitteln – was nicht einfach war, da sie nicht wusste, was »Blindenführhund« auf Englisch hieß und Regina ihr Gepäck so eilig zusammengerafft hatte, dass sie weder ihren Schwerbehindertenausweis noch

Lunas Papiere fand. Dann hatte Pia die rettende Idee: Sie suchte in der Stofftasche, die Regina über der Schulter trug, zwischen Lunchpaket, zusammengeknüllter Jacke und Handschuhen das weiße Blindenhundgeschirr von Luna, zog es heraus, legte es der Hündin an und gab Regina den Griff in die Hand.

»Sie ist blind«, sagte Pia.

Der Mann fragte daraufhin, wo genau sie hinwollten, und wies ihnen dann den Weg quer durch das Gebäude. Ob sie sich durch all die Gänge, Abzweigungen und Aufzüge hinweg allein zurechtgefunden hätten? Pia bezweifelte es.

An der Tür zum Bereich der Intensivstation stoppte der Krankenhausmitarbeiter, bot an, im Wartebereich auf den Hund aufzupassen, und rief eine Schwester, die Regina und Pia weiterführte.

»Hier sind wir«, sagte die Krankenschwester wenig später. Sie nahm Regina bei der Hand. Die Türen der Krankenzimmer standen offen und Pias Blick fiel auf das Bett in der Mitte des Raumes, das von unzähligen Geräten umgeben war. Vier Infusionsflaschen hingen an einem Ständer, auf zwei Monitoren zuckten Kurven. Es piepte rhythmisch. Clemens wirkte klein und verloren zwischen all der Technik und dem Weiß. Die Beleuchtung strahlte so hell, dass es Pia an Bühnenscheinwerfer erinnerte, wodurch Clemens' Gesicht auf dem weißen Kissen noch blasser aussah.

Pia blieb am Türrahmen stehen. Sie lehnte sich mit der Seite an.

»Kann er mich hören?«, fragte Regina.

»Er ist nicht aufgewacht, seit er hier eingeliefert worden ist.«

Die Schwester stellte für Regina einen Stuhl bereit. Regina setzte sich und tastete nach Clemens' Hand. Sie umfasste seine Finger.

»Höchstens zehn Minuten«, sagte die Schwester und verließ den Raum.

Langsam näherte sich Pia den beiden Geschwistern. Sie wünschte so sehr, etwas für Regina tun, etwas Tröstliches sagen zu können, doch sie wusste, dass das einer der Momente war, in denen es keinen Trost gab. Sie konnte nichts tun, als da zu sein und zu helfen, die Situation zu ertragen, so schmerzhaft es war. An den Tatsachen ließ sich nichts ändern. Wahrscheinlich würde Regina keine Möglichkeit mehr haben, mit Clemens zu sprechen. Pia versuchte, den Kloß in ihrem Hals wegzuschlucken, doch er blieb bestehen. Bis zum Autounfall hatte sie geplant und gehandelt, als wäre das Leben endlos, alle Entscheidungen umkehrbar. Nun wurde ihr bewusster denn je, dass dieses »zu spät« das Brutalste war, was es auf der Welt gab. Clemens' Anblick mit den blauen Lippen war grausam, auch wenn er keinerlei Anzeichen zeigte, dass er Schmerzen verspürte. Zu spät. Warum war das Leben so? Warum sendete es uns keine Warnmeldung, wenn uns die Zeit davonlief und wir noch etwas erledigen mussten? Doch das Leben gewährte keinen Countdown. Es nahm uns ohne Vorwarnung das Liebste, schnitt Wege und Möglichkeiten ab, stellte uns vor vollendete Tatsachen.

»Clemens!« Regina weinte. »Es tut mir so leid. Ich bin dumm gewesen. Wir hätten uns niemals trennen dürfen.«

Clemens' Lider flatterten. Dann öffnete er die Augen. Zuerst starrte er mit erweiterten Pupillen geradeaus, als würde er noch immer schlafen. Schließlich drehte er den Kopf.

»Wo bin ich?«, fragte er. Er wirkte verändert, ohne dass Pia es sich erklären konnte, was nicht allein daran lag, dass er mit einem Mal Deutsch sprach, als hätte es all seine Jahre in Schottland nicht gegeben.

»In Edinburgh. Im Krankenhaus.«

»Edinburgh?« Er schaute sich um. »Warum?«

Regina wandte den Blick ab. Dann sah sie wieder zu ihm. »Sie sagen, du hättest einen Schlaganfall gehabt.«

Er zog Reginas Hand näher zu sich und umfasste sie. »Ich weiß, wir kennen uns … Regina?«

Sie nickte. Ihr Kopf sank auf die Decke. Er streichelte ihr über die Haare, bis ihr Weinen abebbte.

»Jetzt bin ich hier.« Regina küsste ihn. »Und ich bin so froh. Du erkennst mich.«

»Wo ist nur mein Portemonnaie?« Hektisch betastete Clemens sein Krankenhaushemd. »Wo sind denn meine Sachen? Ich brauche meine Sachen.«

Pia merkte, wie die Aufregung von Clemens auch Regina packte. Obwohl Pia Clemens nicht wirklich kannte, spürte sie, wie bedeutsam das Portemonnaie für ihn war, wie sehr es ihn aufregte, dass es verschwunden war. Es war für ihn in diesem Moment wichtiger als alles andere auf der Welt, obwohl es widersinnig schien. Wofür brauchte er gerade jetzt sein Portemonnaie? Doch sein Drängen war etwas, das sie zum Handeln zwang, es war kein Ausdruck seiner Demenz oder geistigen Verwirrung, dessen war sie sich sicher.

»Ich kümmere mich darum.« Pia war erleichtert, etwas tun zu können. Sie ging aus dem Zimmer auf den Gang und hielt Ausschau nach einer Rezeption oder dem Schwesternzimmer.

Ein Pfleger eilte an ihr vorbei und reagierte auf Pias Ansprache erst, als er schon fast außer Hörweite war.

»Er ist aufgewacht. Clemens Schumacher«, sagte Pia.

»Ich hole sofort die Ärzte.«

»Warten Sie. Herr Schumacher sucht sein Portemonnaie. Es ist ihm wichtig. Er hatte es bei der Einlieferung bei sich.«

»Da kann ich Ihnen nicht helfen.« Er ging zu einem Telefon und berichtete, dass Clemens aufgewacht sei. Anschließend wandte er sich wieder seiner Arbeit zu.

Pia hörte, wie sich von beiden Seiten Schritte näherten. Sohlen quietschten auf dem Laminat, Absätze schlugen hart auf. Sie blickte sich um, ob irgendjemand in der Nähe war, der ihr bei der Suche nach dem Portemonnaie helfen könnte. Als Regina von einem Arzt aus dem Zimmer geführt wurde, hielt sie inne.

»Wir müssen einige Untersuchungen vornehmen«, sagte der Arzt. »Dafür können Sie sich nicht im Krankenzimmer aufhalten. Und der Gang muss frei bleiben.«

»Aber wir sind …«, begann Pia.

»Sie können doch nicht …«, protestierte Regina.

»Kommen Sie morgen wieder.« Der Arzt schob sie durch die Tür in den Wartebereich. Luna hob den Kopf und wuffte kurz. Regina blieb orientierungslos stehen.

»Das können Sie nicht tun!« Regina klopfte an die Tür zur Intensivstation, bis der Mitarbeiter von der Rezeption ihr eine Hand auf die Schulter legte.

Auch wenn Pia sich wenig Hoffnungen machte, erklärte sie dem Mann ihr Anliegen: Clemens war wach und suchte sein Portemonnaie. Irgendwo im Krankenhaus musste es sich doch befinden!

Aus seiner Reaktion wurde Pia nicht schlau. Wollte er ihnen nun helfen oder nicht? Dann verabschiedete er sich und ließ sie allein zurück.

»Ich gehe keinen Schritt von hier weg«, sagte Regina. Sie tastete die Wand entlang, dann abwärts zu einem der Stühle und setzte sich. Pia bewunderte, wie Regina es schaffte, sich in ungewohnter Umgebung zurechtzufinden. Sie hörte anscheinend, wenn jemand sich irgendwo hinsetzte, und merkte sich die Position der Sitzgelegenheiten. Mit ihren verschränkten Armen und aufeinandergepressten Lippen wirkte sie wie ein trotziger Teenager.

Die Tür zur Intensivstation öffnete sich und wurde wieder geschlossen. Ärzte und Schwestern eilten hindurch und hatten keine Zeit, auf Reginas und Pias Fragen und Bitten zu reagieren. Immer wurden sie auf später vertröstet. So verstrich erst eine halbe Stunde, dann eine Stunde. Pia hielt nach einer Toilette Ausschau. Nirgends war ein Schild zu entdecken und sie wollte Regina nicht längere Zeit allein lassen. Es verging die zweite und die dritte Stunde. Schließlich wurde es draußen dunkel.

»Das darf doch nicht wahr sein! Wir sitzen hier und können nichts, aber auch gar nichts tun.« Pia stellte sich vor, gegen das Fenster zu schlagen. Durch die Scheibe beobachtete sie, wie Blaulicht die Straße entlangzuckte.

Dann trat der Mann von der Rezeption aus dem Aufzug. Er kam direkt auf sie zu und hielt ein Portemonnaie in der Hand.

»Danach hatten Sie doch gefragt«, sagte er und reichte es Regina.

Regina bedankte sich. Unschlüssig befühlte sie den braunen Beutel mit den Fingerkuppen, tastete über die Lederschnur, die ihn verschloss.

Erneut eilten Ärzte aus der Intensivstation an Pia, Regina und dem Mitarbeiter der Rezeption vorbei in den Aufzug. Pia kam eine Idee und sie fragte sich, warum sie nicht schon eher daran gedacht hatte.

»Komm«, sagte sie und zog Regina mit sich. Nur wenige Zentimeter, bevor die Tür zur Station zuschlug, gelang es ihr, ihren Fuß dazwischenzuschieben.

»Bleib«, bedeutete sie Luna mit einer Handbewegung und wandte sich an den Mitarbeiter der Rezeption. »Können Sie bitte auf den Hund aufpassen? Eine Minute?« Sie wusste, dass sie das Versprechen nicht würden einhalten könnte. Eine Minute war zu kurz. Falls jemand sich über ihr Eindringen aufregte, könnte es richtig Ärger geben, doch eine solche Situation wollte sich Pia nicht genauer ausmalen.

»Okay«, sagte der Mann, was mehr wie eine Frage klang.

»Gehen wir.« Pia zog Regina mit sich.

»Was hast du vor?«, fragte Regina.

Mit einem Krachen fiel die Tür hinter ihnen zu, so laut, dass Pia zusammenzuckte. Sie überlegte. Sie hatte keinen konkreten Plan, wusste sie doch nicht, was sie in Clemens' Krankenzimmer erwartete. Unsicher blickte sich Pia um. Von den Ärzten, Pflegern und Schwestern war niemand zu entdecken. So beeilte sie sich, vorwärtszukommen.

Auch diesmal stand die Tür zum Krankenzimmer offen, sodass sie schon vom Gang aus sah, dass Clemens wach war. Er hob zwei Finger.

»Regina. Du bist noch einmal gekommen.« Er versuchte, sich zu erheben. Sein ganzer Körper spannte sich an, doch er schaffte es nur, den Kopf wenige Zentimeter zu heben, bevor er wieder zurücksank.

»Das haben wir bekommen«, sagte Regina. Sie reichte ihm sein Portemonnaie.

»Danke.« Er öffnete das Münzfach und zog einen Anhänger heraus. »Komm, setz dich zu mir aufs Bett.« Noch bevor sie sich gesetzt hatte, nahm er ihre Hand.

Pia wich ein paar Schritte zurück, um die Innigkeit der Geschwister nicht zu stören. Beide, Clemens und Regina, lächelten auf dieselbe Weise, das gesamte Gesicht strahlte und die Augen sahen durch die Falten wie Sonnen aus. Sie waren sich so ähnlich! Und sie gingen so vertraut miteinander um, dass Pia sich wie ein Eindringling vorkam.

Der Anhänger war aus Gold und etwas größer als eine Zwei-Euro-Münze. In einem äußeren Ring befand sich ein Motiv, das Pia schon häufiger gesehen hatte: ein Lebensbaum, der Früchte trug. Obwohl Pia mehrere Meter entfernt war, konnte sie die einzelnen Blätter aus Gold erkennen und die drei Edelsteine, die die Früchte bildeten.

»Ich habe immer gehofft, dass ich noch dazu komme, ihn dir zu geben.« Er legte den Anhänger in Reginas Hand.

»Was ist das?«, fragte sie und tastete über die Erhebungen.

»Das waren einmal drei Ringe. Der Verlobungsring von Mutter.« Er führte ihre Hand. »Hier der Rubin. Erinnerst du dich noch?«

Regina nickte.

»Und das …« – er umfasste ihren Zeigefinger und bewegte ihn weiter – »… der blaugrüne Turmalin von dem Ring, den Großmutter bis zu ihrem Tod immer getragen hat. Und hier der Rhodolith in dunklem Rosarot von Urgroßmutters Ohrring, von dem sie einen verloren hat. Die Ohrringe, die sie zur Kommunion bekommen hat. Weißt du noch?«

Regina beugte sich zu Clemens und küsste ihn.

»Und erinnerst du dich an Werner? Von gegenüber? Der von der Schule abgegangen war und gegen den Protest seiner Eltern Goldschmied werden wollte? Er hat das Schmuckstück aus den drei Ringen umgearbeitet. Stundenlang hat er an den Skizzen gesessen, immer wieder neu berechnet. Ich wollte ihn dafür bezahlen. Er hat abgelehnt. Eigentlich wollte ich dir den Anhänger zu deinem achtzehnten Geburtstag schenken. Aber dann …«

Pia wartete darauf, dass er weitersprach, doch er schwieg. Er schloss die Augen. Sein Brustkorb hob sich langsam und gleichmäßig.

»Verzeih mir«, sagte Regina. »Das ist das schönste Geschenk, das ich je bekommen habe.«

»Es gibt nichts zu verzeihen. Ich war nie böse auf dich, habe dir nichts übel genommen.« Nun wirkte er vollkommen wach, umfasste Reginas Hand und drückte sie. »Es fiel mir schwer, deinen Rückzug zu akzeptieren, aber je mehr ich dich drängte, umso abweisender wurdest du.«

»Es tut mir leid.«

»Jetzt bist du da.«

Regina nahm die Kette mit dem Kreuz ab, die sie unter ihrem Pullover trug, hängte den Anhänger neben das Kreuz und legte die Kette wieder an. Nun kam das neue Schmuckstück perfekt zur Geltung. Er war ein außergewöhnlicher Blickfang auf dem schwarzen Rollkragenpullover.

Vorsichtig glitten Reginas Fingerkuppen über den Anhänger, als hätte sie Angst, ihn zu zerstören, oder als könnte sie nicht glauben, was sie gerade bekommen hatte.

»Wegen deiner Entscheidung, in den Orden zu gehen …« Regina hielt inne. Sie erstarrte, blickte sich um. Ihre Augen waren weit aufgerissen. Hektisch tastete sie nach Clemens. Sie schrie: »Einen Arzt! Wir brauchen einen Arzt!«

Pia begriff erst nicht, was Regina so erschreckte, dann sah sie, dass Clemens krampfte. Dabei riss er sich die Infusionsnadel aus dem Handrücken, das Pulsmessgerät glitt von seinem Finger. Ein Alarm ertönte, aber nichts geschah. Niemand kam. Sekunden kamen ihr wie Stunden vor. Was sie beobachtete, erschien fern, als würde sie einen Film betrachten, als wäre es gar nicht wirklich.

Pia rannte quer durchs Zimmer zu dem roten Alarmknopf. Ihre Hände zitterten so, dass sie es kaum schaffte, ihn zu drücken. Sie eilte auf den Flur, wo ihr schon Ärzte entgegenkamen und sie beiseitedrängten. Pia wollte erklären, was geschehen war, doch die Ärzte nahmen von den Frauen keine Notiz, sondern beugten sich über Clemens. Eine Krankenschwester führte Regina und Pia aus der Station. Noch hinter der Stationstür im Wartebereich hörte Pia, wie Befehle gebrüllt wurden. Immer wieder öffnete und schloss sich die Tür. So viele Ärzte passierten den Wartebereich, als wäre die gesamte Belegschaft der Klinik auf den Beinen. Dann wurde Clemens im Bett an ihnen vorbeigeschoben. Er war von Ärzten und Pflegepersonal umringt, sodass Pia nur kurz einen Blick auf ihn werfen konnte.

Die Fahrstuhltür öffnete sich, das Bett wurde hineingeschoben. Bevor sich die Tür wieder schloss, erblickte Pia den Monitor, der neben Clemens auf dem Bett lag. Wo eben noch eine gleichmäßige gezackte Linie angezeigt worden war, erschien nun eine flache Linie. Clemens' Gesicht war fahl, die Lippen bläulich. Pia wusste, was das bedeutete.

Regina zitterte. Ihre Hände krallten sich in Lunas Fell. Obwohl es bestimmt unangenehm für die Hündin war, stand sie genauso regungslos wie Regina.

»Was ist da passiert?«, fragte Regina.

»Sie kümmern sich um Clemens. Es war ein Notfall.« Pia konnte Regina nicht sagen, was sie eben gesehen hatte. Sie wusste nicht, wie sie es ihr jemals beibringen konnte, und hoffte, dass irgendjemand käme, um etwas zu erklären oder sie zu informieren.

Regina setzte sich und Pia tat es ihr nach. Der Mann von der Rezeption verabschiedete sich und ging zum Treppenhaus.

Die Stille, die sich zwischen ihnen ausbreitete, rauschte so laut in Pias Ohren, dass sie das Bedürfnis hatte zu schreien. Stattdessen presste sie die Hände fest zu Fäusten, sodass sich ihre Fingernägel in die Handinnenflächen bohrten. Der Schmerz machte es erträglicher.

»Er ist tot«, sagte Regina.

Pia rückte näher an Regina heran und wünschte sich so sehr, dass es nicht stimmte. Am liebsten hätte sie widersprochen, doch sie wollte Regina nicht belügen.

Es dauerte eine Viertelstunde, bis ein Arzt aus dem Aufzug trat und auf sie zukam.

»Ich muss Ihnen leider eine schlechte Nachricht überbringen«, sagte er und streckte Regina zur Begrüßung die Hand entgegen, ließ sie dann wieder sinken, als Regina sie nicht ergriff. Er errötete, blickte kurz zu Pia und dann zu Boden. Er setzte sich neben Regina. »Ihr Bruder hatte noch einen Schlaganfall, den er nicht überlebt hat. All unsere Reanimationsmaßnahmen waren nicht erfolgreich. Es tut mir leid.«

Pia sah abwechselnd vom Arzt zu Regina. Der Arzt war deutlich aufgeregter als Regina, die von einer nie da gewesenen Ruhe erfasst schien.

»Ich weiß. Danke, dass Sie es mir gesagt haben.«

»Wenn ich noch etwas für Sie tun kann …« Der Arzt blickte wieder zu Boden.

»Nein. Danke. Danke, dass Sie sich um meinen Bruder gekümmert haben.«

Luna leckte über Reginas Hand. Der Arzt verabschiedete sich. Nun waren sie allein und erneut schien Pia die Stille unendlich laut. Sie rechnete damit, dass Regina die Fassung verlor, dass sie aufschrie, weinte, dass irgendetwas geschah. Doch Regina blieb einfach sitzen.

»Clemens hat mich erkannt«, sagte Regina. Sie tastete mit einer Hand die Kette entlang bis zum Medaillon. »Jetzt weiß ich, dass auch ich für ihn wichtig geblieben bin. Er hat den Anhänger aufgehoben. Immer bei sich getragen. Ich habe es gewusst: Wie aussichtslos eine Situation auch ist, es lohnt sich, niemals aufzugeben. Man bekommt nicht immer, was man sich wünscht, aber man kann sich wenigstens hinterher sagen, dass man es versucht hat. Es ist wie damals, als ich versucht habe, die Brailleschrift lesen zu lernen. Aber du musst sagen, wenn ich dich langweile.«

»Tust du nicht!« Im Gegenteil. Pia war froh, dass die Situationen, in denen sich Regina ganz in sich selbst zurückzog, immer seltener wurden, dass sie beide offen zueinander sein konnten. Was Regina auch sagte und erzählte, nichts konnte so schlimm sein wie das Schweigen, das nur einen Nährboden für die irrsinnigsten Spekulationen bot. »Erzähl weiter.«

# 28

*Februar 1972*

»Ich gebe auf.« Meine Fingerkuppen fahren über das Blatt. Es funktioniert einfach nicht. Die Abstände zwischen den Punkten sind so eng, dass ich nicht einmal die Anzahl der Punkte sicher ertasten kann. Wie soll ich dann die Anordnung erkennen und mir einprägen? Das Lesen ist mir früher immer leichtgefallen, ich konnte es lange vor der ersten Klasse. Es war etwas, das sich wie selbstverständlich ergeben hatte, ohne dass ich mich darum bemühen musste. Und nun das. Es liegt nicht an mangelnder Mühe oder Willenskraft, sondern an der fehlenden Sensibilität meiner Fingerkuppen. »Ihr habt schon so viel für den Lehrer bezahlt. Das möchte ich euch nicht zumuten. Es gibt keine Fortschritte mehr.«

Mutters Hand ruht auf meiner Schulter. Sie streichelt mir abwärts über den Rücken, wie sie es früher immer getan hat. Ich will nicht, dass sie mich wie ein Kind behandelt, dass sie mich bedauert. Ich schiebe ihre Hand weg.

»Du schaffst das. Das haben andere vor dir auch geschafft«, sagt sie.

»Versuch du es.« Ich reiche ihr das Übungsblatt über den Tisch. »Es ist mir ein Rätsel, wie selbst Kinder sich so etwas einprägen können, daran nicht verzweifeln. Es ist ein Problem der Finger. Ich müsste die Punkte sehen, das ist die einzige Möglichkeit, das System zu begreifen. Warum lasst ihr mich nicht einfach alle in Ruhe?«

»Du lernst Analysis, Stochastik und Geometrie, du weißt so viel über altenglische Literatur, aber du kapitulierst vor diesen paar Punkten? Du bist frustriert. Nur lass es nicht an mir aus. Ich bin nicht schuld an dem, was passiert ist. Es ist nun mal eine Tatsache, mit der wir alle uns abfinden müssen, nicht nur du. Ich bringe dich zu den Arztterminen. Dein Vater ist zu einem Chauffeur geworden. Clemens behandelt dich wie ein rohes Ei. Und jetzt erwarte ich von dir, dass du dich zusammennimmst und mit dem Selbstmitleid aufhörst!«

»Ist ja schon gut.«

»Nein, ist es nicht.«

»Ist es doch.« Ich will einfach, dass es so wird, wie es früher war, dass mir jemand mein altes Leben zurückgibt. Vielleicht bin ich ungerecht. Undankbar. Dass Mutter nun laut wird und wir aneinandergeraten, fühlt sich wie eine Erleichterung an. Wie ein rohes Ei, ja, so behandelt mich nicht nur Clemens, sondern im Grunde die gesamte Familie seit dem Unfall. Damit machen sie es mir nur schwerer, weil sie mir auf diese Weise zeigen, dass ich nicht dazugehöre, dass ich anders bin. Ich, die Behinderte. Die tragisch Erblindete. Der man alles nachsehen muss, um sie nicht zusätzlich zu belasten. So will ich nicht sein. Diese Rolle kann ich niemals erfüllen, nie dankbar genug sein, wie sie es im Gegenzug für ihr Mitleid und ihre Hilfe von mir erwarten. Sollen sie mich anschreien. Sollen sie sich mit mir streiten, aber nicht diese Sanftmut in ihre Stimme legen, die mich nur noch wütender macht.

»In Ordnung. Dann vereinbaren wir einen Kompromiss.«
Noch immer liegt Wut in Mutters Stimme und genau das tut
mir gut. Soll sie wütend sein, denn damit erlaubt sie mir, es auch
zu sein. Ich hätte tot sein können, ja. Nur habe ich nicht darum
gebeten, gerettet zu werden und so wie jetzt weiterzuleben.

Ich schiebe das Übungsblatt mit der Brailleschrift beiseite,
höre, wie es auf dem Boden aufkommt.

»Hol deine Unterlagen, die du schon abgeheftet hast. Ich
lese dir vor. Frage dich ab. Und anschließend setzt du dich eine
Stunde hin und kümmerst dich um die Brailleschrift.« Mutters
Stimme klingt nun gefasst.

»Wofür sollte ich noch für die Abiturprüfungen lernen? Sie
werden mich sowieso nicht zulassen.«

Mutter seufzt. Ich stelle mir vor, wie sie kurz die Augen
schließt und wieder öffnet. Mit einem Mal wird mir kalt bei
dem Gedanken, dass ich irgendwann vergessen könnte, wie es
aussieht, wenn sie seufzt, wie sie alle aussehen: Clemens, Mutter,
Vater, Andrea, Rudolf, Eberhard.

»Du wirst bei den schriftlichen Prüfungen eine
Schreibmaschine nutzen, die Aufgaben werden dir vorgelesen.
In Mathematik wird die Klausur durch eine mündliche Prüfung
ersetzt.«

»Darauf werden sie sich nie einlassen.«

»Das haben sie schon. Dein Vater hat es durchgesetzt. Wir
wollten es dir nur noch nicht sagen, um dich wegen der anstehenden Prüfungen nicht zu sehr unter Druck zu setzen, solange
so viele Arzttermine vor uns liegen.«

Ich bin zu perplex, um zu antworten, und eile die Treppe
hinauf, um meine Ordner aus dem Regal zu holen.

# 29

Eineinhalb Wochen waren nun schon seit Reginas und Pias Rückkehr nach Deutschland vergangen. Pia blickte aus dem Fenster hin zu Reginas Haus. Die Bäume im Vorgarten der Villa begannen auszutreiben. Das helle Grün der Blätter, noch nass vom nächtlichen Regen, glänzte im Sonnenlicht wie unzählige Edelsteine. Durch die Fensterscheibe war zu spüren, welche Kraft die Sonne schon hatte. Mittags wurden die Temperaturen fast sommerlich. Es war, als hätte jemand einen Schalter umgelegt und von Winter auf Frühling umgestellt, so plötzlich war die Veränderung eingetreten. Und es hatte sich noch mehr verändert: Zwar nahm Regina weiterhin Schlaftabletten, um nachts Ruhe zu finden, doch ihre Angst vor den Nächten in dem großen Haus war verschwunden. Altersheim, betreutes Wohnen, Umzug, das waren Themen, von denen Regina seit der Reise nach Schottland nie wieder gesprochen hatte.

Pia blickte auf die Uhr. Bis zu ihrer Verabredung mit Regina zur gemeinsamen Hunderunde um elf Uhr blieb ihr noch eine halbe Stunde. Sie nahm ihr Handy, öffnete die Wetter-App. Für diesen Tag war kein Regen vorausgesagt, stattdessen ein Temperaturanstieg auf 16 Grad am Mittag. Dann kontrollierte sie ihren Maileingang. Niemand hatte ihr geschrieben, selbst bei den Spammern schien sie aus allen Listen gelöscht worden zu sein. Sie drückte auf den Button, um neue Mails abzurufen, aber der Posteingang blieb leer. Genauso war es bei den SMS- und den WhatsApp-Nachrichten. Seit ihrer Rückkehr erschien ihr ihre Wohnung so ausgestorben, dass es sich anfühlte, als würden die Wände Einsamkeit atmen, wenn sie sich einmal nicht ablenkte. Als würde dort etwas Kaltes, Feuchtes hervorkriechen und sich um sie legen. Sie konnte die Heizung hochdrehen, bis das Innenthermometer 25 Grad anzeigte, sie konnte sich in Schals hüllen und über den Wollpullover zusätzlich eine Strickjacke anziehen, sie konnte Pulswärmer über die Arme streifen und ihre elektrische Heizdecke auspacken – an dem Gefühl änderte sich nichts. Ihr war kalt, selbst jetzt noch, als die Sonne durch die Scheibe direkt auf ihren Oberkörper schien. Etwas fehlte und das hing nicht allein mit dem Auszug von Regina und Luna zusammen, denn die Kälte verschwand auch nicht, wenn die beiden zu Besuch kamen, sie gemeinsam kochten und die Küche von Wärme, Essensduft und Geplauder erfüllt war. Gedankenversunken scrollte sie durch ihr Adressverzeichnis und blieb wie so oft in den vergangenen Tagen bei Fabians Namen hängen.

Seit zwei Wochen hatten sie keinen Kontakt mehr gehabt, er schien mit der Beziehung abgeschlossen zu haben. Sie fragte sich, was sie erwartete, nachdem sie ihm eine solche Abfuhr erteilt hatte. Wie würde sie denn an seiner Stelle reagieren? Die Logik, mit der sie diese Frage beantwortete, war das eine. Die Regelmäßigkeit, mit der Fabian sich in ihre Gedanken schlich, das andere. Und immer dachte sie gleichzeitig auch an die Wiederbegegnung von Regina und Clemens nach all den Jahren. Jahrzehntelang hatte Regina gedacht, dass keine Nähe möglich sei – nach dem Unfall, der ihre Sehbehinderung zur Folge gehabt hatte, nach Clemens' Entscheidung, in einen Orden zu gehen und damit ein Leben zu führen, das so weit weg von Reginas Alltagswelt war, dass es auf den ersten Blick keinerlei Überschneidungen mehr gab. Und bei Fabian und ihr? Wieder hielt sie sich die Gegensätze vor Augen, um ihn aus ihren Gedanken zu vertreiben. Seine Sehnsucht nach Familie, nach Sicherheit, Zusammenleben.

Um sich abzulenken, ging Pia in die Küche, um den Rest ihres Morgentees auszutrinken. Sie räumte den Geschirrspüler aus und schmutziges Geschirr ein, wischte über den Küchentisch, säuberte die Besteckschublade. Dann hatte sie endlich die halbe Stunde hinter sich gebracht, zog sich ihre Jacke über und eilte ins Freie, um der Einsamkeit in ihrer Wohnung zu entfliehen.

Aufgeregtes Bellen war schon von der Straße aus zu hören. Pia brauchte nicht zu läuten, die Tür von Reginas Haus öffnete sich wie automatisch.

Luna sprang ihr begeistert entgegen und führte ihren Begrüßungstanz auf, der Pia jedes Mal zum Lachen brachte. Es war zu lustig, wie die Hündin den Oberkörper beugte und den Kopf auf den Boden drückte, um ihn kurz darauf hochzureißen. Wie sie sich um die eigene Achse drehte und dann im Wohnzimmer verschwand, um mit einem Spielzeug im Maul zurückzukehren!

»Du bist überpünktlich heute«, sagte Regina. Sie umfasste mit einer Hand den Anhänger, den Clemens ihr geschenkt hatte – eine Bewegung, die Pia inzwischen so oft gesehen hatte –, als wollte Regina kontrollieren, ob der Anhänger real existierte, ob es die Reise nach Schottland und die Begegnung mit ihrem Zwillingsbruder wirklich gegeben hatte oder ob alles nur ein Traum gewesen war.

»Du siehst melancholisch aus.« Pia umarmte Regina und ignorierte Lunas Aufforderung, das halb zerfetzte Stofftier zu werfen, das die Hündin nun vor Pias Füßen ablegte.

»Und du hörst dich melancholisch an.« Regina drückte sie lang.

»Es ist – ach, egal. Lass uns losgehen.«

»Würdest du Luna mitnehmen und heute ohne mich aufbrechen? Und vielleicht Brötchen von unterwegs mitbringen? Ich bleibe ausnahmsweise lieber hier. Aber Luna muss raus, sie war heute noch nicht vor der Tür. Aber lass ihr nicht wieder so viel durchgehen!«

»Wenn du mir eine Leine gibst?«

Mit Luna an der Seite, die ihr Stofftier wie eine Trophäe im Maul trug, erschien die Welt wie verwandelt. Pia hörte, wie der Wind oben durch die Äste wehte, das sanfte Rauschen, während an der Straße keine Luftbewegung zu spüren war. Es schien absolut windstill. So konzentriert Luna immer mit Regina spazieren ging, so ausgelassen war die Hündin in Pias Gegenwart. Die Bewegungen waren locker und übermütig, sie schüttelte sich und umrundete Pia, sodass diese Mühe hatte zu verhindern, dass sich die Leine zwischen ihren Füßen verknotete. Pia löste die Leine und ließ Luna ein Stück vorgehen, zwischendurch stehen bleiben und schnüffeln. Pia warf das Stofftier, wartete, bis Luna es zurückbrachte, und passte sich an Lunas Tempo an. Reginas Ermahnung zur Ordnung und Disziplin mit der Hündin ignorierte sie. Musste ein Hund nicht auch einfach mal Hund sein dürfen? Ohne Aufgabe? Ohne Ziel?

Erst in der Zufahrt zu Reginas Haus leinte Pia Luna wieder an. Die Brötchen waren so frisch, dass Pia die Wärme noch immer durch die Tüte spürte.

Regina hatte währenddessen den Tisch gedeckt, für Pia Tee gekocht und für sich selbst Kaffee aufgebrüht. Marmelade, Aufschnitt und sogar ein Obstsalat standen bereit. Sie setzten sich und begannen zu essen.

»Du bist heute so still«, sagte Regina.

»Es ist wegen Fabian. Er geht mir nicht aus dem Kopf. Die Logik ist das eine. Gefühle … du weißt es ja auch. Man denkt, sie werden weniger, wenn man sich nicht sieht, wenn man einen Cut macht. Aber das tun sie nicht.«

Regina schwieg. Pia wartete, dass Regina irgendetwas erwiderte. Doch als Regina weiterhin nichts sagte, sprach Pia weiter. Sie merkte, wie es begann, aus ihr herauszusprudeln, wie es in ihr brodelte.

»Ich habe ja versucht, damit abzuschließen. Habe mir vor Augen gehalten, dass wir zu gegensätzlich sind, dass der Unfall noch einen zusätzlichen Keil zwischen uns getrieben hat und es keine Möglichkeit gibt, das zu überbrücken. Aber je mehr Zeit vergeht, umso häufiger taucht er in meinen Gedanken auf. Manchmal denke ich, ich sollte einfach anrufen, mit ihm reden, dann hätte ich Ruhe und könnte mich auf etwas anderes konzentrieren. Ich träume sogar von ihm. Nichts Besonderes, ich kann mich nicht mal daran erinnern, was er im Traum sagt oder tut, aber beim Aufwachen ist da eine solche Leere neben mir. Ich fühle das zweite Kopfkissen und es ist kalt. Ziehe die zweite Decke über mich und mir wird nicht wärmer. Wenn ich in die Nacht höre, ist da nichts als Stille. Sogar die Gedanken sind verschwunden. Das ist so … Ach, ich weiß auch nicht, wie ich es beschreiben soll.« Pia hielt inne.

Warum reagierte Regina nicht? Reginas Blick ging in die Ferne. Ihre Pupillen waren geweitet. Pia drehte ihre Armbanduhr so, dass eine Lichtreflexion der Sonne auf Reginas Gesicht fiel. Sie zeigte keine Reaktion. Hatte Regina nicht gesagt, sie könne teilweise Konturen wahrnehmen? Pendelte der Kopf leicht hin und her? Die Bewegung war so gering, dass Pia sich nicht sicher war, ob sie sich die Beobachtung nur einbildete. Doch irgendetwas stimmte mit Regina ganz und gar nicht.

»Regina?«

Als Regina noch immer nicht reagierte, beugte sich Pia vor und umfasste Reginas Hand, die kalt und verschwitzt war. Ein kurzes Zittern ging durch Reginas Körper, durch die Berührung war es deutlich zu spüren.

»Ich höre dir schon zu.« Regina klang so vehement, dass Pia zurückzuckte und die Hand sofort losließ.

»Was war denn gerade los mit dir? Du warst ganz abwesend.«

»Ich habe nachgedacht.«

»Und worüber?«

Wieder war es, als hätte jemand eine Pausentaste gedrückt. Reginas Gesicht war starr, der Blick schien in die Ferne zu gehen. Pia sagte sich, dass es mit der Sehschwäche zusammenhängen konnte, dass Regina ja nichts erkannte. Wo sollte sie schon hinsehen, wenn es nichts zu sehen gab? Doch sie wusste aus ihrer Beobachtung, dass das nicht stimmte. Bei Helligkeit zogen sich Reginas Pupillen zusammen wie bei anderen Menschen auch. Wenn Regina mit jemandem redete, waren ihre Augen auf denjenigen gerichtet. Wenn sie sich aufregte, ging ihr Blick unruhig hin und her.

»Regina?«, fragte Pia. Sie zögerte, Regina nach der harschen Zurückweisung noch einmal zu berühren.

Luna begann laut zu bellen und sprang an Regina hoch, was diese gar nicht zu bemerken schien.

»Luna, aus!«, versuchte es Pia vergeblich. Sie hatte Angst, dass Luna Regina mit ihren Krallen verletzen könnte. Luna leckte an Reginas Gesicht. Reginas Körper straffte sich. Mit einem genervten Ausatmen schob sie Luna beiseite, die sofort still war, ihr Frauchen aber aufmerksam mit weit geöffneten Augen und gespitzten Ohren im Blick hielt. Nun war sich Pia sicher, dass sie sich nicht getäuscht hatte: Irgendetwas stimmte nicht mit Regina.

»Wo waren wir stehen geblieben?«, fragte Regina. Sie wirkte geistesabwesend wie jemand, der aus einem langen Schlaf erwacht.

»Ist dir nicht gut? Soll ich einen Arzt rufen?« Pia versuchte, weitere Veränderungen an Regina zu erkennen. Doch nun erschien Regina wieder so klar, dass Pia an ihrer Wahrnehmung zweifelte.

»Was redest du da für einen Quatsch? Mir geht es gut. Aber ich denke, du solltest etwas unternehmen.«

»Wegen Fabian?« Pia dachte nach. »Ich kann ihn nicht mal eben so anrufen, als wäre nichts passiert.«

»Warum kannst du ihn nicht anrufen? Sag ihm genau das, was du mir gerade gesagt hast. Oder schreib es ihm. Als Brief. Als Mail. Als SMS, wenn du nicht telefonieren willst. Aber nichts zu tun, ist anscheinend keine Alternative.«

»So leicht ist es nicht. Wenn ich an Clemens und dich denke …«

»Eben. Willst du wie ich warten, bis …« Ihre Stimme wurde immer leiser und brach ab.

»Es tut mir leid. Ich wollte dir nicht … Ich wollte …« Pia wünschte sich, den Vergleich mit Clemens und Regina zurücknehmen zu können.

»Dir muss nichts leidtun. Es stimmt ja. Aber wie ich schon sagte: Eben genau deshalb. Ruf an. Jetzt, bevor du noch mehr Zeit mit Grübeln verschwendest.«

Pia schob mit dem Messer die Krümel auf ihrem Teller zusammen.

Regina nahm das Mobilteil des Telefons und reichte es Pia. »Und wenn du es nicht tust, frage ich bei der Auskunft nach seiner Nummer und lasse mich verbinden.«

»Er unterrichtet morgens immer. Er ist Lehrer.«

»Es ist Samstag.«

Pia gab sich einen Ruck. Was hatte sie schon zu verlieren? Hatte sie sich nicht bereits von ihm getrennt? Wenn sie anrief, konnte sie das Gespräch jederzeit beenden. Sollte er ihr doch Vorwürfe machen. Sollte er wütend auf sie sein. Sollte er ihr sagen, dass er längst eine neue Freundin hatte, in eine Kollegin verliebt war oder was auch immer. So hatte sie zumindest die Möglichkeit, abzuschließen, anstatt in diesem Schwebezustand zu verharren.

# 30

Pia zählte die Klingeltöne, während sie in ihrer Küche auf- und ablief. Es tutete viermal, dann hörte sie ein Klicken in der Leitung.

»Langenbeck«, meldete sich Fabian und Pia hielt den Atem an.

»Ich bin es. Pia.« Das musste er doch gesehen haben, er kannte ihre Nummer, selbst wenn er ihren Namen aus dem Adressverzeichnis gelöscht hatte. Ihr Magen zog sich zusammen.

»Ja?«

Sie schaltete mit einem Klick Mikrofon und Lautsprecher an, ging zum Tisch, legte das Gerät ab und setzte sich davor. Mit den Händen stützte sie den Kopf ab und presste die Fäuste gegen die Schläfen.

»Warum machst du es mir so schwer?«, fragte sie.

»Das führt doch zu nichts. Lass es einfach gut sein.«

»Warte! Es ist nicht so, wie du denkst.«

»Was weißt du denn, was ich denke? Bist du unter die Gedankenleser gegangen? Und seit wann interessiert es dich überhaupt? Macht es dir Spaß, auf mir herumzutrampeln?« Er lachte so laut, dass es durch das Mikrofon wie ein Scheppern klang.

»Fabian, bitte.«

»Nein, nichts bitte. Hör zu, Pia. So funktioniert das nicht. Ich habe dir geschrieben. Mich mit meiner Mail voll zum Affen gemacht mit meinem ›Ich liebe dich‹ und ›Du bedeutest mir alles‹ und was sonst noch drinstand. Und ich habe es genau so gemeint. Du bist mir nicht egal. Noch immer nicht. Aber: Spiel nicht mit mir. Erst erteilst du mir eine Abfuhr, die sich gewaschen hat. So oft habe ich mich gezwungen, mich danach nicht mehr bei dir zu melden. Weißt du, was ich zwischendurch gemacht habe? Das Telefonkabel durchgeschnitten und die SIM-Karte im Klo runtergespült, weil ich wusste, dass ich meine Vorsätze über Bord werfen würde, wenn ich es nicht täte. So hatte ich ein paar Tage Ruhe, brauchte mich nicht zusammenreißen, bis das neu bestellte Kabel wieder da war und die SIM-Karte im Briefkasten. Und dann kommst du daher, meldest dich, als wäre nichts gewesen. Fragst mich auch noch, warum ich es dir schwer mache? Wer wollte denn Schluss machen? Wer musste all das mit Füßen treten, was wir uns aufgebaut hatten?«

»Es ist etwas passiert.« Pia schloss die Augen. In der Stimmungslage, in der Fabian sich befand, war es nicht leicht, darüber zu sprechen. Aber sie bezweifelte, dass sie je wieder die Gelegenheit dazu haben würde, wenn sie es jetzt nicht tat. Wie sie ihn kannte, war es ihm zuzutrauen, dass er auch noch ihre Nummer sperrte.

»Es passiert immer irgendwas!« Er sprach lauter und hektischer als gewöhnlich. Sein Atem ging schnell und stoßweise.

»Eine Zeit lang hat meine Nachbarin von gegenüber aus der Villa bei mir gewohnt.«

»Die blinde Alte?«

Pia biss sich auf die Zunge, um das nicht zu kommentieren. Sie wollte nicht streiten, definitiv nicht. Aber Regina auf die Blindheit zu reduzieren und ihr Alter? Abgesehen davon war sie alles andere als alt, sie war lebendiger und wacher als

216

ihre ehemaligen Agenturkollegen. Doch hatte sie anfangs über Regina nicht genauso gedacht, bevor sie sich kennengelernt hatten?

»Regina heißt sie«, sagte Pia. »Bei ihr ist eingebrochen worden, die Schränke durchwühlt, mehr kaputt gemacht als geklaut. Sie hat sich danach kaum noch in ihr Haus getraut.«

Fabians Atem beruhigte sich. Sie stellte sich vor, wie er nickte und sich auf sein Bett setzte. Dann stutzte sie. Was war das im Hintergrund? Eine Frauenstimme? Ein Klacken. Stille.

»Bist du nicht allein?«, fragte sie.

»Doch.«

»Und wer war da gerade?«

»Ich hab das Fenster zugemacht. Damit ich dich besser hören kann. Draußen ... ach, was sage ich! Was ist nur los mit dir? Sag bloß, du denkst ... Du bist eifersüchtig!« Er lachte.

»Wo bin ich stehen geblieben ...« Pia versuchte, an ihre Erzählung anzuknüpfen, und gestand sich ein, dass er recht hatte. Sie war eifersüchtig. Dabei war sie immer diejenige gewesen, die ihm Misstrauen und Klammern vorgeworfen hatte. »Jedenfalls war Regina total fertig und ich habe ihr angeboten, mit ihrer Hündin erst mal bei mir zu übernachten, bis sie ihr Haus zusätzlich gesichert hat und innen alles wieder sortiert ist und sie sich zurechtfinden kann. Anfangs dachte ich an zwei Tage oder so. Dann wurde es länger.«

»Warum erzählst du mir das?«

»Jetzt hör doch mal zu! Jedenfalls habe ich ihr auch beim Aufräumen geholfen und bin auf ein Foto gestoßen ...« Pia erzählte, wie sie Clemens' Aufenthaltsort herausgefunden hatte, wie sie mit Regina aufgebrochen war nach Schottland. Es fiel ihr schwer, sich zu konzentrieren, weil sie damit rechnete, dass Fabian sie unterbrach oder einfach auflegte. Aber nun hörte er zu. Manchmal stellte er Zwischenfragen. Warum sie überhaupt mitgefahren war? Warum sie sich eingemischt hatte?

»Der Unfall hat viel verändert«, sagte Pia. »Bei Regina habe ich von Anfang an gemerkt, dass da was ist, das uns verbindet. Dass sie mich braucht, wie auch ich sie brauche. Dass wir uns etwas geben können. Also ich bin mit ihr nach Schottland. Nach Iona in die Abtei. Wir haben Reginas Bruder gefunden, aber jetzt kommt der Hammer: Er hat sie gar nicht erkannt, nicht einmal ansatzweise.« Nun sprudelten die Worte nur so aus Pia heraus. Sie berichtete von dem Infekt, der sie beide erwischt hatte, von Clemens' Schlaganfall, dem Wiedertreffen im Krankenhaus und seinem Tod. »Und da ist mir klar geworden, dass man Menschen nicht einfach aus seinem Leben streichen kann. Man kann nicht beschließen, dass man sich gleichgültig ist, auch wenn man es möchte. Trennung und Distanz verändern und lösen gar nichts. Stattdessen bleiben wir da stehen, wo wir sind, verharren, sind wie eine in ihrem Kokon eingefrorene Raupe. Ich war ungerecht. Der Unfall hat mich so aus der Bahn geworfen … Ich habe dir gar keine Chance gelassen, an mich ranzukommen. Das soll jetzt keine Entschuldigung sein, das war einfach blöd von mir. Aber was ich sagen wollte: Bitte, Fabian, lass uns noch mal reden. Treffen wir uns noch einmal. Wenn du dann deine Ruhe vor mir haben willst, akzeptiere ich das. Du brauchst auch nicht zu kommen. Ich komme zu dir.«

»Wann?«

»Jetzt?«

Pia beeilte sich, die nötigsten Utensilien aus dem Bad und Wechselkleidung einzupacken. Nicht einmal fünf Minuten, nachdem sie das Gespräch beendet hatte, saß sie im Wagen.

Sie schaltete die Freisprecheinrichtung an und versuchte, Regina zu erreichen, um ihr zu sagen, dass sie auf dem Weg zu Fabian war, und ihr von ihrem Telefonat zu berichten. Außerdem wollte sie sich bedanken, dass Regina sie in die richtige Richtung geschubst hatte. Ohne Regina hätte sie diesen Schritt nicht gewagt. Doch am anderen Ende der Leitung meldete sich niemand, nicht am Festnetz und auch nicht am Handy.

Pia fuhr auf die Autobahn und versuchte noch einmal, Regina zu erreichen, wieder vergeblich. Vom Rastplatz aus wählte sie Reginas Nummern zum dritten Mal.

Nach zwei Stunden Fahrt hielt sie das mulmige Gefühl in der Magengegend nicht mehr aus. Sie nahm die nächste Abfahrt und stoppte auf einem Rasenstreifen, weil kein Parkplatz in Sicht war. Sie blickte nach links. Dort könnte sie erneut auf die Autobahn auffahren und ihren Weg zu Fabian nach Berlin fortsetzen. Rechts befand sich die Auffahrt, die in die entgegengesetzte Richtung führte, wieder zurück nach Hause. Sie wählte Fabians Nummer, doch nun ging auch er nicht an den Apparat. Pia fluchte.

Dann hatte sie eine Idee: Sie googelte die Telefonnummer der Familie, die über ihr wohnte. Dort war während der Wochenenden immer jemand zu Hause, jedenfalls üblicherweise. Eines der Kinder nahm ab.

»Hier ist Pia Wegener«, meldete sie sich.

»Wer?«

»Ich wohne unter euch.«

Pia hörte eine Stimme im Hintergrund: »Wer ist da?«

»Die Gruftifrau von unten«, flüsterte es.

»Gib mal her.« Es knisterte und rappelte. »Ja?«, erklang nun eine Frauenstimme.

»Pia Wegener hier. Ich habe eine Bitte: Würden Sie für mich kurz rübergehen zu Regina Schumacher? Ich mache mir Sorgen, dass etwas passiert ist. Eigentlich müsste sie zu Hause sein, aber sie ist nicht über das Festnetz und auch nicht über ihr Handy zu erreichen.«

»Kein Problem. Einen Moment. Bin in ein paar Minuten zurück am Apparat.«

Pia war froh, dass die Nachbarin nicht weiter nachgefragt hatte. Sie hörte das Geplauder der Kinder im Hintergrund, die gerade Lego spielten und diskutierten, wer die restlichen roten Steine bekommen sollte. Die Wartezeit war so lang, dass Pia schon befürchtete, sie sei vergessen worden. Immer wieder schaute sie auf die Gesprächsanzeige. Die Minuten vergingen. Sie rief ins Telefon, doch auch darauf folgte keine Reaktion. Als über zehn Minuten vergangen waren, überlegte sie aufzulegen. Sie hatte den Daumen bereits auf der roten Taste, dann hörte sie etwas.

»Hallo? Frau Wegener?«

»Ja?«

»Es ist niemand da. Das heißt, der Hund schon. Er bellt natürlich, wenn ich klingele. Aber Frau Schumacher ist nicht zu Hause.«

Pia überlegte. Es war kaum vorstellbar, dass Regina wegging, ohne Luna mitzunehmen. Ohne Luna war Regina orientierungslos. Zudem war Luna eine Hündin, die es nicht gewohnt war, allein zu sein.

»Das kann nicht sein.« Pia grübelte, doch sie kam zu keinem Ergebnis. »Ist es vielleicht möglich, dass Sie die Klingel und den Lichtschalter verwechselt haben? Beides liegt nebeneinander.«

»Ich weiß, wie eine Klingel aussieht. Es hat auch geläutet, deswegen hat der Hund ja überhaupt erst angefangen zu bellen und von innen gegen die Tür zu springen. Auf jeden Fall öffnet niemand und ich habe viel zu tun.«

Pia bedankte sich und legte auf. Sie trat gegen den Vorderreifen, wählte zuerst die Nummern von Regina, danach die von Fabian. Es war wie verhext. Wieder nahmen weder Regina noch Fabian ab. Pia wusste, dass sie keine Ruhe finden würde, wenn sie nun die Fahrt in Richtung Berlin fortsetzte.

Sie hinterließ Fabian eine kurze Nachricht auf der Mailbox, dass sie nach Regina sehen müsse, da sie befürchte, es könnte etwas mit ihr passiert sein. Möglicherweise wäre Fabian dann eingeschnappt. Sie riskierte, dass er keinem weiteren Treffen zustimmte, aber sie entschied sich trotzdem, umzukehren. Wenn sie an Regina und die bellende Luna dachte, schnürte es ihr die Luft ab und ihr wurde übel. Irgendetwas stimmte dort ganz und gar nicht.

# 31

Schon bevor sie die Autotür geöffnet hatte, hörte Pia das laute Bellen aus Reginas Villa. Sie eilte die Einfahrt entlang bis zur Haustür und läutete. Lunas Pfoten kratzten von innen an der Tür, aus dem Bellen wurde ein Fiepen. Das metallische Klacken klang, als würde Luna immer wieder gegen die Klinke springen und versuchen zu öffnen. Pia rüttelte an der Tür, klingelte erneut, dann ging sie um die Villa herum in der Hoffnung, Regina bei einem Blick ins Innere zu entdecken. Doch im Haus brannte nirgends Licht und durch die vorgezogenen Gardinen war nichts zu erkennen. Jedes Mal, wenn sie gegen ein Fenster klopfte, sprang Luna von der anderen Seite dagegen. Nach einer Hausumrundung rüttelte Pia noch einmal an der Eingangstür. Den eingehenden Anruf von Fabian drückte sie weg, um keine Zeit zu verlieren. Kurz zögerte sie, dann wählte sie den Notruf.

Der Mann von der Telefonzentrale versprach, einen Streifenwagen vorbeizuschicken. Nun versuchte Pia, Fabian zu erreichen und ihm zu erklären, was vor sich ging, doch jetzt war er derjenige, der nicht abhob. Pia fluchte. Lunas Fiepen steigerte sich wieder zu einem lauten, heiseren Bellen. Pia legte eine Hand an die Haustür und sprach ruhig und leise auf die Hündin ein.

»Alles gut, Luna. Ich bin ja gleich bei dir.«

Doch Luna reagierte darauf gar nicht. Sie warf sich mit solchem Knallen gegen die Tür, dass Pia Angst hatte, Lunas Knochen würden brechen.

Es dauerte nicht lang und ein Streifenwagen bog in die Einfahrt ein. Pia erklärte, warum sie sich Sorgen machte. Es kam ihr endlos vor, bis die Beamten endlich versuchten, ins Haus zu gelangen. Luna wurde immer leiser. Es war deutlich zu hören, wie entkräftet sie war. Ungeduldig zeigte Pia ihren Personalausweis und erläuterte, warum es nicht sein konnte, dass Regina kurz einkaufen gegangen war oder zum Briefkasten. Fenster an den Häusern der gegenüberliegenden Straßenseite öffneten sich. Kinder kamen heraus und sammelten sich an der Straße, um zu schauen, was vor sich ging. Pia hätte sie am liebsten alle weggescheucht, doch sie wusste, dass sie dadurch nur noch mehr Zeit verlieren würden. So wandte sie ihren Blick zum Haus, um auszublenden, was hinter ihr geschah.

»Warten Sie hier«, sagte einer der Polizisten. »Wir kümmern uns darum.«

Pia unterdrückte die Antwort, was sie denn sonst tun sollte als auszuharren. Wie sie selbst zuvor klingelten die Beamten zuerst und warteten. Dass Luna nun nur noch mit Unterbrechungen winselte, beruhigte Pia nicht, auch wenn das hohe Fiepen zuvor ihr durch Mark und Bein gegangen und schwerer zu ertragen gewesen war.

Niemand öffnete. Pia stöhnte. Sie hatte nichts anderes erwartet.

Die beiden Männer umrundeten das Haus.

»Ich glaube, halb unter dem Tisch in der Küche liegt eine Person«, hörte Pia jemanden rufen. »Oder warte. Nein. Ich habe mich geirrt.«

Die Polizisten diskutierten und entschieden, dass in der Küche nur ein Schatten zu sehen war.

Sie versuchten vergeblich, mit einer Scheckkarte und dann mit einem Draht die Tür zu öffnen. Schließlich riefen sie einen Schlosser.

»Regina hat neue Sicherungen einbauen lassen. Möglicherweise ist die Tür von innen mit einem zusätzlichen Riegel gesichert«, sagte Pia. Sie wusste von Regina, dass sie sich auch tagsüber einschloss, um sicherzugehen, dass niemand sie überraschen konnte, wenn sie allein war. Ob ein Schlosser hier etwas auszurichten vermochte? Sie kannte die Sicherung der Tür nur zu gut, hatte den massiven Metallriegel selbst in der Hand gehalten.

»Einen Augenblick«, sagte sie zu den beiden Polizisten, die jedoch mit der Begrüßung des ankommenden Schlossers beschäftigt waren und keine Notiz von ihr nahmen.

Pia ärgerte sich, dass sie nicht schon viel eher auf die Idee gekommen war. Sie ging um das Haus herum bis zur Terrasse, griff sich einen der Holzstühle mit den Metallbeschlägen, versicherte sich, dass Luna nicht in der Nähe war, und warf den Stuhl durch das Glas der Terrassentür ins Innere des Wohnzimmers. Dann schleuderte sie einen zweiten Stuhl hinterher. Mit einem Besenstiel zerstörte sie die restlichen Glasstücke, die noch im Rahmen hingen.

»Halt! Was machen Sie denn da?«, fragte der Polizist, der den Tisch nun von der anderen Seite festhielt, um sie am weiteren Zuschlagen zu hindern. »Sie können doch nicht …«

»Ich gehe jetzt da rein!«

»Sie warten.« Er packte sie am Arm.

Pia stockte der Atem. Aus dem Dunkeln lief Luna direkt auf sie zu und würde zwangsläufig in die Scherben treten, wenn niemand sie aufhielt. Pia riss sich los und stürmte mit ausgestreckten Händen und einem lauten »Bleib!« auf Luna zu. Was sie nicht zu hoffen gewagt hatte, geschah: Luna stoppte und setzte sich hin. Scherben knirschten unter Pias Schuhen.

Sie war froh über ihre Vorliebe für massive Schnürstiefel mit festen Gummisohlen. Luna sprang auf, als die Polizisten ins Innere kamen. Pia fasste Luna am Halsband und zog sie zur Seite. Die Hündin hatte eine solche Kraft und war so aufgeregt, dass Pia es kaum schaffte, Luna von den Männern wegzuhalten. Zuerst dachte sie, Luna wollte die für sie Unbekannten nur am Hereinkommen hindern, das Haus bewachen. Dann erkannte sie, wohin Luna immer wieder blickte, wohin sie zog und wohin es sie drängte. Pia sah es aus dem Augenwinkel und erstarrte. Die Küche. Unter dem Tisch. Reginas Füße. Reginas lange silbergraue Haare, ausgebreitet wie ein Teppich. Ihr Kopf seltsam verdreht.

Luna nutzte das Erstarren, um sich aus Pias Griff zu befreien und auf die drei Männer zuzustürmen. Sie sprang an ihnen hoch, schnappte nach Beinen und Armen. Die Männer schrien auf. Luna knurrte. Pia zögerte nicht. Sie rannte in die Küche und drängte Luna mit ihrem Körper zurück. Luna war wütend, aber sie griff Pia nicht an. Endlich gelang es Pia, wieder das Halsband zu packen.

»Die Leine hängt an der Haustür«, sagte Pia. »Da ist ein Kleiderhaken.«

Der Schlosser brachte ihr die Leine. Seine Hände zitterten so, dass es ihm erst im zweiten Versuch gelang, Pia die Leine zu übergeben. Unter Lunas Protest hakte Pia die Öse der Leine ein und befestigte das andere Ende an der Heizung. Die Hündin warf sich so stark gegen die Leine, dass Pia befürchtete, sie würde sich entweder selbst strangulieren oder die Heizung aus der Verankerung reißen. Doch sowohl Leine als auch Heizungsrohr hielten Lunas Aufregung stand.

Pia brauchte nicht zu fragen, ob Regina noch lebte. Sie hatte es sofort erkannt: So lag niemand, der lebendig war. Wie betäubt setzte sich Pia neben Luna und lehnte sich an die Heizungslamellen. Sie spürte die Wärme im Rücken, hörte die Worte aus der Küche verzerrt wie aus einer weit entfernten Schlucht, dumpf und undeutlich. Ihr war schwindelig. Pia zwang sich, ruhig zu atmen und sich auf Luna zu konzentrieren, die nun ihre Hand leckte.

Alles schien Pia unwirklich.

Ein Krankenwagen kam mit Blaulicht, obwohl Regina längst tot war.

Ein Arzt untersuchte sie.

Sanitäter standen darum herum.

Noch mehr Polizisten kamen.

Alle eilten herein und hinaus, niemand beachtete sie, als wäre Pia unsichtbar geworden.

Sie gingen die Treppen hinauf und hetzten wieder herunter. Sie redeten durcheinander, telefonierten. Liefen weiter durchs Haus.

Regina wurde auf eine Bahre gehoben.

Jemand legte eine Decke über sie, die aber wegrutschte, sodass Pias Blick auf Reginas Gesicht fiel. Sie wirkte so friedlich. Als würde sie schlafen. Regina wurde hinausgebracht. Das metallische Zuschlagen von Autotüren ließ Pia zusammenzucken. Noch einmal knallten Autotüren, dann wurde draußen ein Motor gestartet. Anstelle von Trauer fühlte Pia nur ein einziges Vakuum, als hätte jemand alles Lebendige aus ihr entfernt. Ihr Brustkorb hob und senkte sich weiter, doch es war, als wäre ihre Lunge durch eine Mechanik ersetzt worden, die weiterpumpte, unabhängig von ihr selbst. Ihre Gliedmaßen kamen ihr wie sinnlose Anhängsel vor und sie wusste nicht, ob es ihr gelingen würde, sie zu einem zielführenden Handeln zu bewegen.

»Ist Ihnen nicht gut?«, fragte ein Sanitäter.

Pia blickte auf und lachte hysterisch. Was für eine Frage! Dann verstummte sie und überlegte. Allein der Gedanke schmerzte. Es auszusprechen fiel ihr noch schwerer. »Hat

Regina sich … Ich meine … Sie hat Schlaftabletten verschrieben bekommen. Hat sie vielleicht … sich mit den Tabletten …« Pia machte sich Vorwürfe, dass sie mit Regina nicht intensiver über den Tod von Clemens gesprochen hatte, dass sie dem äußeren Schein geglaubt hatte, den Regina so gut wahren konnte. Doch hätte nicht gerade Reginas Gelassenheit Pia alarmieren müssen? Die häufige Berührung des goldenen Anhängers? Im Nachhinein schien alles so klar.

»Sie meinen, ob sie Suizid begangen hat?«, fragte der Arzt, der hinzukam.

Pia konnte nicht antworten.

»Nein. Das ist auszuschließen. Ich habe die Tabletten durchgesehen, die im Haus sind. Die neu verschriebenen Tabletten befinden sich noch im Badezimmerschrank, es sind insgesamt nur vier Tabletten entnommen. Somit gehen wir nicht von einem Suizid aus. Ich habe auch mit dem Hausarzt gesprochen. Sicher werden wir eine Obduktion vornehmen. Ich will dem auch nicht vorgreifen, aber Sie können davon ausgehen, dass es sich hier um ein akutes Herz-Kreislauf-Versagen handelt. Der Hausarzt hat Frau Schumacher bereits vor Wochen zu einer dringenden klinischen Abklärung geraten. Frau Schumacher litt an einer hypertrophen Kardiomyopathie, die durch einen Infekt zu weiterer Schädigung …«

Pia presste den Oberkörper fest gegen den Heizkörper, um nicht zusammenzusacken. Die Umgebung verschwamm vor ihren Augen. Sie hörte nichts als ein lautes Rauschen, als würden Wellen gegen ihren Kopf schlagen, rhythmisch und unerbittlich, und sie mit sich ziehen. So gut sie konnte, konzentrierte sie sich auf den Schmerz in ihrem Rücken, der durch den Druck gegen die Heizkörperlamellen entstand.

Der Infekt.

Eine Herzerkrankung.

Sie sah Regina vor sich, wie sie am Tisch so abwesend gewirkt hatte. Ob Regina da schon geahnt hatte, was passieren würde? Warum hatte sie nichts gesagt? Warum hatte sie sich nicht im Krankenhaus untersuchen lassen? Pia drückte gegen ihre Schläfen, was das Rauschen in ihrem Kopf minderte.

»Können Sie mir aufhelfen?«, fragte Pia. Sie löste die Leine von der Heizung.

Kurz nahm sie die Hand des Sanitäters, dann schaute Luna auf. Es war, als würde die Hündin sagen: Ich bin da. Wir schaffen das. Zusammen.

Pia wickelte sich die Leine fest um das Handgelenk, was aber gar nicht nötig war. Luna folgte Pia so dicht, dass sie Pias Unterschenkel berührte.

Als sie aus der Villa trat und an all den Passanten vorbei zu ihrer Eingangstür blickte, entdeckte sie Fabian. Er saß auf den Treppenstufen und tippte auf seinem Handy, dann hielt er das Gerät an sein Ohr. Pia fühlte ein Vibrieren in ihrer Hosentasche.

Sie nahm ab. »Ich sehe dich«, sagte sie.

Fabian sah auf und ihre Blicke begegneten sich. Nie war Pia glücklicher gewesen, Fabian zu sehen.

# 32

»Regina ist tot.« Mehr konnte Pia nicht sagen. Noch immer kamen ihr die eigenen Bewegungen mechanisch und stockend vor, die Handlungen sinnlos, wie sie in der Küche nach der Teedose griff. Dabei fiel ihr Blick auf die Kaffeepackung, die Regina hier deponiert hatte. Die gemeinsame Zeit mit ihr war nicht lang gewesen, doch so intensiv, dass Regina ein Teil von Pia geworden war.

»Setz du dich hin. Ich mache uns Tee.« Fabian umarmte Pia, woraufhin Luna leise und drohend knurrte, bis Pia der Hündin zunickte.

Pia beobachtete Fabian, wie er den Wasserkocher füllte, zwei Tassen nahm und Tee zubereitete. Sie war ihm dankbar, dass er keine Erklärung verlangte, nicht diskutierte, sondern einfach da war, dass er wusste, wie sie ihren Tee am liebsten trank, mit besonders viel Zucker, wenn sie traurig war, dass er das Fenster schloss und die Heizung höher drehte.

»Ich muss die Hündin ins Tierheim bringen«, sagte Pia. »Eigentlich.« Sie dachte an den Mietvertrag. Wenn Luna blieb, riskierte sie die Kündigung.

Fabian nahm Fleischwurst und Frischkäse aus dem Kühlschrank, schnitt die Wurst auf einem Teller und mischte sie mit dem Frischkäse. Dann stellte er den Teller vor Luna auf den Boden, die jedoch den Kopf abwandte.

»Vielleicht frisst sie später.« Pia malte sich aus, wie es wäre, Luna in einem der Tierheimzwinger zu sehen, sich umdrehen und gehen zu müssen. Sie wusste, dass sie es nie über sich bringen würde. »Ein Tier wollte ich nie. Die Verantwortung. Die Angebundenheit. Das ist ja fast, als hätte man Kinder. Außerdem kenne ich mich mit Tieren überhaupt nicht aus.«

»Und wo ist das Aber?« Fabian stellte die Teetassen auf den Tisch und setzte sich Pia schräg gegenüber.

»Ich weiß gar nichts mehr. Außer, dass ich sie nicht abgeben kann. Nicht nach allem, was wir zusammen erlebt haben.«

»Gibt es denn irgendeine Verfügung? Hat Regina möglicherweise in einem Testament für Luna vorgesorgt?«

Pia rauschte der Kopf. Zu viele Gedanken gingen durcheinander. An ein Testament hatte sie gar nicht gedacht.

»Können wir all das Ungeklärte einfach beiseiteschieben?«, fragte sie. »Uns ins Wohnzimmer setzen, einen Rotwein trinken, anschließend mit Luna noch eine Runde um den Block laufen und uns dann aneinanderlegen?«

»Ich gehe kurz mal nach nebenan telefonieren.« Fabian nickte ihr zu.

Er kehrte so schnell zurück, dass Pia bezweifelte, dass er das geplante Gespräch überhaupt hatte führen können.

»Eins ist auf jeden Fall geklärt«, sagte Fabian. »Ich hab unseren Schulleiter erreicht. Er hat mir für zwei Tage eine Arbeitsbefreiung gewährt. Damit habe ich nicht gerechnet, vor allem nicht so unkompliziert. Sonntag und Dienstag habe ich ja sowieso frei.«

»Sonntag, Montag, Dienstag, Mittwoch«, überlegte Pia. So lange konnte Fabian bleiben. Vier Tage, so viel Zeit hatten sie sonst nur in den Ferien miteinander verbracht. Doch gegenüber dem, was anstand, waren vier Tage sehr wenig. Pia wollte sich um die Beerdigung von Regina kümmern, das war sie ihr schuldig. Wenn der Vermieter die Haltung von Luna verbot, würde es kompliziert werden.

»Lass uns jetzt eine Runde gehen«, sagte Fabian. »Ich brauche frische Luft.«

Als würde ihn Luna verstehen, stand sie auf und lief neben ihm zur Eingangstür. Pia schloss sich den beiden an.

Draußen war es inzwischen dunkel geworden. Der Menschenauflauf vor Reginas Villa hatte sich aufgelöst. Ruhig und wie ausgestorben lag die Straße vor ihnen. Kein Auto fuhr, kein Flugzeug war über ihnen zu hören. Nur die Lichter hinter den Fenstern zeigten an, dass die Häuser bewohnt waren. Noch immer spürte Pia das seltsame Vakuum-Gefühl. Was war von ihrem Leben vor dem Unfall geblieben? An was konnte sie sich festhalten? Sie nahm Fabians Hand, die sich warm anfühlte.

Sie gingen nebeneinander wie ein altes Ehepaar. Es fühlte sich vertraut an und gleichzeitig unwirklich fern.

»Danke noch mal, dass du gekommen bist«, sagte sie.

»Das ist doch selbstverständlich.«

»Ist es nicht. Ich weiß es zu schätzen. Wirklich.« Sie zögerte. Es war nicht leicht, darüber zu sprechen. »Was du mir geschrieben hast …« Sie hatte die Worte genau vor Augen, als würde sie jetzt, in diesem Moment, die Mail mit seiner Liebeserklärung noch einmal lesen.

»Ich hätte es nicht abschicken sollen.« Fabian blieb stehen. »Es hat dich nur unter Druck gesetzt.«

»Nein. Ich war diejenige, die einfach unfähig war, über den eigenen Schatten zu springen und die Verbohrtheit mal außen vor zu lassen. Ich wollte, dass alles so bleibt, wie es ist, mit all den Freiheiten.« Von einer Sekunde auf die andere spürte Pia ihre Hände und Füße wieder vollständig. Es war, als wäre ihre Seele in den Körper zurückgekehrt, als wäre ihr ganzes Leben darauf ausgerichtet, dass sie jetzt mit Fabian und Luna an genau diesem Ort stand. »Aber alle Möglichkeiten offenhalten, das funktioniert nicht. Die Zeit, die wir haben, ist nicht endlos. Wenn ich keine Entscheidungen treffe, trifft das Leben sie für mich und nimmt mir eine Option nach der anderen weg.« Sie dachte an all das, was sie in den vergangenen Wochen verloren hatte: die Unbeschwertheit ihren Agenturkollegen gegenüber. Die Zuversicht, dass sich alles irgendwie richten würde. Regina war tot. Und sie hatte einen Fehler begangen, im Bruchteil einer Sekunde eine falsche Entscheidung getroffen, indem sie in Marcels Wagen gestiegen war. »Ich will gar nicht an die letzten Wochen denken.« Gleichzeitig wusste Pia, dass gerade diese Erlebnisse ein untrennbarer Teil von ihr waren. Sie konnte das Geschehen nicht auslöschen. Und sie wollte es auch nicht mehr, denn wenn sie die Zeit zurückdrehte, wäre Luna nicht an ihrer Seite. Und sie empfände Fabians Hand in ihrer niemals als ein solch unglaubliches Wunder. So oft waren sie schon Hand in Hand gegangen, doch es war immer etwas Beiläufiges, Selbstverständliches, teilweise sogar Langweiliges gewesen.

»Bleibst du bei mir?«, fragte Pia.

»Ich bin doch da. Und bleibe noch die drei freien Tage.«

»Ich meine generell.«

»Wie – generell?«

Pia ging zügig weiter und war froh, dass sie sich ablenken und auf der anderen Straßenseite einen Nachbarn grüßen konnte. Es war ihr peinlich. So war sie nicht, so emotional, so melancholisch, so nähebedürftig und vor allem so spießig. Sie erkannte sich selbst nicht mehr wieder.

»Fabian.« Sie suchte nach den richtigen Worten, sah ihn an. Sein Hemd war vorn verknittert, obwohl er immer so viel Wert darauf legte, dass die Hemden ordentlich gebügelt waren. Hellbraune Stoppeln schimmerten im Licht der Straßenlaterne. Seine sonst so akkurat frisierten Haare hingen ihm über die Stirn. »Du siehst aus, als hättest du in den letzten zwei oder drei

Tagen in deiner Kleidung geschlafen und in dieser Zeit kein Bad gesehen.« Sie lachte, als mit dem Wind der Geruch von Shampoo und Aftershave zu ihr herüberwehte.

»Als du heute angerufen hast, war ich gerade aufgestanden und hab danach erst mal angefangen, die Wohnung aufzuräumen. Aber das wolltest du doch nicht sagen.«

»Lass uns noch mal neu anfangen.« Nun war es heraus. Es fühlte sich an, als würde sie mit einem Mal freier atmen können, als würde sich ihre Lunge nach einem langen Tauchgang endlich vollständig mit Luft füllen.

Fabian schaute kurz auf, dann blickte er vor sich. Im Tempo richteten sie sich nach Luna, ließen die Hündin schnüffeln und blieben dabei stehen, gingen ein paar Meter weiter und hielten wieder an, was Regina Luna nie hätte durchgehen lassen. Doch jetzt streng zu Luna zu sein, dazu konnte Pia sich nicht überwinden. Der Hündin waren die Verwirrung und die Orientierungslosigkeit über die Situation deutlich anzumerken und Pia wollte ihr zumindest einen kleinen positiven Ausgleich verschaffen. Die Hündin senkte den Kopf, die Duftmarken der anderen Hunde waren das Einzige, was sie dazu zu bewegen schien, weiter voranzugehen. Nach ein paar Minuten hielt Pia es nicht mehr aus, nur das sanfte Klackern der Hundepfoten auf dem Asphalt und Fabians Schritte neben ihr zu hören.

»Jetzt sag doch was!« Die Worte klangen im Gegensatz zu der leisen Umgebung so harsch, dass Pia selbst erschrak.

»Was soll ich denn sagen?«

»Lass uns noch mal neu anfangen. Alles ganz auf Anfang stellen.«

»Hallo Unbekannte. Ich heiße übrigens Fabian. Fabian Langenbeck.« Er machte die Stimme von Sean Connery nach, hob dabei lässig den Blick und runzelte die Stirn, so authentisch, dass nur noch die Zigarette im Mundwinkel fehlte, die schwarze

Fliege und der schwarze Anzug mit weißem Einstecktuch, um vollständig als angehender Schauspieler zu überzeugen.

»Ich meine das nicht im Witz und finde es blöd, dass du das jetzt ins Lächerliche ziehst.«

»Logisch betrachtet: Wie sollen wir das tun? Ein Hirn ist keine Computerfestplatte, die man löschen kann. Wir haben viel zusammen erlebt. Wir haben uns geliebt, wir haben gestritten. Die letzten Wochen mit dir – oder vielleicht sollte ich besser sagen ohne dich – waren alles andere als einfach. Die Abfuhr – da kann ich nicht so tun, als hätte es die nicht gegeben. So ist es eben. Wir sind Menschen mit Vergangenheit und die besteht nun mal.«

Pia nahm seinen Arm und zog ihn an sich. Das war eine der Situationen, mit denen Fabian sie früher zur Weißglut gebracht hatte, wenn er entweder so tat, als verstünde er sie nicht, oder mit einer Logik kam, die unwiderlegbar war. Das traf nicht den Kern dessen, was sie meinte. Doch diesmal regte sie sich nicht auf. Sie musste sich gar nicht zusammennehmen, um ruhig zu bleiben. Sie versuchte es noch einmal.

»Guck mich an. Bitte.« Sie küsste ihn. »Leicht machst du es mir nicht. Also noch mal: Fabian, ich will mit dir ganz neu anfangen.«

»Aber das tun wir doch. Du hast angerufen, ich bin gekommen. Jetzt gehen wir eine Runde. Das ist schon mal ein guter Anfang. Oder?«

Sie lachte. So war er nun einmal. Sie schnalzte mit der Zunge, um Luna zum Weitergehen zu motivieren, und zog Fabian mit sich. »Du und deine Logik. Vielleicht sollten wir einfach etwas anderes tun, als hier auf der Straße rumzustehen und zu reden. Ich habe da schon so eine Idee.«

»So, hast du das?«, fragte er und schob seine Hand unter ihre Jacke, unter den Pullover, bis sie Haut an Haut spürte. Sie zuckte zusammen in der Erwartung, seine Hand wäre kalt, doch sie fühlte sich ganz warm an.

# 33

*Ein Monat später*

Pia blickte sich um. Der letzte ausgeräumte Umzugskarton stand nun vor Fabians Haustür bereit, damit die Altpapierabfuhr die Kartons am nächsten Tag mitnehmen konnte. Luna lag schon seit zwei Stunden mitten im Flur und störte sich nicht daran, dass Fabian und sie immer wieder über den Hundekörper steigen mussten, dass in der Wohnung mit all dem Bohren und Hämmern Lärm und Unruhe herrschte. Die Hündin ruhte inzwischen wieder völlig in sich selbst und war so unbeeindruckt von dem Umzug, als wäre all das für sie Normalität. Anfangs hatte sie aus Trauer um Regina kaum etwas gefressen und war vor allem in den frühen Morgen- und späten Abendstunden unruhig jaulend durch die Wohnung gelaufen. Doch inzwischen hatte sie sich gut eingelebt und auch Pia hatte sich so sehr an die Hündin gewöhnt, als wären die beiden schon immer ein Team gewesen.

»Ich bringe nur kurz das Werkzeug in den Keller und dann ist es Zeit, deinen Einzug zu feiern. Wohin darf ich dich ausführen?«, fragte Fabian.

»Lass uns hierbleiben. Wir haben noch Rotwein. Ich rufe den Pizzaservice an. Es fehlt uns an nichts.«

»Wenn du meinst.« Es klang mehr wie eine Frage als eine Aussage.

Pia setzte sich aufs Sofa und rief Luna zu sich. Sie war müde und wollte einfach nur, dass alles so blieb, wie es im Augenblick war. Die Erschöpfung kam nicht nur von dem Tag, an dem sie zusammen mit Fabian Kisten ausgeräumt und Schränke aufgebaut hatte. Es war so viel geschehen, dass sogar sie, die Abwechslung liebte, mehr als genug davon bekommen hatte. Nun wohnte sie mit Fabian und Luna gemeinsam in seiner Wohnung in Berlin, die genug Raum für zwei Menschen und einen Hund bot. Sie dachte an den Abendspaziergang zurück, als sie Fabian gesagt hatte, dass sie mit ihm noch einmal neu beginnen wolle. Damals hatte sie nicht ahnen können, welche Schwierigkeiten sie von ganz anderer Seite erwarteten: Der Wunsch, Luna zu sich zu nehmen, erwies sich als eine Herausforderung. Zuerst drohte Pias Vermieter mit der Kündigung, als sie ihn fragte, ob Luna mit einziehen dürfe. Dann wurde Luna Reginas Testament entsprechend von der Tierschutzorganisation abgeholt und in ein Tierheim gebracht.

»Einfach so«, wie die Tierheimmitarbeiterin es ausdrückte, sei es nicht möglich, dass Pia Luna mitnehme. »Es geht hier ja nicht um ein Stofftier, sondern um ein Lebewesen, das gesicherte und geordnete Verhältnisse braucht, jemanden, der nicht nur aus einer Laune heraus eine Entscheidung trifft.«

Pia musste sich zwingen, nicht laut zu werden, ihre Wut nicht gegen das Tierheim und das Personal zu richten, meinten sie es dort doch nur gut. Die Berichte über ausgesetzte Tiere, lebendige Weihnachtsgeschenke, die kurz darauf entsorgt wurden, all das war für Pia nichts Neues und sie fand es gut, dass die Tiere im Heim nicht einfach so schnell wie möglich vermittelt werden sollten, sondern dass es Menschen gab, die wirklich um deren Wohl besorgt waren und sich Gedanken machten. Aber dass es fast schwerer war, Luna zu sich zu nehmen, als ein Kind zu adoptieren, das war verrückt.

Was Pia vorhabe mit Luna zu tun, wenn sie wieder arbeiten müsse? Luna selbstverständlich mitnehmen, denn auch Regina hatte die Hündin ja immer und überall dabeigehabt.

Ob das auch mit den Kollegen abgeklärt sei? Ob sie sich bewusst sei, dass die Eingewöhnung in eine unbekannte Umgebung und an neue Bezugspersonen gerade für eine Assistenzhündin aufgrund der starken Bindung an eine einzige Person schwierig werden könnte?

Pia schlug sich bei der Erinnerung an all die Fragen an den Kopf. Was sollte sie darauf schon antworten, wenn sie noch nicht einmal eine Stelle gefunden hatte? Was sollte sie zu der Meinung sagen, die die zukünftigen Kollegen möglicherweise haben würden?

Und was, wenn sie schwanger werden würde und zusätzlich noch ein Kind zu versorgen sei? Ob es Freilaufflächen in der Nähe gebe?

Doch es war ihr gelungen, alle Mitarbeiter des Heims zu überzeugen, dass sie es ernst meinte mit ihrem Anliegen, sich um Luna zu kümmern. Es war keine Entscheidung aus einer Laune heraus. Selbst ein Wochenendseminar über Hundehaltung, über das Ausdrucksverhalten des Hundes und seine Bedürfnisse hatte Pia besucht, um zu beweisen, dass Luna ihr wichtig war.

»Alles okay bei dir?«, fragte Fabian. »Ich gehe nur kurz ins Bad, duschen. Hast du die Pizza schon bestellt?«

»Mache ich jetzt.«

Pia hörte, wie die Badezimmertür geschlossen, wie das Wasser angeschaltet wurde. Dann nahm sie ihr Handy und suchte die Nummer eines Pizzadienstes heraus. Sie wählte und legte wieder auf, weil sie lachen musste. Luna lag halb auf Pias Füßen und schnarchte laut. Und sie selbst, die immer gegen ein Dasein als Couchpotato gewesen war, für Unabhängigkeit, getrennte Wohnungen und gegen alles, was eine Einschränkung der Freiheit bedeutete, war nun glücklich, an diesem Abend das Wohnzimmer nicht mehr verlassen zu müssen. Sie genoss die Wärme und Ruhe, die von Luna ausging, freute sich darauf, sich an Fabian zu kuscheln, gemeinsam Pizza zu essen, sich einen Rotwein dazu zu gönnen und mit ihm zusammen einzuschlafen und auch wieder aufzuwachen.

Hätte ihr jemand vor ein paar Monaten ihr heutiges Leben prophezeit, wäre sie schreiend davongelaufen. Sie wählte noch einmal die Nummer des Pizzaservice und gab ihre Bestellung auf.

Fabian kam ins Wohnzimmer, nur in ein Badetuch eingewickelt.

»Dann hole ich mal Gläser«, sagte er. »Aber nicht, dass du zu häuslich wirst. Die Einladung zum Essen steht. Wir sollten deinen Einzug nicht nur mit einer Lieferpizza feiern.«

»Keine Sorge. Verschieben wir das Ausgehen einfach auf morgen.« Pia streichelte Luna und überlegte. Ihr Sparkonto war gut gefüllt und noch hatte sie keine neue Stelle angetreten. War das nicht der perfekte Zeitpunkt, dass sich auch Fabian ein halbes Jahr freinahm und sie auf Reisen gingen, zusammen mit Luna?

Zeitfracht Medien GmbH
Ferdinand-Jühlke-Straße 7
99095 Erfurt, Deutschland
produktsicherheit@kolibri360.de

Druck:
CPI Druckdienstleistungen GmbH
im Auftrag der
Zeitfracht Medien GmbH
Ein Unternehmen der Zeitfracht - Gruppe
Ferdinand-Jühlke-Str. 7
99095 Erfurt